U0961274

雷水之陽

LEISHUI ZHI YANG

何立杰◎著

时代出版传媒股份有限公司
安 徽 文 艺 出 版 社

图书在版编目（C I P）数据

雷水之阳/何立杰著. —合肥：安徽文艺出版社,2018.5（2023.4 重印）

ISBN 978-7-5396-4907-8

Ⅰ. ①雷… Ⅱ. ①何… Ⅲ. ①散文集—中国—当代 Ⅳ. ①I267

中国版本图书馆 CIP 数据核字(2018)第 031712 号

出 版 人：姚　巍

责任编辑：王婧婧　　　　装帧设计：褚　琦

出版发行：安徽文艺出版社　www.awpub.com

地　　址：合肥市翡翠路 1118 号　　邮政编码：230071

营 销 部：(0551)63533889

印　　制：阳谷毕升印务有限公司　(0635)6173567

开本：710×1010　1/16　印张：19.75　字数：320 千字

版次：2018 年 5 月第 1 版

印次：2023 年 4 月第 2 次印刷

定价：52.00 元

(如发现印装质量问题，影响阅读，请与出版社联系调换)

版权所有，侵权必究

目录

亲历·亲情

感触·感悟

写生·写实

来自水乡泽国的诗意情怀

——何立杰散文集《雷水之阳》序

何　峰

接到同宗老乡何立杰先生的邀约，让我为他即将问世的散文集做篇序，我倒是踌躇了一番。立杰君尽管有公职在身，平时颇为繁忙，但却是对文学情有独钟的一位资深作者，早在二十世纪八九十年代，就有不少文学作品发表于国内一些知名刊物，对此，我曾有耳闻。没想到的是，当文学大潮已成为历史，社会经济大潮汹涌而至，人心变得越来越功利、越来越浮躁时，身处旋涡中心的立杰君仍能神清气定，俯首耕耘，始终与文学结伴而行，且初心不改。

俗话说，一方水土养一方人。立杰君祖籍徽州，生活在水乡雷阳古城。两地的秀美山水、厚重人文，自然会影响到一个文化人的心灵和情怀。所以，他在回望自己的人生足迹和成长环境时，首先就将水乡泽国的诗意美、雷阳古城的文化魂置于散文集的开篇。

> 日照之中，兴孝亭孑然伫立于雷阳城南的县步河畔，犹如一位孤独的长者独立河湄，默默注视着这条悄然流淌的孤寂的河流以及随着这河流一同流逝的雷池人的生活。

作者写的虽然只是伫立于雷阳城南河畔的一座兴孝亭，却由此追溯历史，娓娓细述了在望江县长期流传的一则感天动地的孝道故事——王祥卧冰。这则孝道故事在当地代代相传，使中华美德——孝道得以弘扬光大。在中华二十四孝中望江的孝道典故就占了三席（王祥卧冰、孟宗哭竹、仲源泣墓)，孝道文化铸就了雷阳古城的文化魂、人心碑。接着，作者的文笔又聚焦于市井一角一座不起眼的麴公墓，缅怀了望江一千多年前的一位唐代县令——麴公，这位父母官施行仁政，爱民如子，深受百姓爱戴。白居易曾评价道："在官有仁政，名不闻京师"，原来这位麴公是个认真做事，低调做人，从不媚上欺下的老实人。作者由此生发出无尽的感慨：

> 生时留任，死后留衷，这是何等高规格的民心待遇啊！一个封建时代的官员能将官做到如此高之境界，让百姓"至今道其名，男女涕皆垂"，是何等难能可贵啊！

立杰君除了对望江的孝道和仁政文化心怀敬意，对南朝著名诗人鲍照的豪情风骨和名垂千古的杰作《登大雷岸与妹书》也推崇备至，他用诗一般的语言写道：

> 这是一篇感情激越奔放、气势峻健惊挺、想象奇崛独特、文辞浓墨重彩、表达酣畅淋漓的山水文学杰作，也是一篇气质独特、个性鲜明的散文作品，其个性来自作者独特的精神血脉，而这股血脉的形成，则源自他抗争社会、顽强奋斗、不懈追求中形成的思想情怀……他的精神血脉铸就的诗文是永生的，他的《登大雷岸与妹书》是不朽的！

与此同时，作者还引经据典，对"不越雷池一步"的著名典故的来历以及与雷阳古城的关系作了诠释："雷池因此名著史册、家喻户晓，成为闻名天下之水名。"对此，作者有感而发："'山不在高，有仙则名'，城不在大，有'文'则名。一座城市，不管它建得多么恢宏庞大，如果没有文脉的跳动，终将是一具僵硬的躯壳。"这段话体现了作者的文化自觉和对一座城市的价值判断。作为一个曾分管文宣工作的基层干部，有这样的理念和认知高度的确难能可贵。

如果说作者一开篇就探寻了雷阳古城的文脉和厚重的文化积淀，且聚焦其中的亮点进行浓墨重彩的描绘，给人一个强烈的印象，雷阳是座有历史、有文化底蕴的皖江古城。那么,接下来,作者的目光就转向了水乡泽国的青山绿水,雷阳古城的老街和望江乡间的村落。

在写到望江的水时,作者虽用了不少唯美的词句和抒情的笔调对它进行赞美,但没有就水论水,而是赋予了水乡泽国文化的内涵。作者一连用了四个排比句来阐释自己对水文化的理解:

> 水乡泽国给予望江人以生存的智慧,孔子曰:"智者乐水"。水乡泽国给予望江人以做人的仁义,老子曰:"上善若水"。水乡泽国给予望江人以包容的胸襟,禅语曰:"善心如水"。水乡泽国给予望江人以自强的勇气,道家曰:"攻坚者莫胜于水"。

这种认知和概括,应该说是体现了作者对中国水文化的哲理思考以及对其文化内涵的深刻领悟。

写到雷阳古城时,作者首先动情地描述了自己孩童时与当地的文化圣地——雷阳书院的亲密关系:

> 我是在雷阳书院边长大的,从小就常看到莘莘学子从门前走过,听到他们琅琅的书声和早晨、课间操练之声。小的时候,我和小伙伴们经常来中学校园及书院内玩耍;那时的校园林木繁茂,书院的院内也是草木葱郁,尤其几棵梧桐树,茂盛挺拔,荫翳如伞,清凉宜人。

这段文字颇有点鲁迅笔下《三味书屋》的意味,后来雷阳书院改成了望江中学,作者又在这里接受了文化的熏陶,完成了步入大学前的基础学业。

作为在雷阳古城的老街老巷里长大的一代人,这里的一切给作者的童年带来了无尽的乐趣,也留下了刻骨铭心、难以忘怀的印象:捉迷藏、放风筝、砸纸鳖、打弹子、砸铜钞……很自然地,在每条老街老巷都有通过游戏而结交的铁杆伙伴。在作者心里,童年的生活虽是清苦的,但也是快乐的。他引用了作家巴乌斯托夫斯基的一句话:"对生活,对我们周围世界一切诗意的理解,是童年时代赋予我们的馈赠。"

对于遍布古城老街上的各类商号，作者更是如数家珍。如：陈德兴钱庄、胡大有绸庄、余存仁药堂、龙合丰杂货店、余同和火油店、萧广兴钱庄、鲁义泰杂货、何根甲粮行、童复兴香烟公司、王克斌竹木行等都是当时很大的商号。作者还绘声绘色地描述了那些在街巷中摆地摊修锁配钥匙的、修打火机的、补鞋擦鞋的、摆炸米机的、修补盆碗的、卖捕鼠器及老鼠药的、敲铁皮的、制黄烟筒的等形形色色的手艺人，宛如在读者面前展开了一幅市井百态图。其中对街边一个做铜嘴黄烟杆老头的描写令人印象深刻：

> 我至今还记得那是一个皮肤黧黑却被炉火烤得锃亮的老头儿，头发稀疏落着岁月的风霜；他对自己的事业很专一执着，每日都准时将他的摊子在靠近我家的那个路边老点铺开，他将制好的烟杆排列在摊前的矮脚木凳上——就像艺术家展出他的作品那样，自己仍只是埋头认真地制作下一根烟杆，他很沉静不怎么做声，一直用他的锤音充当自己的吆喝。

雷阳老街曾经是繁华的，留下了很多让人回味不尽的眷念，可它也是伤感的，随着时代的变迁，虽经过多年痛苦的挣扎，它还是走到了命运的尽头。作者怀着复杂而怀旧的心情，倾诉了内心对古城老街黯然颓衰的深切哀婉之情。作者在《不愿消失的村落》中，针对几个乡村老人不愿离开自己祖居地的事，有感而发：

> 守望乡愁，首先是对文化的眷恋。这个有着近五百年历史的祖堂不仅是这个家族根系所在，更承载着他们家族的历史和荣耀；汉代郝廉钱投井中以示清廉的传说和东晋饱学名士郝隆"坦腹晒书"的典故均源于这个宗族。郝氏族裔，深感自豪，为纪念先祖，他们将先贤佳话作为堂联："投钱世泽，晒腹家声"。

作者在散文集中还用了不少的篇幅回忆自己的亲人、亲情和家庭生活。在《祖母》的开篇，作者用诗一般的语言写道：

我是在祖母怀里睡大的，祖母的那些温馨若春意的童曲，一遍又一遍舔过我的乳名，一次又一次萦绕过我童年的梦。不管岁月怎样地侵蚀，记忆中，祖母的慈颜，至今依旧清晰……

作者的祖母，是一位典型的性格坚韧的徽州女人。早年祖父远走之后，她只得用纤弱的身子，拉扯着最大才十岁的四个孩子，开始了漫长的苦熬，这期间，她尝了多少苦涩？流了多少眼泪？无人知晓。这是一位伟大的母亲，也是一位慈善的祖母。作者在写到自己的父母时，同样让人心酸和动容。在历次政治运动的冲击中，父亲都未能幸免。然而父亲是坚毅的，从不在子女面前流露一丝委屈。母亲为了维持一家人的生计，在那个物质极为匮乏、生活艰难的年代，去做剥花生、扎麻袋之类的零工来补贴家用。对于那位不负责任、年轻时出走不归，晚年又突然想叶落归根的祖父，作为晚辈的作者，也从心底宽容了他。读到这里，让人感慨唏嘘。作者的家境和少年经历，看起来似乎有点特别，但在那个年代，却带有一定的普遍性。

作者大学毕业之初，带着年轻人的一腔热血和鸿鹄之志自愿来到了一个偏僻的山区乡校，学校的条件之差超出了他的想象。既来之，则安之。每当夜幕降临，学校一片寂静时，他常常躺在一张简易单人床上，遥望天幕，任由思绪翩飞……

乡校之夜带几分温馨和神秘，夜风清新，夜空深邃，天籁隐隐约约掠过耳际；远处的浮山，淡淡的身影融在黛青的夜幕里，像某次梦的背景……溶溶的梦一般的月光透过窗棂，将树叶的影子投在蚊帐上，犹如一幅写意的国画。窗外，风吹树叶发出沙沙的声响，叶影也随之而在蚊帐上颤动；我有点陶醉地望着那些叶影，闲适地躺着，任天籁拨动思绪，悄悄于诗意的宁静里展开遐思，远方亲人们的神情也不时闪烁其间，真的别有一番意境和情趣……

在如此孤独和苦闷的环境里，作者依然能带着诗意般的心境去体味夜空的深邃与神秘，去感受月光和叶影的朦胧美，可见当时的作者就是一个富有诗人气质的文学青年，其笔下的美文也是他心中诗意情怀的自然流露。当然，历经多年的文学修养和写作历练，作者的形象思维和文字表达也是非同一般的。如：

脚步轻柔怕踩破一种心境。抬手挽挽额头上的情绪，为享受更多色彩的沐浴，濯去白日里积下的倦意。哦，那彩绸似的彤云能扯下来揩拭眼角边的泪么？能抹去躯体劳累的汗渍甚或心灵上殷红的血迹么？真想让胸中淤积的抑郁随急促的喘息喷出，逸展开能融入霞色的一片！不为闲适者欣赏，只为抖落某些重负，并让平凡又艰难的日子闪出一些光芒……

又如：

清水河畔的垂柳又被春意染绿了，像丰姿绰约的少妇，羞赧地朝荡漾着涟漪的河面微笑。细雨中的柳堤，真就是一首朦胧的长诗，逶迤地写在水乡青雾迷离的土地上。

我每每读到作品中这些诗意浓郁、想象丰富的美文时，就忍不住摘录下来，想让读者先睹为快。我无意间被作品所引领，沿着作者的人生足迹，穿越了近半个世纪的时光隧道，历览了文集中所呈现的历史、古城、山水、亲情、怀旧、见闻、感悟……这是一本文笔隽秀的美文集，也是一本内容丰富的世态万象书，更是一本富有人生思考和诗意情怀的上乘之作。

作者的人生经历并非一路顺畅，其间也经历过艰难、孤独、失意、被误解、受委屈等等，但他没有向命运屈服，更没有沉沦颓靡，而是勇于面对一切，在大自然的沐浴下让心灵充满阳光，这也许正是作者走向成功、感受人生快乐的奥秘。让我们来听听作者的心灵之声吧：

我并没有埋怨生活及命运在我人生的紧要处所做出的这种苛刻安排，也没有诸如人生艰难、时运不顺之类的感叹和感伤。我是把自己的身心全都投到大自然中去，在欣赏和拥抱自然中调好思维的航向，不让其滑向周而复始不断抱怨的泥潭；同时滤去思想的灰尘，让心灵沐浴春风、充满阳光……

到了知天命之年，作者对人生的理解有了彻悟和升华，读着他笔下清澈睿智的文字，眼前仿佛出现了一位仙风道骨的智者，微眯双眼，任凭云卷云舒，潮起潮落，丝毫不为所动，心静如水：

人过五十，遍尝人生百味、惯看秋月春风，不再纠结于“顺”与“逆”，乐以忘忧，笑看境遇，相迎必须面对的一切，相送无以挽留的一切，淡对个人荣辱，接纳酸甜苦辣……

读着立杰君的美文，仿佛经历了一次心灵的净化与升华，他能让你远离喧嚣和世俗，走进纯真无邪的童年世界、激情涌动的青年时代、空灵秀逸的青山秀水、有故事的古城老街、民风淳朴的乡间村落、诗意浓浓的文学空间……我很难想象，一个学物理的理科生，一个执教多年的乡村教师，一个跻身于政界的基层官员，竟能如此地挚爱地方文化，痴情文学写作几十年，甘坐冷板凳，默默耕耘，乐此不疲，究竟是什么力量激励着他、支撑着他，使他矢志与文学相依相伴，无怨无悔？也许从这本散文集中我们能找到答案：他对望江——这方哺育自己成长的热土爱得是那样深沉，从千年的沧桑岁月到古城的人文遗存，他是那样地熟悉，如数家珍；对老街深巷的痛苦挣扎和古村落的衰颓，他是那样地痛心和焦虑；对于传承弘扬古雷池的孝道文化和黄梅戏、挑花艺术，他是那样地古道热肠，亲力亲为；对于古今中外的文学名著，他是那样地痴迷，对于读书和写作，他是那样地执着和专一。他将远离尘嚣，静心读书，当作人生最大的快乐；他将呕心沥血写成的作品当作自己的孩子，细心呵护；他热恋家乡的山光水色，一草一木，他深爱家乡的父老乡亲，他更爱志向高远、搏击长空的雄鹰，从不向命运低头……我们已经找到答案了。

关于散文究竟应当怎样写，古往今来，说法也不少，我想有句话也许是对的，文无定法。鲁迅先生早就说过，他从来就不相信什么“小说技法”“写作秘籍”之类的书。高尔基的《海燕》是散文诗的杰作,冰心的《萤火虫》也是散文诗的名篇,但两者的风格相差甚远。我以为,散文贵在形散而神不散,真正好的散文除了文辞优美、意境深远之外,更重要的是要有涌自作者内心的一腔真情。面对立杰君的这些诗意化的散文珍品,我几乎挑不出什么瑕疵,如果真要提点建议的话,那么有些篇章也许松散了些,有些写法则有点近乎小说,有的寓言主题也有待进一步提炼。妥否,还有待广大读者去品味。

最后,让我转引安徽文艺出版社的两句话与大家共勉:读书改变人生,文学照亮未来。

2017 年 12 月 3 日于丰源斋

(何峰:合肥学院中文系、省级人文社科重点研究基地教授、安徽比较文学学会副会长、江淮文化研究所所长、安徽历史文化研究中心研究员。)

LEISHUI · LEIYANG

雷水·雷阳

日照兴孝亭

日照之中，兴孝亭孑然伫立于雷阳城南的县步河畔，犹如一位孤独的长者独立河湄，默默注视着这条悄然流淌的孤寂的河流以及随着这河流一同流逝的雷池人的生活。

看上去，那不过是个普通的亭子，不宏伟也欠别致。传统的尖顶飞檐造型，规矩的正六边形底基，修长对称的红色立柱，等等，一切外在特征都没有超出人们对一个中国亭阁的想象。而它周边的景致，也朴素得如同这里普通的路人。看不到像样一点的建筑，也看不到像样一点的可作为衬托的景点，只有一条宽阔的大堤和一条狭窄的碎石公路从它的两侧顺着小河蜿蜒东去。然而，因它毕竟站立在一个不同寻常、传颂久远的故事之上，它的身姿却每每吸引着行人的脚步和目光。兴孝亭所立之处，名曰“卧冰池”，传说是二十四孝之一的王祥卧冰求鱼之处！

王祥卧冰——一个古代孝子的动人故事！县志是这样记载的：晋代山东临沂人王祥，因避战乱来雷阳城南一村庄隐居。王祥早年丧母，继母虽不慈但他仍尽心侍奉。一个数九寒天，继母患病，想吃鲜鱼，王祥四处购而不得，遂不顾天寒地冻于村庄附近之池塘上解衣卧冰。此举感动了上苍，当厚冰化开一个窟窿之时，一双鲤鱼跃出水面。自此，王祥孝名益著，人们称他卧冰处为“卧冰池”，所居村庄为“王祥村”，并为其吟诗撰文、立碑建亭。明万历十四年（公元1586年），知县杨廷荐曾立“王祥卧冰碑”，碑上刻有“真念格天，万古王祥”八个大字及赞文。康熙三十一年（公元1692年），郡同知王经方建卧冰池兴孝亭，相传亭边还配有庙宇、小桥等古建筑，后成为一处游览凭吊的景点。至于文人游客的诗词名句亦多有留存,如清代诗人李正藻在过卧冰池时曾题诗曰:“孤芳零落不须愁,独有清芬伴素秋。争似大梁梁孝苑,万年台榭付东流。”清代望江知县刘天维题诗曰:“谁争跃鲤在临沂,皖上犹传避地时。总是人情思孝子,不妨多记卧冰池。”遗憾的是,亭、庙等古建筑后均被毁。

兴孝亭的重新立起,是在 1997 年。王祥村人在历经数百年苦苦追求之后,终于通过集资等方法,重新建起了这座他们心目中引以为豪的亭子。他们虽没有赋予这座新建之亭以恢宏的气势和独特的色彩,却也有其独到的安排——将两块厚重的石碑埋在了亭子基座的中央,并在其周边匀称地安排了四排固定的铁椅。他们似乎知道,你只要来到了亭子里,自然就会坐上铁椅;而坐上椅子,便能清晰地看到近在咫尺的古今两块石碑上所刻内容。那确乎是两块吸引人的石碑,就像古今的两位沧桑老人穿过漫长的时间隧道来到这里靠背而坐。朝西靠东的那块就是明万历十四年所立的“王祥卧冰碑”,此碑虽历经四百年风雨,但字迹均清晰可辨,深沉的颜色亦显出其历史的厚重感;朝东靠西那块系王祥村人所立,碑上刻有怀古诗一首,曰:“卧冰遗迹早无存,孝子芳名幸有村。四百年前碑碣在,行人来往可重温。”朴素的语句反映出村人朴素、真挚的心态和情感。

雷池这块土地上,似乎从来就不缺乏孝道的故事:王祥卧冰、孟宗哭竹、仲源泣墓的典故不仅为雷池人所熟知,且是中华二十四孝中之三孝。或许因这里是“不敢越雷池一步”这一成语的产生地吧,人们的思想观念似乎更容易更自觉地受着传统道德精神的烛照,对传统美德的坚持和弘扬业已形成一种群体的自觉的意识——这种意识深深植根于传统文化的土壤之中,并在漫长的潜移默化中渐渐融入人们的血脉。

诚然,时代已经不同了,在改革开放的大环境里,在市场经济的条件下,处在变革时代的人们自然不可避免要面对各种社会文化思潮相互激荡的现实。人们在大量接收的同时,也在大胆地放弃;而这种时候,我们似乎更应冷静地对待我们的传统文化,在扬弃中寻找到我们民族精神的立足点。我想,不管什么时候,民族的传统美德始终应当成为我们民族精神的一个重要组成部分!从这个意义上说,兴孝亭的兴建,体现了王祥村人一种难能可贵的坚持;这种坚持的确是建立在广泛期待的基础之上的,有着深厚的文化土壤和群众基础。经由这种努力,雷池人终于能够将他们所崇尚的传统道德精神以一尊建筑的形式立在了古雷池大地上,让今天的阳光有幸照亮一个古老的故事!

有意思的是,兴孝亭边近年出现了一个临时客船码头,不时有小型客船在这里停靠,这便使得这个纪念性的建筑在一定程度上增强了实用性,船客们大都在亭子里候船。这个亭子于是便不再寂寞,越来越多的人走近了它、走近了王祥,更近地更经常性地了解了王祥卧冰的故事。我不知这是一种巧合还是人们针对现实所做的一种刻意的安排?但这一效果,或许不仅仅只是王祥村人所期望的吧!

2007 年 10 月

市井中的麴公墓

街市一侧,重新建起的麴公墓肃穆静立,厚重的岩石背景庄严地衬托着具有深沉历史感的麴信陵半身铜质塑像。蓦然望去,恍惚间仿佛这位早已被望江先民神化了的古代邑令,真的穿过了一千多年历史时空,重又降临到当今已焕然一新的雷阳小城了。他的面容平和而安详,带着沧桑老者惯有的从容和淡定;不易察觉的笑意里,含有让人倍感温暖的慈祥。他从街市拥挤而高耸的楼群中扒开一个缺口,背靠岩石高地默默注视着面前这条人气蒸腾的商业步行街。虽然年代久远,他可能已经理不清面前这条街的衍变历史了,但是这里依然散发着的具有古雷池独特气韵的味道,他可能还是能够感觉得到。而望江的普通民众,在路经这窄小一隅时,也能于不经意间感受到他的容颜所带来的温馨;因为望江人都知道,这位麴公,是望江民众千百年来一直尊崇的古贤古彦、好人好官!

尽管望江民众都崇敬这位唐代邑令,但确切地说,大家对其事迹的了解还是非常有限的。人们可能只知他的大体身世和对他的一些概念性的评价,此外便是民间流传的那个麴公屠龙的神话故事了。至于他所施仁政的具体事迹,恐怕无人能够详述。这似乎不能怪邑人无知,实在是史料、邑志上对于他的记载太少!人们只是从清代邑志和《容斋随笔》等史籍中粗略了解到,这位麴公是唐代江苏吴县包山(今苏州洞庭山)人,德宗贞元元年的进士,贞元六年(公元790年)来望江任县令。乾隆三十三年县志对他有一句评价:“有仁政,爱民如子,尤抚恤惸独。”之外则只记载了他“铁版丹书”《祈雨文》中那段感人至深的祷告:“必也私欲之求,行於邑里,惨黩之政,施於黎元,令长之罪也。神得而诛之,岂可移於人以害其岁?”除此之外,我们则只能从一些诗人诗作中去寻觅一些零碎的吟诵他感人事迹的诗句了。最著名也最能说明问题的当推白居易的《秦中吟·立碑》,诗中有如下一段:

我闻望江县,麴令抚茕嫠。在官有仁政,名不闻京师。
身殁欲归葬,百姓遮路歧。攀辕不得归,留葬此江湄。
至今道其名,男女涕皆垂。无人立碑碣,唯有邑人知。

从白居易诗句“在官有仁政,名不闻京师”我们可以推想到麴公当年为人为官的一些情形,同时也大抵能找到这么一个深受百姓爱戴的好官为什么史籍对其记载如此之少的原因。

我们的这位麴公,看来是一位务实低调的老实人,他不善玩权术,不善于宣传自己,不做为自己歌功颂德、评功摆好之事;他“惟下不惟上”,只要百姓答应、百姓满意、百姓拥护就行,至于上面知不知道他和他的政绩无所谓,他从不把个人荣誉和向上升迁放在心上。这样的行事风格,在那个等级森严、排挤倾轧,甚至不惜用金钱买功名的封建官场上肯定是“不吃香”的,“名不闻京师”也似乎是必然的。既然朝廷不知道他在望江任上的政绩,那么史册也就不可能对其有什么记载了。尽管在他死后十多年,因在朝廷任左拾遗的白居易赋诗为其鸣不平——一面是无良文人为了金钱替达官权贵歌功颂德,一面是受百姓爱戴的好官无人问津——朝廷最终敕封麴公墓为麴大夫墓,但在史册中依然找不到他的事迹,倒是其诗文被收入诸多文著。因之,后来的邑志也就无法引经据典加以详述,只能以概括性、抽象性的语言评价他。

但不管朝廷、史册对他如何,望江老百姓心中自有一杆秤。他们深知麴公为他们谋了什么、做了什么,打心眼里敬重爱戴这位爱民如子的好官,早已将这位外乡人当作了真正的望江人。于是当他任满时,百姓自发群集遮道极力挽留,使得上司只得依循他们的意愿,留麴信陵续任;在他“身殁欲归葬”时,百姓又群集遮路恳请留丧,终至“攀辕不得归,留葬此江湄”。生时留任,死后留丧,这是何等高规格的民心待遇啊!一个封建时代的官员能将官做到如此高之境界,让百姓“至今道其名,男女涕皆垂”,是何等难能可贵啊!

不仅如此，望江民众为了让后世子孙永远记住这位好官，还调动全部智慧，创作了麴公九龙潭斩龙的神话故事，将心目中的麴公塑造成了一位不畏艰险、勇于献身的屠龙英雄！这个惊天地泣鬼神的故事经由一代代望江人的口口相传，一直流传至今，从而使一位“名不闻京师”的芝麻官实现了惊人的神化蜕变！这样的做法，已不仅是对一个好官的敬意了，更是对一种伟大人格发自心神的礼赞和仰慕！虽然白居易在其诗中也表达了“无人立碑碣，唯有邑人知”的遗憾，然而诚如那句老话所云：金杯银杯，不如老百姓的口碑！因为唯有老百姓的口碑，才是永存不毁的……

一千多年了，九龙潭的故事还在流传，麴公的英名还在传颂。一千多年了，现今的望江人还在为新立被毁的麴公墓而煞费苦心……

是的，为重立麴公墓，望江政界及文化界的确颇费思量，主要是被“在何处重立麴公墓”这个问题困扰多时。在这个问题上，大致有两种意见：一种认为，应在原麴公墓旧址或附近重新立墓，也就是在现在改造后的小北门步行街边重立墓，以尊重历史，修旧如旧；而另一种意见认为，随着小北门街被整体开发成商业步行街和商品房住宅小区，在繁闹的商业街和居宅区立墓会带来诸如场地挤窄、街市喧闹、不够严肃、居民难接受等很多问题，不如在新城区选择更开阔、更好规划的新址重建。两种意见争论多年，迟迟没有定论，一度还曾导致争取来的项目资金因长期沉淀而遭遇风险。经反复权衡，最终还是选择了在原址重建的方案。

于是，重建的麴公墓在小北门步行街闹市区一侧立起了。小区的市民们对此并未表达什么异议，他们以平静的态度完全接纳了这个能够弘扬正气、教化子孙的历史遗产。

此外，麴公墓在街市边重新立起，竟然还产生了意想不到的良好效果：新立的麴公墓与市井氛围相互映照，恰与麴大夫精神相融不悖，此种安排，恰是对麴公精神的最佳阐释！

不是吗？麴公生前在任时，不就一直处在市井之中、民众之中吗？他从来就不想也没有脱离过民众，他始终乐于与百姓打成一片，唯此，才能深切地关注百姓的喜怒哀乐，了解并设法解救民众的饥寒与痛苦。正因如此，他才得到民众的爱戴与敬慕。那么今天，虽早已时过境迁，但中华优良价值观是一脉相承的，并未改变；即便是今天重立麴公墓，也应让它离人民近些、再近些，而不应将它置于一片虽然清净、开阔，看上去优雅优裕，实际上离市井民众很遥远、隔膜的考究之地。因为，这是麴公所不愿的，也是有悖于重立麴公墓初衷的。

那么，还是让麴公默默地、安详地立于市井一隅吧，让他永远与所钟爱的百姓在一起；这样，不管日子怎样变更，他都能得到一份慰藉，都能有一种归宿感，总能看到日子的暖色。而民众们，也能随时地、很容易地看到他，永记他的名字和功绩，随时获得教育和感化……

这虽然不是刻意安排的，但这或许是最有意义的安排。

2016 年 12 月

鲍参军的精神血脉

一

二十世纪法国著名画家亨利·卢梭,曾以其清澄而雄浑的诗意画风,让名满天下的大画家毕加索因感触到他激越的“精神血脉”而给予赞许和褒扬;无独有偶,一千多年前的中国诗人鲍照鲍参军,以其峻健、雄浑、奇警、生峭之诗文才情,让其后名满天下的大诗人李白和杜甫感触到他俊逸豪放、卓尔不群的“精神血脉”而大加赞赏与推崇。

鲍参军的这股豪放激越的精神血脉不仅激荡在他悲壮的人生实践中,更激扬在他雄奇峻秀、才华横溢的诗文之中;那篇关于雷池的独树一帜、充满浪漫主义色彩的散文杰作《登大雷岸与妹书》,便是这股血脉强力跳动而激起的绝美浪花……

二

这诚然不是一封普通家书,的确是一篇可遇不可求的独一无二的散文杰作。之所以这么说,是因为这篇山水文学奇文是一位特定作者在特定时期遇到特定自然环境,经交融碰撞才有可能产生的,它是横空出世而非刻意策划的……

特定作者当然是指具有独特个性和旷世才华的鲍照鲍明远。鲍照“才秀人微”。出身寒微的他却胸怀壮志，从小勤攻文学，也很崇尚武略，想干一番大事。他长于乐府诗，其七言诗既能吸收民歌精华感情丰沛，又兼具浪漫色彩，对后来的大诗人李白影响颇大，杜甫曾以“白也诗无敌，飘然思不群。清新庾开府，俊逸鲍参军”来赞美李白诗歌的浪漫主义风格。鲍照一直不甘于自己地位卑微，想凭借才学于社会上层争得一席之地。然而他身处的南朝刘宋时代门阀森严，他受尽歧视和排挤，仕途沉沦，抱负不得施展，只能将愁苦与怨愤发之于诗。其《拟行路难》系列组诗中，既有“对案不能食，拔剑击柱长叹息”“酌酒以自宽，举杯断绝歌路难”“自古圣贤尽贫贱，何况我辈孤且直！”等表达怀才不遇的悲怨诗句，也有诸如“丈夫生世会几日，安能蹀躞垂羽翼！”“莫言草木委冬雪，会应苏息遇阳春”之类励志求远的“长图大念”。这的确是一个才高气傲、不满现实、奋勇抗争、命途不济的孤独灵魂，这个灵魂游走在一千五百多年前那个冰冷的社会，抗争命运，斗法世俗，寄情山水，泼墨人生。

特定时期是指鲍照迎来的一个重要的人生机遇期。这个机遇完全是他煞费苦心争取来的。在豪门士族压抑之下，他决定主动出击，向南朝宋武帝之侄、被称为“宗室之表”的临川王刘义庆献诗，以博得临川王赏识开辟仕路。《南史·宋临川烈武王道规传附鲍照传》中对此有精彩记载：“照始尝谒义庆，未见知，欲贡诗言志，人止之曰：‘卿位尚卑，不可轻忤大王。’照勃然曰：‘千载上有英才异士沉没而不闻者，安可数载！大丈夫岂可遂蕴智能，使兰艾不辨，终日碌碌，与燕雀相随乎？’于是奏诗。义庆奇之，赐帛二十匹。寻为国侍郎。”这段记载足见鲍照的男儿血性，他既愤然抨击了门阀制度的不合理，又高调抒发了隐忍于胸的长图大念，这也是对其精神血脉的某一诠释。这回他运气不错，爱好文义的文人政治家刘义庆（《世说新语》编者）很赏识他的才华，不仅赐给他帛二十匹，还提拔他作了国侍郎。于是，年轻气盛却饱受压抑的鲍照面前，豁然洞开一片光辉前景，怎不令他踌躇满志、激情万丈呢！

特定自然环境是指鲍照在赴任途中遇到水天壮阔的雷池。南朝宋元嘉十六年（公元439年）盛春，刘义庆出镇江州（今江西九江）。同年秋日，鲍照从京城建康（今江苏南京）启程赴江州就职，在途中他登上了大雷岸，展现在他眼前的是宏大壮阔的大雷池，这方可挡千军万马的大水与周边奇峻起伏的山峦和滚滚流向天际的长江共同构成的宏伟的自然图景，强烈地震撼了一颗年方二十六的年轻心灵，同时也激发了他胸中寻求超越的万丈豪情以及他浪漫无羁的卓越才情。我们可以作这样的推想：登大雷岸之后，他心情久久不能平复，他想到了即将赴任的江州及旁边具有人文神韵的庐山，想到了自己像大雷岸一样旷阔的仕途前景，当然也想到了远方对他寄托了宏愿的妹妹鲍令晖及其他亲朋。第一次离家远行的他于是提笔想写一封家书，既为告慰远方亲人，也为通报自己的平安和思想状况。然而，当他写完第一段后，就再也按捺不住喷涌的激情和激荡的才情了，于是一发而不可收，顾不得书信体裁的限制和容量，尽情泼墨，一吐为快，一气呵成。于是，便有了这篇流传千古的杰作的诞生！

三

那么现在，让我们再来看看这篇《登大雷岸与妹书》吧。

每次读这篇散文，感觉就像在欣赏一幅印象派大师的油画作品，色彩炫目又凝重，想象丰富又灵逸。寄情山水，浪漫不羁，恣意联想，形神兼具，构成了它永不褪变的特色。

山水寄托着他的情怀。文章的开头，在交代过离家远游，备尝旅途艰辛之后，在第二段他就向他的妹妹展示了他的思想。他说，这些天来他跋山涉水，观赏山川河流，心神遨游于清水中之小洲，放眼浏览刚降临的暮霭。东看来时之路，与家人已相隔五洲之遥，西望前往之途，江州尚在九水分流之处。看脚下，是关山绝景，望天边，是飞渡孤云。看到如此壮阔的景象，他隐藏在胸中的宏图大志早就被激发起来了！接着，他分别从四个方向描写途中所见山川、平原和湖泽；他调动全部的想象，将山水景观都赋予了生命。就像他在人间打拼那样，南边千奇百态层层叠叠的山峦都在“负气争高”，它们争相吸引着阳光，随着时间的推移，峥嵘群峰交替逞雄称霸。这几句通过拟人化手法既生动描绘了重峦叠嶂在彩云霞霭间明灭莫测的景象，也暗喻了在人间正道拼搏的艰难。随后的四句则写出了崇山峻岭逸动的气势，它们昂首阔步，前后相连，犹如一道长陇，围天而转，横亘大地，不见尽头，尽显怒起争胜的威武之态。此处也映照了鲍照尽管面对歧视排挤也要坚持顽强奋争的人生态度。之后，写到平原与湖泽，又写到长江。在面对波涛汹涌的大江时，鲍照又生发了关于人事进退的悲凉感叹。因为刘义庆可以给他一时的赏赐和提携，却不能从根本上改变这个森严的门阀社会对他身世的固有态度，他的前景还是有太多的不确定性。“思尽波涛，悲满潭壑”正是这种担忧和悲愤心情的深沉表达；同时他借用“烟归八表，终为野尘”的自然景象，发泄了对世族豪门的愤懑和蔑视。至此，鲍照饱受压抑的痛楚与迷惘，不甘沉沦的抗争与拼搏，借着变幻无穷的自然山水，得到了形象化的表现。

浪漫释放了他的性情。怀才不遇又饱受压抑之人，必然会把心灵更宽广地放开，让其尽情驰骋乃至飞翔，这是鲍照的性情，也是李白的性情。鲍照在《登大雷岸与妹书》中便尽情释放了这种性情，使这封家书因富有浪漫主义特色而脱胎为一篇散文杰作。在他的笔下，山可以“负气争高”“参差代雄”，也可以“凌跨长陇”“带天有匝”；水鸟和游鱼可以在水波之中弱肉强食，追逐鼓噪；而湖泽中的“号噪惊聒，纷牣其中”，又与原野的“旋风四起”“静听无闻”形成强烈对比，生动地表现大自然的丰富多样！他手中之笔好像是一台可以变焦的摄影机，长江风光和大雷岸的水天景象可以是千里长轴的一个宏阔远景，也可把镜头慢慢拉近或四向转换，还可以为“栖波之鸟”和“水化之虫”来个特写。最生动的还是文后那段对水的描写，极尽神奇想象之能事。他一口气写了四种形态的水：细流汇成大川，溪水汩汩喷射，疾风鼓浪相撞，江水汹涌激荡，四水奔腾向前，锐不可当，流域甚广，如果削长补短接在一起可达方圆百里！流水在他笔下都可以剪裁拼接，想象多么奇谲！之后描写咆哮的巨浪，其笔势更为峻峭，“腾波触天，高浪灌日，吞吐百川，写泄万壑”，一幅幅奇险画面惊现眼前，何其壮观！接下来他似乎加快了拍摄的节奏，两句一景将浪涛变化莫测的状态和魔力写得惊心动魄：洪水的波浪拍倒了岸边的细草，向田垄冲去；波浪惊起又突然崩散，飞溅的浪花犹如快箭和闪电；巨浪接连翻滚忽聚忽散，能把河岸冲走，可让山岭倾覆；撞退的水沫覆盖了山顶，奔涌的波涛洗空了山谷；巨浪呼啸而来，把坚硬的山石和弯曲的河岸都击得粉碎！鲍照层层推进，在把惊涛骇浪写到极致的同时，似乎也将他胸中澎湃的激情同时带出，他将自己豪放不拘、奋争不屈、屡挫不馁的性情和气质通过对水浪的描写完全释放了出来。

畅想融入了他的幻想。这篇杰作的浪漫主义色彩，是通过鲍照独特丰富的生动联想和恣意畅想而凝成的。他可以不拘泥于山川景物的准确方位，凭借丰富奇特的想象打破时空，描绘出更为壮阔的长江风光图；不论是不是真的望见，他站在大雷岸上，就能手握彩笔淡妆浓抹描绘出庐山的宏丽图景。我没有认真考证过，站在我们的大雷岸上能否直接看到庐山，或者在什么样的天气条件下能直接望见一百六十公里外的庐山，但是可以肯定的是，即便能望见，也一定是隐约的、轮廓式的、不清晰的，而绝非鲍照在此文中描写的那样具象、清晰。也就是说，此文中的美景庐山，其实是他内心畅想的庐山，融入了他美好的幻想。庐山处在他即将就职的江州地区，那里寄托了年轻的鲍照未来的希望，他立于水天宏阔、波涛涌动的大雷岸上，带着无比的激情眺望庐山，其实也是眺望他的未来！他将脑中的幻觉全都诉诸文字。在他笔下，庐山是神圣而又多彩的，山基压镇江湖，山峰连着天河；山上时常堆积鲜艳秾丽的云霞，山体的色彩随时间推移而不断变化；晚霞的光亮和色彩或是火红色的，或是深红色的，左右的青云被红霞映染衍化成多层次的紫霄；而当暮色笼罩，峰顶只剩最后一缕金光时，在半山以下，则都是纯粹的黛色。于是，在他心目中，这座非凡之山便完全浸没在绚丽的色彩之中了！最后他以为，这一座雄武奇丽之山"信可以神居帝郊，镇控湘汉者也"。

四

由此可以看出，鲍照的《登大雷岸与妹书》是一篇感情激越奔放、气势峻健惊挺、想象奇崛独特、文辞浓墨重彩、表达酣畅淋漓的山水文学杰作；作者调用多种艺术表现手法和修辞手法来打造这件艺术精品，并在一股精神血脉支撑下酣畅泼墨，恣意挥洒，一气呵成，让这件艺术品达到了极高的审美境界。请注意，它是一件艺术品，而不是一篇史料；虽然现今许多雷池文化研究文章常引用其中的段落或语句以佐证其论点，但要言明的是，该文中远眺四方所述的山川、湖泽、平原等的方位并非确切的地理位置，那些崇山峻岭以及惊涛骇浪的组合也并非一地之景，作者无意作一篇具体的大雷岸考察文章，而是借用大雷岸壮阔景象，综合沿途所见景观，来抒发胸中大志和心中感慨。但大雷岸壮观的景象却是真实存在的；所以，这是一幅绝妙的写意画作，或是一幅印象派大师浓彩的油画。

这同时也是一篇气质独特、个性鲜明的散文作品，其个性来自作者独特的精神血脉，而这股血脉的形成，则源自他抗争社会、顽强奋斗、不懈追求中形成的思想情怀，他的悲剧经历与他的卓越才华相伴相生，推动了这股血脉的养成。

然而，他的精神血脉却没有改变他悲剧的命运，他最后一次出任了临海王刘子顼的参军，因此别人又称他为鲍参军。然而正因为这个职务，在刘子顼谋反不成被赐死时，他也在荆州死于乱军之中。

但是，他的精神血脉铸就的诗文是永生的，他的《登大雷岸与妹书》是不朽的！古雷池也因此而永生！因此，雷池故地的人们应该感谢他，并永远记住这个怀才不遇的孤傲的灵魂！

2013 年 5 月

水乡泽国

望江自古以来就是水乡泽国，南朝文学家鲍照的千古名篇《登大雷岸与妹书》便记载了浩瀚的古雷池壮阔的景象。水不仅是生命之源、是人类赖以生存发展的先决条件，同时也是文化之源，纵观世界文化源流，流淌在非洲大地上的尼罗河孕育了灿烂的古埃及文明；地中海孕育了古希腊、罗马文明；流淌在东方古国的黄河与长江则滋养了深厚的中原文化和绚烂的楚文化，孕育了灿烂的中华文明。同样，壮阔的古雷池营造的水乡泽国也孕育并培养了底蕴深厚的雷池文化，它是博大精深的中华文化的组成部分，也是水文化呈现形式之一。

俗语说：一方水土养一方人。作为生活在水乡泽国的人们，水乡文化的特质一直流淌在望江人的血脉里；这一文化养成了望江人的秉性特征，这一文化决定了望江人的生活方式，这一文化成为望江人为人的根本。

水乡泽国给予望江人以生存的智慧，孔子曰："智者乐水"。水乡的人们因"乐水"而具有水之灵性：沉隐地下则安然静蓄、含而不露，迸涌而上则快乐为泉、生动活泼，势单力薄则执着探路、谋寻融合，多路汇聚则成泱泱大势、展示胸怀。境遇不同则灵活应变、各展风采：经过沙土时欢快地渗流，撞上岩石时浪漫地溅花，遇到断崖时勇敢地垂瀑，遭遇山阻时机智地绕行。温度超高时，沸腾飘散；气温过低时，凝固抗寒；升至高空时，潇洒成云；四季转换时，以不同方式滋润大地……水之灵性使水乡雷池人杰地灵，人才辈出，先贤名士各领风骚，最终超越时空，汇成源远流长的文化脉络和精神导向。

水乡泽国给予望江人以做人的仁义，老子曰："上善若水"。水代表了德。

水不分贵贱滋润万物，水忍辱负重托举舟船，水川流不息改善环境，水潜涌流变去污生能，水利万象万物不顾自身。生于水乡的望江人习于水、融于水，像水那样不断流动、永不停息、及时奋斗；秉承孔孟思想，以“尚水之动”为轴，流贯其中，呈现“日进不懈、自强不息”的奋进模式；人们受水的恩泽、水的启示更能懂得仁爱孝义，自觉自然地加强道德修养，行善聚义。难怪望江有那么多感天动地的孝道故事；难怪古雷池大地上产生过那么多守诚忠信的典故。

水乡泽国给予望江人以包容的胸襟，禅语曰：“善心如水”。水从不怨天尤人，不求环境适应自己，而善使自己适应环境；只怀一颗善心平常心，善待一切，灵活善变，聚力而为。点滴雨水可汇成细流，涓涓细流可汇成江河，滔滔江河可汇成海洋，最终呈现广阔胸怀和恢弘气势；这便是积多方小能可成大势、聚点滴小善而成大义的道理。水乡的人们在长期与大自然的交往中领悟了水之善心、水之秉性，久而久之潜移默化间也具有了水一样博大包容的胸襟，他们包容接纳外来的移民和文化，与九省十三县的移民一起勤劳奋进，患难与共，开发利用大雷岸，成就了大雷岸的富庶繁荣。

水乡泽国给予望江人以自强的勇气，道家曰：“攻坚者莫胜于水”。水，柔中有刚，刚柔一体；看似柔软，实则暗含克刚的韧性之力。滴水可以穿石，久磨可使石圆；这是一种执着于目标，心无旁骛、自强不息的精神。生于水乡的历朝历代的望江人学习了水的这种精神，他们为创造自己的幸福生活，从未畏难退缩，而是锲而不舍地学习自然、改造自然：新中国成立之初，围湖造田，在野水荒滩上筑起九个万亩大粮仓；大水之年，抗洪抢险，涌现出抗洪钢铁战士吴良珠、抗洪英雄吴勇祥等全国全省标兵和大量感天动地的事迹；每年冬春，兴修水利，在古雷池大地上构建起一流的水利设施体系，让水不再危害水乡而是为水乡人民造福；改革开放，开拓勇进，建起穿越武昌湖的安九公路，使望江至安庆三个多小时的车程缩至一个小时；近年又大胆设想，建成首座坐落于县域的长江大桥！这些无不展示了望江人自力更生、奋发图强的意志品质。与此同时，在对水的认知和治水利用过程中，也形成了具有雷池文化特色的水文化：古雷池水利风景区已成为安徽省第二批省级水利风景区，并在积极申报国家级水利风景区；景区以望江历史文化为特色，集水利功能、生态功能、休闲度假、游览观景、水上游乐、特色农业、文化传播、科普宣教为一体，充分涵盖了人与自然和谐相处的现代水利科学内涵，是具有区域自然特色和地方文化特色的综合型水利风景区。景区的形成并命名，对于保护水生态环境，弘扬雷池故地水文化，推进旅游事业发展和生态文明建设，都具有积极的意义。

2015 年 11 月

雷水之阳

虽说我的祖籍是安徽绩溪县，并非雷阳镇本土市民（我父母二十世纪五十年代才迁居于此），但我毕竟出生在雷阳镇，并一直在这里成长，至今也仍在这里工作和生活，因此我也应算作是个实实在在的雷阳人了。

雷阳镇虽是个小城，却是历史悠久的古镇。县志记载，自东晋以来，这里便一直是县治所在地；在明朝万历年建城之前，这里虽然仅有官治民居而无城，但已经形成东西南北四个方向的街巷。明万历三年（公元1575年）始建城，四月告成。城周围长六百二十六丈，设有南廉恭门，东清城门，西嘉泽门，北孝感门，东北翔凤门；城呈长方形，东西长，南北狭，有七街十巷八桥，城西南有长河（今新桥河）绕过。我不想在此赘述雷阳城漫长的历史沿革，仅言近代：民国时期它叫青林镇，新中国成立后叫城关镇，1991年撤区并乡时将翠岭乡及茶安乡的城东村并入改称雷阳镇。

"雷阳"是个有历史文化内涵的名字，我之所以一直习惯于将望江县城称为雷阳城，是因为我觉得这个名字的内涵似乎更适合这座有着悠久历史的古城，其所具有的文化概括力和穿透力，更易带给人们以丰富的乃至诗意的联想。

雷阳，意即雷水之阳。中华文化里，"山之南、水之北"是为阳；雷水之北即雷水之阳。这里的雷水是指大雷池水系；由古雷水汇积而成的古雷池，是自古以来就闻名遐迩的水名。据考证：古雷水自今湖北黄梅县界东流，经安徽宿松县，至望江县东南，积而为池，称为雷池；大雷池即大雷水，是一广阔区域，战略位置极为重要，自古乃兵家必争之地。据史料记载：东晋咸和二年，历阳(今安徽和县)太守苏峻与豫州刺史祖约举兵叛乱,威胁到京城,江州刺史温峤欲率兵东下保卫京城建康(今南京),中书令庾亮恐手握重兵的荆州刺史陶侃乘虚而入,故在《报温峤书》中道:“吾忧西陲过于历阳,足下无过雷池一步也。”温峤遂按兵不动,仍镇守江州。成语“不能越雷池一步”即典出于此,雷池因此名著史册、家喻户晓,成为闻名天下之水名。大雷水之北诚然也是一片广阔的区域,包括望江县广大区域,但作为望江县政治、经济、文化中心的县城,用雷阳之名,自然是具有代表性和概括性的。

古水之北有古城,这样富含历史文化信息的地名难道还不能给你带来向往的联想吗?

当然,社会在发展,时代在变迁,城市变革的步履在改革开放的新时期也在加快;就像长大的成人穿不了孩提时期的衣裳一样,明万历年间建造的仅仅六百二十六丈身围的古城不可能总是套住雷阳城发展的步履;今天的雷阳镇(它的官方名称已改为华阳镇),不是已向古城周边的翠岭乡和茶安乡伸展了它的触角吗?它的触角不是已伸过县步河,把那边大片土地变成了工业开发区吗?未来,随着高速路的开通和长江大桥的建起,它的触角或将延伸到长江边、延伸到太慈镇乃至更远……

然而,不管它怎么延伸、变革、发展,作为一名出生并成长于此的老雷阳人,我都会努力记住它一路走来的身姿,还有它那散发着历史文化气息的独特味道……

老城的嬗变

顺应自然是定居者求得安居所应遵循的理念。长久以来,一代代的老雷阳人一直秉持这样的理念,在遵循自然规律、应对自然挑战上,做得很认真也很出色。

望江县地势总体是低矮的,特别是东南沿江地带。正因如此,周边的水才源源不断流到了这里;浩瀚的古雷池,就是因为水流汇聚而形成的;水多、水大,自古以来就是望江县最显著的特点。水大诚然有其利,但也不可避免地带来水患的问题。遵循水的规律,预防和应对水患,对于处在长江及雷水之北的雷阳镇而言,始终是不得不重视的首要问题。对此,雷阳的民众从未含糊过。

这一片城址,就是先人经过千百年摸索而选择的。这里虽然距古雷水咫尺之遥——绕城而过的县步河与据说是古雷池现今遗存的杨溪河相连,系古雷水的一部分——却是逐渐走高的一片阔地,城内有钵盂山,山不高大,坡势较缓,坡面承载着几条老街旧巷。这样的地势保证了无数大水之年城内的安全。

改革开放之前的县城的确很小,稍微宽阔一点能够跑机动车的街道严格地说只有两条,一条是起始于新桥头向西北顺缓坡而上止于小北门街口(老雷阳人习惯于称此处为学门口)的望华街(今书院路),全长不过一公里。另一条是与望华街相连的东西向的县府街。在学门口边的税务岭山体未打通之前,县府街只有从县委大院至坡磡一小段,不过二百来米长;二十世纪七十年代初挖开税务岭才开辟了另一段街面,形成县城主街道(今回龙西路)。城内的几条窄小的老街,都从这两条主街起口,沿东、南、西北、北等方向延伸,本土市民大都世代居住在这些老街。

多少年来,雷阳城内的居民都抱有祖辈传下来的强烈的水患意识,他们无论是建房居住还是开商铺做生意,都尽可能选择地势较高之处。据史料载,新中国成立前县城里有各类大小商号店铺八九十个,都集中在以钵盂山及其余脉和刘家岭余脉为依托的小北门街、东门街和大北门街上,而且越是高处商铺宅第建得越密实考究;而新中国成立后兴建的百货商店、供销商场、正新商店等,也都建在坡磡、学门口等高处。而地势相对较低的南门街、西门街则基本没有商铺,街面不长,老宅也很稀疏。至于一些历史文化知名建筑和公众性设施,也大都建在水患难及的高处,如建于钵盂山上的江山一览楼、三孝祠、电影院、雷阳镇医院;建于钵盂山余脉坡丘的文庙、青林寺、天主堂;建于凤凰墩的魁星阁、雷阳书院;建于城东白虎山头的回龙宫等等,这些无不体现先人精心用心的选择。

“天人合一”是儒家文化追求的最佳境界,老雷阳人自然也抱有这样的价值观;处在雷水之阳,雷阳人似乎更自觉于追求与雷水环境的协调;“不敢越雷池一步”的典故在雷阳人的思想里已化为影响他们生活的一种文化。很多年以来，他们就一直在先人选择的这一片吉祥热土上与古雷水和谐相处，一直规矩地生活在先辈们经营起来的老街老巷里，从未敢将这些老街旧巷拓展延伸跨过县步河，城池规模范围也一直没有什么改变。这是一种遵循，但时间久了也会形成某种禁锢，带来思维的束缚和思想的惰性，阻碍人们对客观世界的主动性、开拓性探寻。因为社会环境在不断变化发展，城市的成长也应适应这种变化才能获取进一步的生机。

新中国成立以后，特别是改革开放之后，随着机构的增多，人口的增多，小城简单的“紧身衣”框架已越来越跟不上城镇发展的需要了。而此时雷阳人的思维还停留在遵循老城既有框架之中，在这片有限的空间里寻找并利用他们认为能够启用的一切空地和空间，兴建、拆建、改建新的设施。他们挖开钵盂山，填掉老藕池，填平张坝圩，在新辟之地上缺少规划地建起了各种类型的房屋；机关、民居、商铺、学校全拥挤在县步河之北这片猫小土地上，呈现出一种无序的拥挤。一些著名的历史文化遗存在日益拥挤中发出凄惨的呼号：有着五百八十多年历史、因开门见青林而得名的青林寺，竟被填藕池而建的农贸市场所拥堵，喧闹嘈杂之声打破了禅宗的宁静；而市场上宰杀鸡鸭猪狗和鱼鳝蟹鳖留下的腥气，也弥漫进普度众生的梵音佛号之中。文庙前的状元桥所拥有的那点可怜空间也没有被放过，在拆除状元桥之处建起了一幢高楼，文庙从此便只能躲缩在这幢楼房的身影后，失去了与街道民众直接交流的便利……城里实在挤不下了，便向河道进军，沿河道河滩先后建起了无数市政楼房、农贸市场和居民小区等，这条曾经清澈的河流，从此被垃圾和污水所困扰。于是，以遵循水的规律为信条、不敢越雷池一步的雷阳人陷入了新的困惑，他们谋求的城市蜕变也进入了一个循环往复、难以走出的困境……

不过，进入新千年，外来的领导人以旁观者的清醒，提出“敢越雷池”“越雷池而望江”等崭新的口号，立刻打开了老雷阳人心理的症结！雷池原本也是可越的，雷阳城的街路，也是可以大胆地越过县步河的；越过这条老河——这片古雷水的现今遗存——那边竟然还有大片广阔的天地……

新的规划拉开了老城新的大框架，带给老城蜕变的机遇，也带给老雷阳人新的联想！

老城是否由此重新找到顺应自然、走出困惑的希望呢？

老街的挣扎

在城镇化加速发展、城市建设日新月异的当下，城市老街似乎越来越边缘化了。有的，甚至没有获得时间的豁免，难以逃过消亡的命运；即便有幸存留至今，在时代大潮的冲击面前，也似乎处于某种挣扎状态。

不过，不管老街处于怎样的情形，因其深厚的历史文化积淀而形成的独特味道，都依然会弥散在那些城市老居民们的心间。

雷阳镇的老街，曾是构成这座古城的主要部分。它的形态是多样的，味道是丰富的，一年四季都弥漫着市井和人文的古朴气息。

小北门街是伤感的。经过多年痛苦的挣扎，它还是走到了命运的尽头。历史上的小北门街曾是这个小城最繁华的商业街。新中国成立前，城内近一半的商号都集结于此，像陈德兴钱庄、胡大有绸庄、余存仁药堂、龙合丰杂货店、余同和火油店等都是当时很大的商号，尤其是陈德兴钱庄，其业务影响遍及全国；这些闪亮的牌匾连同其他四十多个中小商号，构成这条商街的繁华的景象。三孝祠、江山一览楼等名建筑也坐落于此，更增添了它的人气和影响力。商号云集的街市，自然也是大宅豪庭集中之地。小北门街上明清及民国时期的老宅第的确不少，大都粉墙黛瓦、高檐翘角，考究一点的大宅多依坡而建，门厅设青石门框门槛，有的前后有两进至三进，一正两厢或一正四厢，厅堂前置天井配青石水池。其中最为宏大的建筑便是陈德兴钱庄留下的宅院及其后院的江山一览楼了。陈氏后人对江山一览楼有段文字记载：

> 江山一览楼具有明清古建筑风格，楼台亭廊，楼上楼下，一正两厢；楼上正厅前有紫檀木雕刻栏杆，“江山一览楼”大型匾额悬挂楼檐，立于楼上，可凭栏远眺江流；楼下也是一正两厢，厢房前有雕花的整体大窗扇，正厅前檐有龙凤雕纹的四扇大门；房内结构系柱石连结，柱下基石刻有“万”字图案，各柱相衬甚为雅观；楼前有庭院，院前有照墙，墙中有斜方形砖雕“福”字，两侧有砖雕对联一副：“廓墟堪步月，院小略栽花”。

显然，这是一幢古朴又别致的建筑。至于其他沿缓坡而立的一些旧宅，虽构造相对简约，但也多为明清及民国建筑风格，其中也不乏前后两进、一正两厢、天井水池、青石门槛的宅第，而多数为便于开店经营的结构，连扇的木质活动门窗对着街道青石路面，厅堂开阔、敞亮。新中国成立后很长一段时间，小北门街仍聚集了百货、供销等较大商场及电影院、城关医院、手工业局、粮食局、供销职校（“三孝祠”改建）等公共单位。改革开放之后，随着县城新辟的回龙路、东州路等街道的启用，商业和单位开始向功能更强也更开阔的新街聚集，小北门街、东门街等老街开始逐步走向冷落，只有一些个体户在此经营一些小的生意。繁华背后的小北门街抱着自己风光的记忆，开始承受孤独的阵痛，默默驻守一隅。然而，它毕竟占据着一段条件优越的利商位置，在这个呼风唤雨的商业时代，不管它怎样低调，最终还是难逃被开发的命运……

东门街是深沉的。尽管它那深沉的色调随着一些老宅被翻新改造而有所褪色，但它还是顽强地保留住了老旧的风貌；它那带有古朴历史感的味道，始终存留于我每一次回望的目光里或每一次徜徉的感觉里。东门街其实是一条不长的小街，然而正是在这不足一华里的短街上，新中国成立前却聚集了二十多家大小商铺，其中还有童复兴香烟公司、王克斌竹木行这样较大的商号，他们所留下的具有徽派风格的宅院和木质门面的店堂，是构成街道的主要建筑。这些旧屋老宅大都带着深沉的色彩，青墙黛瓦，屋檐挑出街面；有几户大宅门厅宽阔，设有青石门槛，内有天井及青石板砌的水池，两进或三进的厅堂，厢房周边围绕，显得庭院深深；其余老屋大都带有清末民初建筑特点，它们紧挨着，夹着青石或麻石条铺就的窄小街面顺坡而下。坡下平坦之地的一些老屋多是新中国成立初所建，包括二十世纪五十年代后期因兴建人民剧场而从南门街过来的迁移户。东门街是低调而又幸运的，它与回龙新街紧挨并行，就像是回龙新街的补充和陪衬；近些年来它都一直在调整自己的姿态，一些房屋和店面做了适应市场的改造，吸引个体小商户，甚至将青石路面也改成了水泥路面，以方便路人的行走；它虽然失去了往昔的繁闹，却似乎也没到生存的尽头。它还在适应着，努力迎合越发强劲的变革浪潮……

大北门街是沉静内敛的。虽然它也曾经是商家钟情的地段，历史上曾有

不过，不管老街处于怎样的情形，因其深厚的历史文化积淀而形成的独特味道，都依然会弥散在那些城市老居民们的心间，使他们时常忍不住投以眷恋的回望。

萧广兴钱庄、鲁义泰杂货、何根甲粮行等二十多家较大商家落户这里。新中国成立后，随着新街的开启，它渐渐走向了清冷。近些年，它已沉静了下来，特别是随着老县委大院和老政府大院的相继开发，它更是节节退守，小心翼翼坚守着日益萎缩的地盘。一些老屋店堂被悄悄改为了现代风格的居所，已基本没有商户入驻；仅存的老宅，也都是一些不事张扬的老居民的住所；街面原先的青石板陆续换成了水泥路面，当年那种鞋底叩击青石的清脆声响，也只能从记忆中去寻找了。街道是安静的，清冷的，我只能从记忆中去寻找它往日的热闹。大北门前街曾是就读城关镇小学的学生上学和放学的必经之道，我至今还记得上小学的时候我在这条街青石板路面上行走的情形，也还记得我那些家住大北门街的同学放学时列队回家的情景。不过近几年，随着老县委大院和老政府大院的迁移，这条上学的道路已经被废弃，学生上学改走大道了，于是，大北门街似乎更为沉静了……

南门街和西门街是善变的。它们没有背负过多的历史包袱，也缺少其他老街曾经繁华的历史荣光；它们只是拥有一些并不连贯也不太考究的老屋旧宅，而且由于地势平坦，似乎更易与新街连通融入，被新街新建筑风格同化改造。于是，在漫长的潜移默化中，它们渐渐地甩掉了自身老套的衣裳，并试图改变老迈的体态，蹒跚着奔向新的潮流。老屋旧宅被渐次改造已经所剩无几，新的楼房新的设施已成主体，老街已无老的感觉，只是因为先天不足路面不宽，常被人视为某种过渡性的背街小巷。不过它们与其他新街融为一体，已成为小城难以割舍的组成部分。

其实，进入新时期，老街一直在做着调整和适应；它们在努力找寻当今城镇发展中属于自己的定位和功能。它们有的成功了，有的仍处于阵痛之中，有的却黯然神伤地留在了城市的历史记忆中。

老旧的时光

当我写完老街之后，便自然而然地联想起过往岁月里与老街相关的那些简朴而又清纯的日子。

我是在老街边出生并长大的，且至今仍与东门老街相伴。

在我活泼调皮的孩提时代(也就是二十世纪六七十年代),我曾无数次穿过直通东门街的幽暗屋巷,去找寻玩耍的伙伴;在那些结构复杂巷道幽深的庭院里,做过诸如捉迷藏之类的游戏。在税务岭未挖开之前,我和东门街的小把戏们还时常穿过最西端紧邻新街的数十米长的高台通道,绕到小北门街钵盂山寻找伙伴,做放风筝、砸纸鳖、打弹子之类属于那个年代的自创游戏。很自然地,每条老街老巷都有我们通过游戏而结交的铁杆伙伴,如在陈德兴钱庄所留老屋里居住的太群、中华等小学同学,我们形影不离,不仅相约一起上学,放学回来也常常一起玩得忘了回家;假日里,我们经常一同穿过老屋幽长的过道,绕到江山一览楼后的钵盂山头打弹子、砸铜钞、放风筝……现在想来,在一个能望见小城全景的高地放风筝,是怎样惬意的体验啊!

年少时期似乎是感觉不到压力的,这倒并不意味着没有生存的压力,而是童真的心态化解了压力。在那个年代,各家的境况其实都不很好;我弟兄姊妹有五个,父母时常也交给孩子们一些生活的任务,如拾柴火,帮大人在粮站做小工,到野外捡蓖麻子、木子、蝉蛹壳卖点小钱贴补家用等等。而我们并不觉得这是麻烦,通常把任务的压力化作玩的动力。有时我带着简单的工具,独自出门或约了伙伴一道出去,走的路线大抵是这几条:之一是从东门街出发一路向东,过弹簧厂、豆面厂、东厢庙后,便沿一条两边排列木子树的沙石路直去回龙宫;这一路的收获是木子和柴火。之二是从新街出发,沿望华路往东南,过化龙桥后便是通往江边华阳镇的砂石公路,路的两边皆是粗大的杨树,蝉蛹从树根部土中钻出到树上蜕壳;在这里捡柴火和蝉蛹壳通常收获颇丰。之三是从新街出发,沿西门街往西,过酒厂到护城村至君皇山,此行则是为了捡摘蓖麻子和摘野山桃等。不管选哪条路,沿途都会留下我好奇的探寻,我经常沉迷于路途中的嬉戏,甚至于乐而忘返。到粮站做工则是大哥大姐的事,我因年岁小只是做些送水等辅助性小事;记得那时,我常做的事是带着装得满满的茶水壶蹲在去县酒厂的西门街口,等候大哥大姐挑着老糠(稻壳,用于酿酒)从跟前经过,为辛苦挣钱(每担工钱大约两角)的哥哥姐姐送上解渴之水。的确,大哥大姐远比我辛苦,他们为解家庭之困,不仅挑过老糠,还常做扛麻包、下汽车、缝麻袋、剥花生等艰苦的小工,年轻的身躯过早承载了家庭的负担。不过,在那个年代,几乎每个家庭的孩子都要或多或少地为家庭承担事务，比如我的大多数同学，每到暑假都要背着冰棒箱整日走街串巷卖冰棒，烈日炎炎，他们都舍不得从箱中拿一根来自己解渴，那“吃冰棒啵?”的叫卖声，是这个小城最清凉的音符。

写到这里，我突然想到了巴乌斯托夫斯基曾说的那句话：“对生活，对我们周围世界一切诗意的理解，是童年时代赋予我们的馈赠。”我觉得这句话很适合用于我的身上；我之所以一直钟爱文学，习惯于用诗意的情感去描绘生活，与我童年快乐的经历紧密相关。尽管我童年的物质生活是简单而清苦的，但我的精神世界却是快乐多彩的；没有什么学业负担，没有过多的束缚和干涉，父母也无力无暇过细地管束孩子们，而是放手让我们感受生活，自己去创造游戏和游玩的方式，自己去创建感知和看待生活的方式。我的童年诚然是我此生最快乐的时光，而且我一直以为，我的童年是完全融入这座小城并与它一同快乐着的。

是的，雷阳小城的每一处，都曾留下过我童年的足迹；至今我还能清晰地忆起当年这些街巷上的景象……

其实，小城一直是生机盎然的，即便是在那个物资匮乏的年代。不去说老街——因为老街已说得足够多，人们已能想见它们的情形——便是望华这条新街，当年也是每日汇聚着四方而来的生气！

我居住在从东门街延伸过来的老屋里（我曾与人玩笑说我是“泛东门街”居民），老屋未改造前，它面临的就是望华街。老屋临街的前院略带斜坡，原本是老城关粮站提供给市民排队等候开票的地方，老粮站迁移后这里被县食品站借用，开办了猪崽交易市场和猪肉市场，每日猪崽的尖叫声会同市人嘈杂的喧哗持久地笼罩这片区域。祖母带着我们几个孩子（父母当时住小北门街粮食局）就挤在两间不足三十平方米的老瓦平房里，过着那些热闹的日子。除去夜晚，在家待与在街上玩其实没有多大区别，我每日在街上的时光甚至多于在家的时候。

街上总是很热闹，各种摊点不知从什么地方冒出，天光泛亮后都陆续汇集到这里，有修锁配钥匙的、修打火机的、补鞋擦鞋的、摆炸米机的、修补盆碗的、卖捕鼠器及老鼠药的、敲铁皮的、制黄烟杆的等等，门类繁多，非常丰富，有些摊位的地点还很稳固，仿佛在某一处扎下了根。其中有些摊点是我很感

虽然这些老旧的情景业已成为那个远去的时代苍老的音符，但它记录着这座小城民众曾经有过的本真生活，它以真实和真诚的方式告诉我们，小城的生气是历史沿袭而来的，是雷水之阳的这片热土滋生的，是古雷池大地朴实的子民营造的……

兴趣并经常光顾的，如炸米机摊、制黄烟杆摊、敲铁皮摊等。

炸米机是那个物质匮乏年代的产物。与现在的电控爆米机不同，它是一种大葫芦形的黑色密闭铁罐，被架子载着，盛了米在火炉上旋转，仪表显示内堂的压力到了一定程度，便从火炉上卸下铁罐塞进一个发黑的大麻布袋子，脚踩阀门控柄一声爆响，炸爆的米花便冲进袋中。那种机子现在已很罕见了，在当年却是解决孩子们零食问题的好帮手。那时，县城的炸米机摊子不少，不说其他街巷，光是望华街便有两三处，常摆在东门街西口、雷阳书院门前及新桥头等处，每日炸米机的声响，就如同现在的礼炮声一样，召唤吸引着每一个孩子。在我们家，母亲大约每隔半月就要带着玉米、粳米和铁皮筒等，牵着我去光顾那炸米机摊，每每让我高兴得就像是过节一般。

我喜欢光顾的手工小摊还有敲铁皮摊子和那个造黄烟杆的摊子。不光因为我能将平时寻到的废旧铁盒和铜料在那里换到小钱，摊主的手艺及其手工流程也确实让我很感兴趣。我经常蹲在制黄烟杆摊子旁边，长时间观察那个老年摊主如何一个人既操作风箱又摆弄熔炉还要在砧子上敲打铜片；仔细察看老人用他那看上去粗糙不堪却非常灵巧的手将粗粝的铜料敲打成薄精的铜片，将粗糙的竹坯打磨成规整的杆坯，再经过精细的剪切和镶固，最终将一小截带根的毛竹管制成一根漂亮的黄烟杆的整个工艺流程。我至今还记得那是一个皮肤黧黑却被炉火烤得锃亮的老头儿，头发稀疏，落着岁月的风霜。他对自己的事业很专一执着，每日都准时将他的摊子在靠近我家的那个路边老点铺开，他将制好的烟杆排列在摊前的矮脚木凳上——就像艺术家展出他的作品那样，自己只是埋头认真地制作下一根烟杆，他很沉静不怎么做声，一直用他的锤音充当自己的吆喝。不知道他从何来、家在哪里，也不知他制作的黄烟杆是否能够支撑他家庭的生计……

其实，这条街的生气不单是由手工及杂货摊点营造的，很多的时候，这条街还是周边农人赶集的场所；农人们时常三五成群地将他们地里的香瓜、油桃、粗梨等水果以及荸荠、莲蓬、鱼鳖等水产品还有各种蔬菜，用腰子形篾箩装着，在这条并不很长的新街两侧抢占位置密集排列。虽然县城在东门街最东头有个小型菜市场，但农人还是更看重这里的人气。最为热闹和壮观的，是甘蔗上市的时候，农人用板车拉着甘蔗，一车车相随而来，在望华街两边挨个排开，把街道挤得很窄；快乐的孩子们像蜜蜂粘花似的围着车子打转，有的缠着大人买，有的拿出平常卖碎玻璃及废铜烂铁的钱买，还有的实在没钱甚至拣甘蔗杪解馋。有一回，我看到有一个孩子，抢了半根甘蔗骑上一头大猪逃跑，猪受惊吓跑得比马还要快。那情景至今在我的头脑中还很清晰。

雷阳城的过往是丰富的，我不可能将老城的旧时光一一在此作冗长的叙述，我只能选择几个片断或仅用综述的言语作粗略的铺陈，以勾起人们对过往岁月深沉的回味。虽然这些老旧的情景已成为那个远去的时代苍老的音符，但它记录着这座小城民众曾经有过的本真生活，它以真实和真诚的方式告诉我们，小城的生气是历史沿袭而来的，是雷水之阳的这片热土滋生的，是古雷池大地朴实的子民营造的，因而不会只是曾经的，定会一直延续下去。

诚然，当今的雷阳城，不还依然是生气汇聚之地吗？沿街密排的店铺、节假日云集的人流、街头流动的地摊、商场前密聚的货摊、夜晚沿街的烧烤摊等，不是与以往一脉相承的吗？

老河的清流

这是一条苍老的河流。

这条河与古雷池一样古老，它与县城东南的杨溪河相连，而杨溪河被雷池研究专家认定为古雷池在现今的遗存。

这条河在化龙桥建造之前叫县步河，也有人随河边曾立的奎文塔而叫它宝塔河；据我父亲回忆，二十世纪五十年代初他来雷阳时这里没有桥，他是乘渡船过来的。化龙桥建起之后，城里人习惯叫它新桥河了。

新桥河以前是从东南绕城而过的，随着城市的拓展，现在已是自西南向东北穿城而过了。

自有县治以来，这条河便一直静静地陪伴着这个古邑，它的清流曾养育了雷水之阳广大的民众。现在，人们确实很难从它那被垃圾和城市污水弄脏的河水和被杂乱的楼房挤压变形的河道上看到它以往清澈、清纯的样子。然而，作为一个数十年一直在其身边的亲历者，我不会忘记，也不能忘记它曾经拥有的纯朴而怡人的样子。

我孩提时代的新桥河，河道宽阔，两侧少有建筑，尤其北岸的河滩，坡度平缓、滩面开阔，常有运沙载货的大布帆船在河道航行或于岸边停泊，大风的日子还能见到纤夫背纤的身影。尤其令人怀想的是那一河清澈之水，这水很长时期里曾是小城人生活的依赖。

新桥河的清流，是那个年代城乡居民共同营造的。那时农田里使用的大都是农家肥，而城里还没有自来水，县城人少，使用的都是数户共用的旱厕，粪便在市民眼里不是废物而是资源，定期卖给附近的农民作肥料，两角至五角钱一担。于是，城里产生的污水非常少。城内居民吃水用水也大都从新桥河中挑；家家户户都备有大水缸和扁担水桶，路不是太远且有劳力的人家，靠自己把水缸挑满，放点明矾，过一阵就可食可用。路远或无劳力的人家通常请人去河里挑水，城里有专门做这门生意的人，每担水收一角工钱，有的人甚至以给人挑水为生。城内居民大都住在老街小巷，路起伏不平，石板路若泼了水还容易打滑，为此卖水人的水桶里还专门配有一块压水晃波的木片。

洗衣洗菜是每户每天都免不了的事。那时城里多数人家都选择去新桥河，因为河里水大水清，洗用效果好，只有少数家旁边有水井或距城中藕池很近的人家才会另有选择。为方便去长河洗衣，很多人家都备有一个一端带长腿的洗衣凳，用作在河边搭跳立埠头。因此，那时的新桥河从不寂寞；逢节假日则更是热闹，埠头一个挨一个，捶衣声和着谈笑声，在老河岸边缭绕。我时常跟随母亲或姐姐去河边，帮着拿一些能拿得动的东西。她们在做事的时候，我便在河边嬉戏，或在岸边寻找鹅卵石，或向水面斜掷瓦片看能打出几个跳圈……

当然，我最乐意做的事还是平日在河边钓鱼、夏天在河中游泳。县步河源流漫长、河水清澈，河中鱼类丰富，即便我使用普通竹竿和粗劣的线钩，也常能创造很好的钓绩。鱼的种类也很多，记得还时常钓到河豚鱼，那种鱼据说不能吃，我便当作玩具，用麦管将它的肚子吹大了，再让它漂在水面上。到了热天，去新桥河里游泳是我几乎每天必做的事。那时，去新桥河里游泳的人很多，大人孩子都有，占主导的还是青年和少年，他们在水中通常要玩几个小时，还时常以化龙桥露出水面的巨大桥墩为据点，组织多种水上游戏和比赛；兴奋的时候，还有不少勇敢者为显本事而从化龙桥石栏上往河里跳，这个时候常能吸引很多观众在桥上观看，并不时发出阵阵喝彩。

新桥河的清流，净化了县城周边地质环境，也带给城内水潭、水井好的水质。钵盂山脚下的藕池一年四季水质清澈，尤其春夏季节，荷叶遮水，莲花盛开，青石墩穿池而过，钵盂山影散映水中，这一切组成一副自然美丽的图景——这图景比它后来变成的雷池市场要美丽得多——这里自然也成了附近小北门街居民们常来洗衣洗菜、游泳嬉戏的好地方。而城内几处有名的水井，个个水质清澈饱满，如大北门前街的彭家井、西门街的四眼井、南门街口井、东门街的龙家井等，都常围聚着附近的居民，妇人们于井边洗衣裳、拉家常，其谈笑声给老街带来了无限的生气。

新桥河的清流，也使小城中与水相关的产业兴旺。豆面厂、酱油厂、酒厂的产品，曾是这座小城的主打特产。尤其是雷池酒厂，生气蓬勃，产销两旺；主要产品雷池特曲广销上海、广州、合肥等地，供不应求，这与当时良好的水质和它纯天然的酿造工艺不无关系。我至今还记得，在酒厂生产旺季，太多的褐色酒糟无处存放，就倒在厂区周边的沟渠里，周围的农人纷纷挑着空空的大桶来到沟渠边将大桶盛满酒糟，挑回去兑了糠菜喂猪。

新桥河的清流，在那个欠发达的年代，的确给了小城人太多的滋养，同时也留给人们无数美好的记忆。在我童年及少年的所有快乐记忆中，关于这条河的很多：我曾在开阔的河湄上蹀躞或奔跑，也曾在清新的岸边游嬉或者垂钓；我不仅记得那些朴实的市民们洗菜、挑水、游泳的情景，也记得那些背纤者埋首躬身艰难行走的身影，记得那些带着布帆的木船卸货或升帆起航的样子，记得渔民们从他们深褐色的渔船上抬下一框框鲜鱼引来市民围购的情形。多少年以后，每当我人生中有什么大事发生，我都常常于不知不觉间来到化龙桥上，望着这一河清流，企望能获得某种启示和感悟。

现在，这条河已不再清澈，它流淌的姿态也没有了之前的宽松和从容，每次路过它的身旁，我都能够感受到它被挤压的痛楚和它无以抒怀的沉吟。我清楚，它和我都抱有一种畅想，希望能在某一日找回它曾经有过的清流，因为那是它的本真之色，也是自然本真之色，是人与自然和谐相处的本真之态。

老邑的文脉

一个古邑，穿越了一千六百多年漫长的历史时空，依然保持生机和活力，它必然拥有贯穿其内部机理、滋养其内生动力的文脉。

望江这一片热土的文脉，其源头很古老，从汪洋遗址和黄家堰遗址考古发掘的众多陶器、石器、玉器上看，早在新石器时代晚期，先人们就在这里繁衍生息并创造了灿烂的文明。到了汉唐，这一支文脉在这一片热土上又衍生出自身的特色，随着雷池及“不敢越雷池一步”典故的闻名遐迩，随着王祥卧冰、孟宗哭竹和仲源泣墓这三个发生在雷池大地上感天动地的孝道故事的广泛传颂，雷池文化的独特内涵开始形成。元代以后，慈湖书院、雷阳书院的勃兴带来人才之兴；文庙、状元桥、魁星阁、奎文塔等一批崇文建筑的建立带给读书人对文化的追求和对文明的向往；望江挑花、黄梅戏艺术的广泛传扬带给雷池文化以丰富的载体；望江的文脉不仅有独具特色的粗壮动脉，还派生出丰富的毛细血管，雷池文化在保持特色的同时渐趋繁荣。

在雷池文化形成和发展过程中，也伴随着另一支神采奇异的文化脉络的律动，那就是在雷池大地上传扬悠久的佛教禅宗文化。佛教自南朝梁时便已传入望江，梁元帝永圣元年（公元 552 年）建立了望江第一座寺庙——妙光寺；唐代又有僧人建起了菩提寺和太慈寺；之后，由于望江作为古雷池所在地和三孝故里的特殊地位以及忠、孝、义价值观在这片厚土上的传扬，寺庙逐渐增多，史料记载南宋时就已建立了褒隐、十里、龙城、南台、法华等寺庙十余所。到新中国成立初，县内还留有大小寺庵一百二十多所，仅雷阳古城就有青林寺、文庙、三孝祠、城隍庙、关岳庙、东厢庙、西厢庙等祠宇寺庙二十余处。这些古刹寺庙不仅引来香客无数，还吸引各方文人墨客驻足流连，题诗撰联，挥毫泼墨；他们将雷池文化与佛教文化相融合，所撰诗联、所作书画，构成雷池故地禅宗文化的独特内涵和韵味；如檀球、檀玑等人的题青林寺、汪公刹联，师范等人的题三孝祠联，余诚格等人的题文殊庙联等等，这些都成为雷池文化的一部分。由此可见，雷池文化的脉动里，似乎也不可避免地加入了禅宗文化的韵律。

然而，时光来到了当今，这股文脉似乎缺少了能量的补充而减弱了它的律动。今天，当你走进这座老城，已经难以感受到它的文脉的跳动了；这里的古文化气息随着奎文塔、状元桥、麴公墓、江山一览楼、魁星阁等一批文化古建筑和三孝祠、文殊庙、忠王庙、城隍庙等庙宇的被毁，随着文庙、青林寺、雷阳书院等古文化设施被拥塞阻隔，随着小北门街等一批老街古巷的被拆，而变得越来越虚弱了，古老且底蕴深厚的雷池文化似乎正在这一片热土上沉淀，沉淀在一般人不常看到的志书中、史料中、论文中、诗文中。

这一切，当然会引起文化自觉者们的焦虑，他们开始呼吁，通过写文章、提提案、搞活动、办讲座等多种形式，建议官方，也动员民间重视传统文化的保护与弘扬，重视雷池文化的发掘与研究。他们建议加大对公共文化设施建设的投入，加大对历史文化遗存的保护力度。他们的建议提得很认真、很具体也很有力度，比如他们提议重建奎文塔、恢复状元桥、重建三孝祠、再立麴公墓、修缮雷阳书院等等；他们呼吁加大望江挑花这一国家级非物质文化遗产的开发力度，加大对黄梅戏剧团的扶持力度，加大对雷池文化研究的组织领导和投入，适当的时候举办雷池文化节等等。这些建议是反复的、群发的、全方位的，因而其影响也在不断加大。他们建议的思路也很清晰，那就是两方面都用力，一方面加大文化硬设施建设，另一方面加强文化内涵的挖掘和提升，他们认为唯有如此，才可保持古邑文脉的赓续。

不断涌来的建议引发了县领导层的关注和思考，虽然因条件所限并未全部采纳，但决定2009年举办首届雷池文化节。县里搭建了高规格大规模的组委会班子，制定了包含十大活动的雄心勃勃的方案；尽管走的还是“文化搭台、经济唱戏”的老路子，但毕竟将文化活动的比重提到很高的水平，尤其是将举办首届雷池文化论坛作为十大活动中三个重点活动之一。

这无疑是弘扬雷池文化的一次历史性机遇！我有幸被任命为首届雷池文化论坛组委会秘书长，成为这一历史性活动的实际组织者和牵头人。我们根据县相关领导的意见制定了高起点的方案，将合肥学院作为合作单位，透过这个平台邀请全省知名文化研究专家参与论坛并撰写论文；与此同时我们主动出击，请县领导带队亲赴北京、南京等文化名城邀请从雷池故地走出去并成长为全国知名文化人的望江籍专家参与论坛。一时间，数十位全国知名专家学者齐聚望江，并带来了他们思考深入、思想精到、论述深刻的高质量论文。短短一天时间，这些著名专家学者会同本地文化工作者围绕“打造雷池文化品牌，促进经济社会发展”这个主题，从宏观研究、专题研究、黄梅戏研究、军事文化研究和历史人物研究五个方面展开学术讨论，并饱含热情上台发言，提交的论文多达四十篇。这确保了首届雷池文化论坛成为文化节的一个突出亮点，也为首届雷池文化节的成功举办开了个好头并奠定了坚实的文化理论基础。这些高质量论文，会后由组委会组建的编委会进行编辑整理，定名《雷池论道》交由安徽人民出版社出版，成为首届雷池文化节留存的最主要成果。

首届雷池文化论坛的另一重大成果是成立了雷池文化研究会，为雷池文化研究翻开了崭新一页。之后，县内外的雷池文化研究者们沿着论坛的议题和路子，挖掘、阐释、提炼雷池文化内涵；我与其他雷池文化研究者一样，也尝试从多个角度研究、提炼雷池文化内涵，试图从“忠、孝、义”这三个关键字出发为自己设置议题。不断涌现的研究成果极大丰富了这一地域传统文化的内涵，雷池文化这一概念也由此越来越受到外界各方关注。

雷池文化研究氛围的浓厚，自然会影响带动传统特色文化的繁荣发展。望江挑花的开发性传承得以快速推进，惠龙挑花公司先后在合肥、南京等大城市开设分公司，鸦滩镇开启了挑花一条街建设规划；望江挑花的宣传影响面扩及境外。黄梅戏创作及演艺事业得到前所未有的推进，不仅国有院团闯市场、抓原创能力提升成绩可喜，民营剧团也异军突起，在册民营团有二十余家，每团年演出三四百场次。加强历史文化遗迹保护的呼声也渐高，此时，有人提议择地点设立古雷池地标，有人也表示乐意赞助设立地标。不过，我以为，设立一处古地标也许不难，古建筑遗存的恢复或许也不难，我相信不远的将来随着经济社会的发展，老雷阳的历史建筑遗存会逐步得以恢复和修缮，关键是人们心目中对古雷池文化遗存修复和建设的重视，还有人们对优秀传统文化的认知和认同。

现在，老城沉淀的历史文化已被涌动的激流所带起，并以其淳厚的品质参与到当今雷阳新城文化的重建之中，老邑的文脉开始尝试着跳动起时代的音符。作为一名县政协委员，我开始以提案形式提议，在雷阳城新一轮城市大建设中尽可能多地融入古雷池文化元素，以彰显古城独特的文化个性和文化魅力，让古文化的脉络在这座古城跳得更为欢畅，形态更为丰富美好。

“山不在高，有仙则灵”，城不在大，有“文”则名。一座城市，不管它建得多么恢宏庞大，如果没有文脉的跳动，终将是一具僵硬的躯壳。处于雷水之北的雷阳镇，处于长江之北的华阳镇，拥有贯穿古今的雷池文化之脉，必将在这个伟大复兴的时代迎来特色的发展、展现灵逸的身姿！

过去的新街，现在成了老街。

过去的新城，现在成了老城。

过去的雷阳镇，现在变成了华阳镇。

雷池故地，三孝故里，黄梅故乡，桥港新城，已成为这个急剧变革中的县城新的定位！

社会总是不断发展的，雷水之阳这片热土上的景象也总是不断更新变化的。但是社会不管怎样发展，发展到什么程度，我们都不应抛开那些曾经美好的东西，包括清纯的社会风气，淳朴的民风，清澈的水流，有代表性的老街和古迹，散发乡土文化醇香的生活等等；我之所以不厌其烦赘述这些过往的日子，是为了不断提醒自己也提醒他人，人类清纯本真的生活，无论在何时何地，都有其延续乃至光大的价值！有了美好东西的铺垫，我们的城镇，我们的生活才有发展繁荣的底气和自信。

雷水之阳这座城市一定会走向发展繁荣，因为千古文脉为其提供了生命的动力。不是吗？华阳镇作为县城所在地才几年光景，就有人提出撤望江县设雷池市的建议了。现在，雷阳古城已然挣脱雷水的束缚，未来随着古城建设大踏步迈进，随着文庙广场、状元桥、三孝祠、麴公墓、雷阳书院等一批雷池文化古迹的恢复重建或修缮，随着望东长江大桥和济广高速建成通车，或许在长江之滨、雷水之阳，真的会出现一座生机勃勃、文气盎然、独具特色的雷阳市呢！

这是梦想，但不是不切实际的梦想！

2011 年 8 月成稿

2016 年 6 月修改

杨林度假村游记

引子

来到湖滨,立刻便有了一种心情,一种作为旅游者期待的心情。在这里,湖光山色与心境的色调如此谐和,丰富着我对武昌湖的认知,增强着我内心来此采风的庆幸感。这心情当是入景入情最好的引子了……

武昌湖,杨林,度假村,一串诗意的极易让人产生遐想的名字,这串名字的组合,怎能不使我们的采风笔会更富内涵呢?导游靓女规范又生动的解说,更增添了我们的兴致和游览的急切感。

赤湖泛舟

赤湖乃武昌湖之分支,然其山水的交叉组合似乎更具风韵。

泛舟赤湖,会有种置身绿色之源的感觉;日照之下,潋滟的水面滚动着幽碧的波光,温煦之风裹挟湖水特有的清新气息,不断掀起你思绪的浪卷,为你的联想补充着能量。于是,我们这群湖中客都无法掩饰欣悦之色,生发放歌的欲望,游船不仅仅承载着沉甸甸的十多位游客,还载着我们越积越多的欢歌与笑语。

是呵,绿色其实也是一种心境,一种游人期盼的不可或缺的心境。“水真清真绿呵!”大家都不由自主这样说——这难道不是绿色心情的流露吗?而当那些碧黛的以各自独有方式优雅地伸向湖中的半岛出现时，这种流露则不可避免加大了它的程度……

迤逦的龙山缓缓游入视际的时候我不禁呼喊起来，这条黛色卧龙虽然独霸一方水域，却以温蔼的方式展示它的威武。这似乎是条大湖哺育的龙，它的色调和气质与湖是那般的和谐融会；瞧那龙头，毫无顾忌地伸向湖的怀里，酣畅地吮吸湖的汁液，湖水在和风的作用下滚着细浪，轻抚着龙身，山水交融得如此天然完美，怎不令人赞叹！经不住诱惑，我们不顾导游的安排坚持停船上岸，于"龙头"站立时，但见悬崖峭壁，怪石嶙峋，游鱼细石，粒粒可见；大家争相留影，乐不思返。

猴鲸潭半岛的出现是在游船踅向不久的事。太阳已升至头顶，午阳之下，空气澄明，一切均清晰可辨，不经意间似有一条蓝色巨鲸正向我们游来，气势磅礴。有人又惊呼起来，导游说这便是著名的"猴潭明月"景点之所在，每至夜深，皓月当空，此处碧波绮丽，烟雾缭绕，水天一色，好一派水国风光！有人禁不住又提议停靠一游，但导游说前面还有更为奇丽的龟山、蛇山，于是只能绕过，众人依依告别巨鲸，择水道前行。

靠近龟山时，湖汊里茂密的水草阻碍了游船行进，无法从水路抵达了。众人不甘，遂从陆路山体攀缘而至。果如导游所说，龟山形似神亦似，蔚蓝的苍穹之下，惠风丽日之中，这只巨大的神龟通体皆是象征着生命力的碧绿之色，天然的湖水丰富的饵料滋养着它，使之生长得如此健壮，养尊处优的生活使它显得特别的泰然、安详。它划动四足，摇头摆尾，似去会见那条它思慕的巨蟒……巨蟒离龟并不遥远，蛇头与龟首仅隔百米。蛇山进入我视际的仅一蛇头，然而仅此一点便足以令我联想到巨蟒婀娜多姿的身段，因为龟的生动真切而有力地填补着我感觉的空间，给人以"犹抱琵琶半遮面"般的联想……

游船回返已是下午二时许，尽管肚皮空空却无人言饥，倒是不停感叹自然造化之神奇，常言秀色可餐，许是正应了当下的情形吧。

龙山览胜

龙山又曰磨叉山，绵延两华里，一端伸向赤湖，似乎算不得嵬伟，却透着灵气,灵气来自神仙、名士曾于此流连或隐居。

游览龙山自汪公古刹始。在百年古枫的浓荫下小憩之后,再拜谒著名的汪公坟,绕过小村,来到山脚下的开阔处,但见一泓清泉从一个清澈见底的潭中溢出,沿一条狭窄水道朝赤湖而去,向导说:这便是有名的册子温泉。大伙听言忍不住掬水而饮,有人因动作幅度过大险些落入潭中,引发一阵畅笑。逗留良久,方才重新起步。

山道似乎不好走,但在我看来,唯其险峻才有意趣。上山的队伍有如一条蛇,缓慢地爬岗穿林,不断有掉队者,因而不断有友善的呼喊回荡在山峦。穿过数道绿油油的松林,便上到了山顶,视野顿感开阔,极目远眺,南面是平坦开阔纵横交错一览无余的田畴,北面则是波光粼粼如诗如画的赤湖以及赤湖岸边点点人家。我忍不住深呼一口气,而身边同伴则以不同方式感叹这里上佳的风水和风光。而后,向导将我们引领到一群嶙峋白石前,说这里便是传说中的张果老磨叉之处,大家兴致盎然,绕石群逐一细察,见若干石块上果有不似人为痕迹的划痕。于是纷纷发问,果老为何要在此处磨叉?为什么是磨叉而不是磨其他器械?磨叉是否为了叉鱼?等等。但神话传说毕竟是传说,深究便失去了意味。我们小憩片刻,想起该去拜谒一下早就听说的何正堂墓碣和檀孝子墓田了,便起身拍打身上的草屑,从另一方向择道下山。

下至山腰便入了一块杂草丛生的坡地,墓碣隐约可见,墓田则为杂草所覆盖,令人深感遗憾。颇通文墨的向导兴致勃勃地向两位随行者介绍典故,而其余人则于不经意间走进了相邻的济华实验园艺场。该场系省工商局离休老干部、民盟成员周济老人所创办;老人的确不易,年逾古稀却举家至此开荒植种,时逾数载,终使这片荒地披红着绿,果实累累,为灵秀龙山再添一道靓丽景观。

回到古刹尽管时候已晚,但我们了无离意,尚在等待,等待赤湖浴日景观的出现。据说夕阳西下之时,晚霞染红天空,红云碧水,交相辉映,甚为壮美。我们都认为应该等待,哪怕今日不能返城。等待的时候,我在古刹内抄录了一副清代贡生周扬烈所撰的描绘汪公坟幽丽风景的名联,暂存此处:

濯武昌湖三十里清流，俗净尘空，蓬岛飞凫来彼岸

枕磨叉山五千年白石，松高花暖，扬舟明月梦前生

2000 年 10 月

魅力武昌湖

这是一片古老的水域。它是古雷池遗存的一部分。今天,刻有遒劲大字的古雷池石碑庄重肃立于武昌湖畔,古朴的地标建筑——三曲廊亭伸入湖中;立于亭台之上,眺望波浪涌动之湖水,仍能激发起思古之幽情。

这是一片宏阔的水域。十三万亩水面,八十里航程,展示了它广阔的胸怀;雷水之阳这个古邑的多数乡村民众环湖而居,靠水吃水,沐浴大自然无私的恩泽。

这是一片纯净的水域。绿树净土环抱这个偌大的绿池,清澈之水波草碧透、鱼鸟翔游,整个大湖犹如一块未加雕饰的璞玉,镶嵌在古邑的中部。

这诚然是一个充满魅力的湖泊,常引来四方人士关注和观赏;我曾长期在县委宣传部门承担新闻宣传工作,每年均要接待大量县外媒体记者,而其中多数与前来报道武昌湖有关;他们兴致勃勃而来,依依不舍而归,或报道它的生态和风光,或报道它的民风与民俗,或报道它的山水与人文……

生态怡人之湖

宋代大文豪苏轼曾把杭州西湖比作西施,如果效仿苏轼以拟人化手法比喻武昌湖的话,那么我说武昌湖就是不施粉黛、不戴珠宝、不着艳美服饰的村姑!

这里是华东地区生态保护最好的湿地。一万一千多公顷的沿岸湿地带着清新气息,净化八方汇水。湖区芦苇丛生、荷莲密布、雁鸭成群;植物群落繁多，生物种群丰富；水草覆盖达到九成，醉心绿色一望无际。优良的生态环境及气候条件，使这里成为百鸟嬉戏的天堂，每年冬季，六十多种、近百万只珍贵鸟类飞临武昌湖越冬，湖中湿地水禽云集，湖区天空百鸟翔飞；国家重点保护鸟类白鹳、白鹤、天鹅、黄嘴白鹭等在此栖息，构成人与自然和谐相处的美好图景，成为各类媒体争相报道的亮丽风景。

这里是山水融合浑然天成的地方。香茗山、值雪山等的余脉丘陵与湖水交缠交融，形成山在湖中、湖在山中的优美图景，像一道道绿色天然的屏障，使武昌湖千百年来不受周边污染，保持原始生态。山水融合还带来令人心悦的独特风景，猴潭映月、赤湖浴日、龙嘞风光、磨叉白石、炭岫飞烟等著名的湖区八景多来自这种浑然一体的山水交融。譬如龙嘞风光，展现的是伸入湖中的龙山之美景，悬崖峭壁、嶙峋怪石与碧波荡漾、白鸥掠波的湖水交错融合，显得山奇水秀，让人驻足流连；再如赤湖浴日，展现的是每当夕阳西下，湖区晚霞满天，红云碧水，交相辉映，更有山影衬托，有如人间仙境。

这里是生气聚汇天人合一的地方。立于坡岗之上，放眼眺望湖面，但见碧水万顷，烟波浩渺，白鸥点点，风帆片片；再徜徉漫长湖岸，但见阡陌纵横，农舍炊烟，渔舟泊岸，渚沚汀兰，垂柳如帘，构成一幅幅生机盎然胜似江南的水乡画卷。

物产丰饶之湖

不知您有没有见过武昌湖“天下第一网”宏大的冬捕场面。每年春节前的冬春之交，是武昌湖冬捕黄金时间，每当这个时候，忙碌的渔民和拖着巨大渔网的机帆船喧嚣于湖面，构成一幅号称“天下第一网”的生动宏大的冬捕画面；一网拉下来需要少则半月多则近一月的时间，而单网捕鱼量竟然能够超过百万公斤！——足见武昌湖鱼类资源之丰富！——这样的场面一点不逊于东北查干湖冬捕的场景，每年都成为全国各大媒体争相报道的话题。

武昌湖是国家级湿地保护区。这里湖面广阔，湖底平坦肥沃，水质清新，水草茂盛，是资源聚积度和品位都非常高的地域。湖区水产品种极为丰富，据考证有鱼类五十余种，各类浮游植物近四十种，各种鸟类近二百种，湖区盛产鱼、虾、贝、蟹、鳝、甲鱼、野凫等水鲜以及芡实、菱角、莲藕、荇菜等多种水生植物。这里水产品不仅种类多,产量也巨大,年产鱼可达四百万斤、蟹六百吨、鳝三千吨。而最令人称道的是其水产品的品质,这里的水生动植物均获国家"无公害"农产品认证,很多被列入安徽省名牌产品或安徽省名牌农产品;"武昌湖牌"已成为享誉全国的水生农产品名牌。其中,"武昌湖牌"清水大闸蟹以其"体大、黄满、脐白、壳青"享誉海内外,获得中国绿色食品证书并被认定为国家A级绿色食品,先后荣获中国十大名蟹、长江水系河蟹展唯一金奖;"武昌湖野生中华鳖"被列入第一批《国家重点保护经济水生动植物资源名录》。

有如此丰富质优水鲜产品的地方,必然会有诱人的美食。近年来,沿湖的湖鲜美食店不断涌现,它们一方面传承武昌湖传统美食文化,另一方面也在借鉴开拓新的饮食文化元素,有的还与游湖赏景相结合,将店建在沙渚小洲之上,使人在品尝绿色生态美食的同时获得原滋味的水乡体验。最近,"武昌湖湖鲜美食节"被列入"安庆市文化消费系列活动"之中,我们希望借此打造独特的"舌尖上的武昌湖"!

涵养人文之湖

武昌湖人文资源非常丰富,众多典故传说、神话故事、庙宇亭台与秀山丽水、自然景观融为一体,形成独具特色的深厚文化底蕴。

武昌湖周边,星星点点散布着黄家堰、汪洋、南庙、汪家山、戴家墩、枫岭庵等新石器时代晚期文化遗址,从考古发掘的陶器、玉器等文物上看,早在五千多年前,先人们就在这块土地上繁衍生息;是武昌湖的净水滋润了这片古老的土地,并孕育了绚烂的远古文明。

武昌湖的清流交融于古文化之中,形成富有动能的文脉!这股文脉纵贯古今,孕育了独具特色的地域文化,为雷池文化的形成发展提供了丰富养料。

这股文脉来到汉晋,孕育了精忠报国、忠义守矩的忠廉文化。那个著名的"不敢越雷池一步"的典故,不仅使古雷池名闻遐迩,彰显了它军事要塞的地位,而且随着典故转化为家喻户晓、妇孺皆知的成语,以"忠""义"为价值取向的文化内涵便融入了这片古老的厚土。

这股文脉来到汉唐，孕育了以孝为先、以德化人的孝道文化，带来上善若水、厚德载物的淳朴民风。发生在望江的王祥卧冰、孟宗哭竹、仲源泣墓的故事感天动地、广为流传，并进入了中国古代二十四孝史，从而也使望江成为著名的“三孝故里”！

这股文脉在民间生活的律动，滋生了丰富多彩、独具特色的民间文艺。黄梅戏鼻祖蔡仲贤生于武昌湖畔的鸦滩镇。正是由于他将香茗山传统采茶调注入了清新灵秀的韵律，才逐步形成了独特风格的地方小戏——黄梅调，之后他又以持续不懈的努力，建班培训，广育人才，游走传唱，终使黄梅戏艺术薪火相传并发扬光大。源自百姓生活的望江挑花艺术也是来自武昌湖畔的鸦滩镇，它是望江百姓在古老的渔、耕生活环境下创造的用于美化生活的装饰艺术品，散发着浓郁的乡土气息；它那双面构图的独特针法，融入了地方文化元素、符号和智慧的图案，以及其雅俗共赏、清新自然的风格，使它成为民间工艺的一朵奇葩！望江挑花曾三次进入人民大会堂，并被列入国家非物质文化遗产保护名录。此外，被列为省级“非遗”和市级“非遗”名录的十番锣鼓、莲湘舞等民间歌舞艺术也始创于武昌湖周边的乡镇，至今仍时常在这些乡镇民间上演。

这股文脉与武昌湖漾动的禅意相交织，又进一步丰富了这里的禅宗文化。武昌湖周边曾散落着汪公古刹、朝阳庵、罗庵庙、褒隐寺等大小寺庙二十余座，佛光普照净水，钟声和着涛声，融合并传递着幽远深邃的文韵和禅意。历代文人雅士围绕武昌湖及其周边山水融合的旖旎风光和与此风光融为一体的古刹庙宇，留下了大量脍炙人口的诗词楹联。且撷取清末名士周学鹏题武昌湖汪公古刹联存录如下：

撑开半壁湖山，看猴潭水绕，龙墈岸回，地脉有灵，自是几生修到？
卷起一帘烟雨，听樵子歌风，渔翁唱月，天机无限，依然余韵悠扬。

这是一个没有装饰也不需要装饰的湖泊，它的全部魅力都在于它的朴素和自然；它是浑然天成的，也是毫不设防的；它毫不吝啬地提供它的拥有，也没有选择地展示它的魅力，更不会收取你的任何门票，你不需要做什么准备就能投入它的怀抱。

不过，我们在沐浴其原生态的湖光山色、享受其回味无穷的湖鲜美食、体验其质朴无华的民间文化时，我们也应心存感激之意，维护其不可多得的纯净和清明。

2014 年 10 月

急水，吉水

作为县政协委员，此次参与了县政协学习文史委组织的“吉水古镇保护与开发利用”调研活动，有机会更专注也更详实地考察了解这个近千年古镇的历史与现实，自然也不免带来一些感触与感慨。

吉水古镇，历史上曾是望江八镇之一，距县城不过三华里，坐落于古雷池遗存——杨溪河的北岸。因古镇南关（码头）对岸是杨湾出水口，水流湍急，故得名“急水”。当年的急水镇，以商业繁华而名闻长江中下游，当地乡绅们踌躇满志，为求取吉祥之兆，而把“急水”改为了“吉水”。

“急水”改成“吉水”，记载着一个古镇的兴盛

将“急水”改为“吉水”，是当年古镇人自信和自负的心理表观。底气便来自于当时吉水镇兴盛的景象。据史料记载，吉水镇明清时期最为繁盛。明朝万历年间龙子甲《长堤碑记》曰：“（吉水）镇之民居稠密，人文焕发，视昔逾盛。且沿近大江，艘舣日聚如猬，以故鱼盐辐辏，商贾丛集。”清代望江籍名士沈镐亦云：“望邑集镇之可观者，惟吉水，馀仅有其名耳。”可见明清时吉水镇有多么繁华。难怪民间至今还流传着吉水镇当时拥有前街后街的情景：“上有九姓渔户，下有八大芦商，中有盐旗典当”，甚至将其誉为“小南京”。

其实，在明朝之前，吉水还不是集镇，而是一个叫“急水滩”的聚居地；之所以在明清时期发展成为长江中下游知名集镇，肯定有其天时、地利等因素。天时是明朝中期以后，资本主义开始萌芽，商品经济的成长必然带来物流运

输业的快速发展;那么地利呢?康熙四年邑人朱正辉在其《新建南关记》中描述得很清楚:“雷之吉水虽镇也,而为江左之屏障,吴楚之襟喉,故渔盐百物之繁,集商贾四方之利,肩摩毂击,亦要中形胜也。”在那个没有对江闸的年代,吉水镇地处古雷池与泊湖之间,扼守古吴楚广大地域内河水道入长江通行之咽喉,黄梅、广济、太湖、宿松等多县物资进出都必须经由吉水而实现江河联运,最先是过吉水黄家渡由雷港口入江,后因沙塞雷港口而改由华阳出口入江,但都必须经过吉水镇。因而,吉水镇不仅成为船舶集中之地,同时也成为商贾云集、货物集散的场所,集镇的繁盛便可想而知了。据考证,鼎盛时期的吉水镇,长约一公里的老街上“店铺连绵、商贾如织”,有“九典(当铺)十三旗(盐店)”之称,商铺、作坊有二百余家;镇上还设有巡检司、江防汛站等机构,民国初还设了厘金局,派驻了水警,太湖、宿松两县还在这里设了盐旗……

面对如此繁盛之景况,吉水人怎不怀有自信和自负之心态呢?他们打心眼里感谢和依重这道“急水”;在他们心目中,这道“急水”是真正给他们带来幸福好运的吉祥之水,并希望这吉祥之水能永远流淌下去!于是,他们将现实的“急水”改成了带有他们美好愿景的精神上的“吉水”。这种改变的背后,其实有一个兴盛的现实作支撑。

这是可以理解的,社会在某一发展时期或某一特定环境条件下,都会成就一些能够适应其变化发展的事物。

“吉水”失去“急水”,伴随着一个古镇的兴叹

吉水镇出现衰落之相是在一九三六年华阳河口建起对江闸之后,由于从此内河船只不能直通长江,商贾船只随之锐减,吉水镇原有的“地利”不再,集镇市场逐渐走向萧条,失去了水上货运集散中心的作用。到了一九四九年,集镇街市店铺数已不足九十家。到了新中国成立后,这个曾经繁盛一时的吉水镇,又重回到行政村的行列,隶属于县城关镇。

与此同时,江闸建起也使河流不再湍急,杨溪河、宝塔河已失去通江主航道作用,过去那种“艘舣日聚如猬”的繁盛景观已经不再,虽仍有内河航行的船只扯帆而过,也多是运沙之船和打鱼船只。而到了后来,沿华阳河的村民

渔民为了生计,多在河道内设置网箱养鱼,整个河道不仅河水变得富氧化,而且变得淤塞难行。这条曾经水流湍急、船运繁忙的水道便几近废弃了。

如今,繁华与喧闹都已成过眼烟云。衰落总是要伴随着阵痛和叹息的,但社会历史的进程便是这样,它可以在某个时期成就一个积极开拓进取的区域或族落,也会让某个缺乏前瞻只重守成的繁盛之地走向衰落。所谓“三十年河东,三十年河西”或许就是对此的一种通俗解释。

现在的吉水人已在叹息中接受了作为一个社区而存在的命运,它被划入了大县城框架下的华阳镇,也就是说,它已成为大县城的一个部分;作为一个有着深厚底蕴的古镇,它的命运是否会因此而改变?

叹息是无用的,关键是怎么去改变!

“吉水”期待“急水”,寄托着一个古镇的希望

这里所说的“急水”,已不是指吉水古镇身边的那条华阳河的客观之水了,而是指当今汹涌澎湃的改革开放大潮!身处大潮中的吉水人已能感受到这个大潮的温度和力量,希望大潮之“急水”能荡涤古镇,带来新的机遇。

现在,不光是吉水人,全城人都已认识到,吉水古镇虽失去了往日的繁华,但古镇所拥有的发展潜质和发展条件依然存在,古镇正面临着转型发展的新机遇。

这个古镇的人文底蕴还在。由此带来的历史文化价值也就还在。吉水早年的兴盛,除了前面提到的占有天时和地利外,人文之盛也是其发展的原因之一。吉水人特别重视教育,使得这块弹丸之地上一直人才辈出。宋姓占集镇人口多数,出过不少人才:进士出身的宋子昌据传做过清光绪帝的师傅;宋亮钦一九二八年首创望江“民众教育馆”,馆绩曾列全省第二;宋绍廉、宋文徵等是享有名望的教师。特别让邑人引以为豪的是吉水何氏宗族:何俊出身翰林院庶吉士,任过江苏布政司布政使;其子何芷舠系晚清名臣,出任过盐运使;其孙何声灏,也出身翰林院庶吉士。近代何氏家族名人还有国民党一大代表,被誉为孙中山左右手的著名政治活动家何世桢,上海持志大学创建人、作家、翻译家何世枚,当代中国科学院院士、理论物理学家何祚庥等。这些名

人及其故居等,都是吉水古镇的人文资源。此外,吉水作为古雷水边有着悠久历史的古镇,它的地域内还存有重要的历史文化遗迹,如坐落于社区王祥村的卧冰池及兴孝亭(中国古代"二十四孝"之一的"王祥卧冰"典故发生地),还有传说中的望江唐代县令鞠信陵舍身斩孽龙的"九龙潭"等。这些历史文化遗迹,都承载了雷池文化的重要内涵,具有重要的历史文化价值。

这个古镇的老街及古建筑还在。走在吉水老街上,还能看到许多具有徽派风格的古建筑群,置身其中,仿佛还能闻到当年商贾云集、商铺集聚时的气味。特别是街巷之中的小桥流水人家,仍传递出一种水乡独特的人文风情和体现了人性关怀的温馨的生活气息。这些古街、古巷、古建筑无疑都具有保护和开发利用的价值。特别是对何氏宗祠等一些有影响的古建筑的保护利用,更显得必须和迫切。

这个古镇的环境资源还在。虽然要想恢复当年吉水至雷阳三华里绿柳成荫的"方公堤",让今人重新获得"小雨不撑伞,夏天当遮阳"的美妙体验,重又欣赏到曾经是"望江十景"之一的"春堤荫柳"之美景,恐怕已无可能;但古镇毕竟濒临古雷水,依托古老的杨溪河,和着古雷水轻柔的水韵,修复亲水观水用水设施,恢复临水古建筑古朴风韵,再现水上木舟漂游、岸边绿柳依依之情景,古镇还会引来观光的人流,再聚八方人气。

诚然,时代已经不同了,吉水古镇不可能再借古航道来重振商贸、再造繁荣了,但古镇的文化特质、水乡特色、古街风韵、民俗风情等,仍将是它另谋发展的特色资源,它可以凭借这些优势招揽四方游客,发展旅游等现代服务业,带动商贸的再度繁盛。

这个古镇的确沉寂得太久了,它在等待一股新的大潮——一股新的"急水",让自己再度激动起来、兴奋起来、燥热起来、喧嚣起来。希望这个曾经繁华的古镇不再为衰草乱艾所掩蔽,在改革开放新时期重新焕发新的生机!

2010 年 9 月

泊湖渔家

一

两艘机帆船在华阳河西段航道上缓缓而行，向着西头的泊湖水域进发，激起的水浪冲击着两边的圩堤。

正值五月初夏，河道两旁田畴葱绿，岸柳婆娑。绿树掩映的农舍散立于河堤。朝阳在船后撕开霞云，露出快乐的笑脸；霞光追身而来，使碧水流金、万物含晖，将我们拉长的身影投在被机帆船搅起的波浪上。这样清新美好的水乡晨景，给我们这趟带有政治意义的行动赋予了某种诗意。

此行是去走访泊湖水上人家。确切地说，是望江县农村"三个代表"学习教育活动办公室部分人员，随安庆市委派驻望江县指导组一行，到望江最偏远也最有特色的泊湖渔户开展调研帮扶活动；这是此次学教活动要求完成的"规定动作"，而我作为全县"三个代表"学教活动办公室的常务副主任，是此次走访活动的具体组织者。我们带了一些慰问品和慰问金，兴致勃勃于东方欲晓时分从县城出发，一大早便来到了泊湖乡政府，经由乡政府安排，在红彤彤的晨光护送下乘上了这两条机帆船。随船人员个个满脸兴奋，一路笑语不断。指导组张组长尽管年近六旬，却精神矍铄；他坐在船头，迎面而来的晨风将他的花发吹得站立起来。陪同的县委组织部张部长也一路言语不断。他们不时发出感叹和赞语，一副陶然于水乡风景的样子。

其实大家都很兴奋，因为此行将要深入泊湖腹地，零距离接触那些对于我们而言带有某种陌生感和新奇感的水上人家。而且,泊湖腹地的广阔水景和旖旎风光也令我们非常向往……

二

是的,一直以来,我对泊湖及其水上渔家都心存某种新奇的神秘感。一方面是因为泊湖大而丰饶,它存水面积达到三十五万亩;水产极为丰富,有鱼类五十多种(尤以银鱼、毛鱼著称),水生植物四十余种,还有各种浮游藻类三十多属,年捕捞量不下二百万公斤;而我虽多次参与其水域的防汛工作,却未曾真正意义上深入过它广阔的腹地。另一方面,是民间一直流传着关于它的产生及沿岸一些地名的神话传说。

关于泊湖的民间传说很多,而且还存在不同版本。而给人印象深刻的,还是那些倡导崇善和孝道的故事传说,其中《望江县志》中关于驮婆嘴和望妹嘴这两个地名来历的故事值得一说。其大意是:县域西南部某村有一户乐于行善的人家。一天其男主人忽然梦见有人对他说:"村前的石狮眼一旦流血,大地就要洼陷。"他将梦告知了村民,却遭到了村民的讥笑,但他却深信不疑,每日皆遣儿去看石狮眼。一个屠夫得知此情后便故意把猪血涂于石狮眼睛上,小孩见石狮眼有血便急忙回家告诉父亲,一家人遂迅速登上小船。夜幕降临,果然风雨大作,方圆数十里地方陆续洼陷,陷地便是今天的泊湖。很多村民都在地陷中遇难了。而有一个孝顺的媳妇置家财于不顾,驮着婆婆奔跑,她跑累了歇脚的地方竟神奇地未陷落,这地方就是今天的驮婆嘴;还有位好心的哥哥,在大水冲来时不顾自己安危,翘首张望自己的妹妹,他立足的地方也未落陷,就是今天的望妹嘴。

这些故事,泊湖乡人乃至全县人都耳熟能详。但真正深入实地,结合泊湖人的生活去仔细领悟其中内涵者,恐怕很少。而我希望成为这"少数"中的一个。因为我除了研究雷池文化,还经常在大水年份被抽派到泊湖水域某圩口参与防汛抗旱工作,往往一待就是两三个月。在那些与泊湖流域民众共同防汛抗洪的日子里,我亲身感觉到并敬畏于这个大湖内部的神秘力量;而另一方面,我也能同时感受到,当地那些秉承崇善重孝传统的民众组织起来抗击洪魔的伟大精神力量！我想，这大概就是多少年来，泊湖民众能够一直与既汹涌又丰饶的大湖和谐相处、营造天人合一境界的内在原因吧。那么今天，我们将要走访的水上人家，一定也是属于认识自然、依托自然，与自然其乐融融相处的那一类吧。

三

机帆船使出了河道，进入了广阔的湖区，顿觉天开水辽！然而，宏阔的湖面，竟被一道道围网分隔为一片片养殖区域，看来这里的渔民已不满足于坐享大湖的恩赐，而是加大了对大自然讨要的力度。此时我们的视野虽然开阔了，但船仍只能沿一条曲折的差不多与河道同宽的水道向湖中行进；幸好乡里有人在船上指路，要不很难辨认哪是水道哪是养殖区了。

用了很长时间，机帆船才艰难地走出这一片片围网之区。接着便驶入一片漂浮着高禾草的湖面，除了高禾外，一些芦苇蒲草也零星地戳出水面。放眼望去，一些小楼模样的船只三两一组，就抛锚停在湖中某一处，周边有一些芦草。前面带路的机帆船上，乡里干部站起身，喊起了前方大船上的一位被称作“大徐”的汉子。看来我们已到达目的地了。

从这边望过去，看到的是一位被阳光和湖水熏得黧黑了的渔夫，约莫四十岁，身着一件已变成灰色的白色汗衫，下身穿一条肥阔过膝的深色大裤衩，有点凌乱的头发在阳光下像一丛枯草在湖风里抖动。汉子打着赤脚站立船头，龇着牙憨笑，用有点沙哑的粗犷的喊声指挥着我们的两条机帆船靠向他的大船。

上了大船之后，我们都很好奇地打量这两条靠在一起的在其他地方没有见过的“楼船”（我们根据船形而创造的称呼）。两船都是水泥底座，一旧一新。旧的那条颜色很深，呈深褐色；中间的棚屋相对于新船的棚楼显得低矮了，棚屋上下两层，中有分层木质隔板，通过狭窄的楼梯连通；四周皆为深褐色的木板墙。楼上楼下设施大抵相同，内侧顶部是木质悬柜，悬柜下面是凸起的木板平台床。再看新船，中间的棚楼要比旧船的棚屋高大气派得多，简直就是一幢崭新的楼房。四周的木墙成色很新，散发着桐油的清香；内部也是上下两层，地板竟然都贴着彩色的瓷砖，房子是套间，里间是卧室，外间摆放桌椅和橱柜；墙上有挂历和图画，桌上摆着茶具和小花。如果不看窗外，还以为这是陆上楼房。再看大船周边的环境，也令人难以想象：船尾端的水面上，拢起一大堆漂浮的高禾蒲草，聚拢得很紧很密实，就像是水中的一块陆地，鸡鸭甚至家狗都可以在这块“陆地”上自由活动，远看过来，就像是一个小岛；一些塑料钵里栽种着蔬菜，放置在船的尾端；此外船头处竖置一根桅杆，杆顶端安放一台小型风力发电机，湖风吹来，叶片快速旋转，远看就像气象部门的测风仪，所发的电由蓄电池储存，供夜间等场合使用。

这简直就是一幅别致而有风味的水上人家生活风景图，透着温馨清新的迷人气息。一行人都前后转个不停，也问个不停。看过后，两位主要领导张组长和张部长就急切地站着与户主大徐攀谈起来，一口气问了数个生活和劳作方面的问题。大徐笑嘻嘻，绽出一张幸福的笑脸，不紧不慢地回答着问话，当然也不忘赞几句党的富民政策：

“现在的政策真的是好，”他说，“渔户也能承包这大湖的水面！去年年成又好，我围网了五六百亩水面，收入有七八万元。我就置办了这艘新船，嘿嘿……”

听了大徐的话，张组长自然也很高兴，也跟着绽出了笑脸。不过，为了让这一趟了解情况更深入些，又问道：“还有什么困难吗？”

“各方面都比以前好多了，”大徐仍笑道，“不过困难也还有，比如小孩子上小学还很不便。大伢上中学要好一些，可以住校；小伢就不行了，太小了照顾不了自己，小学又不能住宿，天天跑也不中，只有找地方借歇……”说着，他喊来一个七八岁的女孩，指着她跟张组长说：“这伢八岁了，还没有在乡小学旁边找到借歇的地方，只有把她暂放在船上了……”

“这怎么可以呵！”张组长同情地说，“回头请张部长跟镇村都说说，设法给予解决。”说完摸着孩子的头，竟开起了玩笑：“叫什么名？愿意做我的孙女，跟我进城里吗？”众人听后都笑了。

小女孩羞赧地躲到父亲身后去，半晌竟然点了点头。张组长问她为什么愿意，女孩说这样就可以进城念书了。小孩的话又引起一阵笑，当然也引发了人的思考。之后，张组长又问大徐还有什么困难，大徐回答说，晚上文化生活差，不能看电视，只能听听收音机。张组长沉吟地点点头，似乎陷入某种沉思之中。过了很长时间才说："可以考虑安置一个卫星接收装置，只是不知你这小风电能否带得动。"

"没试过，嘿嘿，"大徐仍笑哈哈地说，"不过眼下这日子，已经很不错了，嘿嘿……"

说过，便请两位领导等人到新船的屋里坐。屋里小，坐不下很多人，我们便仍立于船头，观赏这一眼难收眼底的大湖风光……

四

太阳已经升得很高，湖面的雾气紫烟已渐渐散尽。极目远眺，但见水天一色，云水在远处融合；还有几处如大徐这样的水上人家，也散落于湖面，几片扁舟浮叶一般在云水之上飘移。水鸥悠然在湛蓝的天空中盘旋，或落到水面上的高禾"草岛"上寻找它们的生计……

我有点陶醉于这一片水天溶溶的风景了，同时又极力联想这里的早晨和傍晚霞光与鸥雁齐飞、彤云与碧水相衬的美丽景观；当然也联想到遭遇恶劣天气时这里乌云压顶、浊浪翻滚、惊涛拍舟的情景。感到身处这样的大湖大水之中，真的既是一种考验也是一份享受！这是一种只有身临其境才能真正获得的体验。

在我们沉迷于湖面风光并不住地生发各种感慨时，湖面上那几片扁舟渐渐靠近了，并最终靠上了大船，他们大大咧咧地呼着大徐。大徐出来将他们陆续拉上船来，并向我们介绍这三位与自己差不多肤色的渔佬儿；三位均是这片水域的渔家船主，昨天就听说县里要来人，相约今天前来相见谈谈心思，顺便陪县里领导在船上吃个饭。人多了，大徐便将两张矮腿方桌和椅凳从屋里搬出来，放在新船头的棚子里，大伙围桌而坐。几位渔佬儿向几位领导谈生活、谈生产，也提了困难和要求，聊得也很热闹。领导兴致也高，认为此行不虚，接了地气……

神秘感似乎在消失。但我们真切感受到了大湖的旷阔和丰饶；它无私地滋润了沿岸广袤的土地，慷慨地养育了湖区万千民众。生活于物产丰饶之湖的水上人家，一定会创造出属于他们的幸福生活！

“待会，还要请各位尝尝湖水煮湖鱼的味道……”大徐反复说道。

我的确想品尝这不带一丝污染的纯天然水产品的味道，我还想看看霞光满天、霞彩映湖的美景，想看看这一艘艘渔家楼船沐浴彩霞时的样子，还有它们的主人与霞光一同灿烂的笑容……

2002年5月

游香茗山散记

尽管我曾多次到过香茗山，但此次随县作协采风团来此采风，在香茗山研究方家孙皖樵老先生的引领讲解下，仔细游览了这座好像已很了解，其实尚存未知之山，还是有了许多不同以往的体验。新鲜美好的感觉不时袭上心头，使我能够完成一篇采风文章，以付采风活动安排之任务。

在我的印象里，香茗山是朴素的。

而且，这种朴素内含某种纯朴的诗意，犹如一首乡韵浓醇的民歌，抑或俭朴山妮的一副甜美的笑容。

这种诗意的朴素，首先体现在它的名称上。相传它因古代盛产香茶而得名。明朝永乐翰林学士解缙所题《香茗山》诗云："山崖殷窦簇硃砂，香茗丛生蓓蕾芽。采药道人何处去，洞云深锁碧桃花。"解缙用寥寥四句，便为我们展示出当年香茗山茶树丛生，茶绿满山，与艳丽桃花相互映衬的美丽风景。可见香茗山因盛产香茶而得名之传说不虚。

这种诗意的朴素，还体现在它自然本真的色彩上。它让自然的生物在此自由地生长，让自然的色彩在此尽情地释放。行在山间小道上，能看到路两边随意生长的如茵野草和随意绽放的各种颜色及姿态的野花；绿草和野花在熏风轻拂下，和着嘤嘤鸟语，散发郁郁馨香。

这种诗意的朴素，还表现在它不作任何修饰的容颜上。它迄今仍未经过任何形式的开发，完全保持浑然天成的原生态。尽管山上的土巴路完全是由人踩踏而形成的，崎岖蜿蜒，高低不平，某些地段甚至没有路，由此带来行进的艰难,有时甚至还有危险,尽管它的一些寺庙如洞佛庙等设施完全依托山洞等自然条件而建,但这种纯自然的朴素风格,却能吸引八方来客。人们好像都很欣赏这种风格,似乎从它朴素的容貌中能感受到与大自然的距离近了、更近了……

在我的感觉里,香茗山是灵秀的。

"山不在高,有仙则名。"这句话正应了香茗山的特点。香茗山因其诱人的自然生态、深厚的历史文化底蕴曾吸引了各方高僧大德、禅师名隐在此修行炼丹,使这座山一直佛光普照、仙气氤氲,并留下仙迹处处。

香茗山脚下的朝阳庵,系明嘉靖年间知县文阶为缅怀梅福、罗隐两隐士而建。四周茂林修竹、茶果飘香;殿前的那棵古樟树与庵同龄,虽历经四百多年风雨,至今仍盘根错节、枝繁叶茂、冠若华盖、婆娑多姿。绿荫环抱之中的朝阳庵,带几分神秘,显几分清幽;诵经之声清脆若溪,梵音佛号清明若泉,三间庵堂清烟缭绕。民间关于"金姑娘"看破红尘,出资建庵,削发为尼,独享清幽的传说,更给这古庵增添了几分生动的神秘。位于二茗南崖峭壁处的石佛洞,是著名的"洞老爷庙",洞内正面石壁上原有石刻佛像,两边有案几神台;洞入口两侧原有顺坡而下的石巷,幽深莫测,传说"上通湖广下通江",很是神奇,但石佛像与神洞在"文革"期间被毁、被堵,非常可惜。据传,佛教三祖是经由洞佛庙去的潜山,难怪这里一直香火旺盛、佛签灵验。二茗北崖上有处山洞,为"梅福炼丹洞"。相传西汉末年王莽篡政时期,南昌尉梅福辞官弃家隐居香茗山,就在此洞修道炼丹,并修炼成仙;望江十景中的"二茗神灯"描述的就是梅福、罗隐二君炼丹之仙景:每当阴晦之夜,常见灯光千炷,远近闪烁,相传为丹灶余焰。而位于二茗绝顶的"果老道场",也是一处绝佳风景:此乃茗山之巅,难得有块平坦之地,但这里却有一块平场,相传此场乃唐代仙道张果(号通玄先生)来香茗山设立道场、讲道传经之处。今天,立于平场之上,但见四野空旷,群峰峥嵘,有"仰视离天近,俯瞰觉云低"之感,引发人们无尽的畅想。

与香茗山灵气相应相融的,便是它的峻秀之气了。它也许是含蓄内敛的,不想过早展露它的峻峭奇峰,让游人很远就看到它的奇崛,而是当你来到了山中近距离地接触它感受它欣赏它，才发现它林立的怪石和奇净的山泉。

茗山之石有奇崛神肖之特点。它也有自己的“石林”，其石千奇百态让人目不暇接，有的状若春笋，有的形如蘑菇，有的形同龟鳖，有的好似禽畜，还有的如兽如神如情侣；有端庄的观音，腾空的大圣，还有蓬莱三岛、烈马披鞍等等，各类造型，奇特壮观，让你不得不赞叹大自然的鬼斧神工！

茗山之泉也显示了其内秀的另一面。其泉清纯奇净，泉水遍布峰岭沟壑；泉流处处以潺潺流动的姿态生动地展现香茗山的清净秀美。位于大茗山无量殿南侧峭壁之下的朱砂井泉，源自一口内藏朱砂、口径两米许的“朱砂井”，四周丹参藜草丛生，井中朱砂赤光夺目，砂映水红，四季不涸，美若瑶池，是一泓独具特色的山泉。位于二茗山寨林庵边的伯温泉，因一则故事而得名，相传朱元璋军师刘伯温曾领兵驻扎香茗山，当时天寒地冻、饮水难寻，刘伯温偶见岭下石缝中有珠点玉片，于是尝试着吮吸，惊奇发现竟是泉水的结晶，便命士兵开掘，果然清水满池，一举解决了饮用水问题，之后人们便称此泉为伯温泉。像以上这样独特或有故事的清泉，在香茗山还有多处，如曹公泉、朝阳庵泉等等。

这些奇石清泉与禅宗仙迹交织融合，共同营造了香茗山灵秀之气韵。

在我的认识里，香茗山是有深厚文蕴的。

香茗山妩媚妖娆的莲花尖峰旁，曾产生过有影响的莲花书院。书院创建于唐代，坐落于小茗山莲花峰之平林，四季秀丽花香，与河水园圃相伴，是一处如诗如画生机勃勃之地。相传唐末五代时期的道学家罗隐曾隐居于此，读书著述；有一种未经考证的说法，罗隐的代表作《谗书》《太平两同书》可能就创作于莲花书院。

香茗山至今还存留众多历史文化遗迹。山体及周边散布着寨林庵、狭英寨、连塘城、先锋寨、营盘岭寨、大寨烟墩等遗址，一座座古兵寨、古要塞、古城池遗址无声地记载着古代刘裕、卢循、朱元璋、陈友谅、刘伯温、史可法、张献忠、石达开等各路英雄豪强在此筑城垒土、屯兵扎寨、展开智勇博弈的峥嵘历史，也让人看到香茗山厚重的历史文化积淀。

香茗山还曾是历代文人墨客驻足流连甚至忘返隐居之地。汉朝的梅福，唐代的李白与罗隐，明清时期的解缙、翁溥等均在此留下过他们的足迹和诗篇。

在我结束这篇文章的时候，顺将清代诗人翁溥诗作《登茗山》存录如下：

骑马看云花湖溪，茗山东北皖山西。
一双喜雀马前跃，无数好峰云外齐。
野老牵牛坐青草，村童抛石打黄鹂。
长松细雨涓涓静，都入河阳画里啼。

2001年11月

秋到连塘城

一

在天高气爽的季秋时节，我来到了被称作“望江十景”之一的“连屯旧戍”，即连塘城遗址，专程来看看这个曾经的土城要塞在今天的样子。

季秋时节的丘岗，层林尽染，明艳动人，远山近坡，繁叶似锦。“山静松声远，秋清泉气香”，处处是诗意的景致。尽管我们是乘小轿车沿水泥村道上的山，少了当年马踏砂声疾、扬尘追身来的威武气势和争战氛围，但在这和平盛世里，能够置身古战场，且沿路欣赏到“绿叶换秋装，霜叶红于花”的醉人秋景，体味到码头山“红叶绘秋华”般的深沉饱满的秋意，也别有一番美意在心头。

小车爬坡疾猛，直接抵达了坡顶。从土城之北的外围靠近连塘城土垣时，我竟一时看不出它是一道古人垒土而成的墙，因为浓密的野草杂树遍布墙身并扎根其上，近看就如同一道荒山坡岗拦于眼前。沿土墙根走了很长一段路，才终于觅得一条从土城内伸出来的窄道，同样也是草棘密布。顺着小道艰难行进，翻过土垣，便豁然开朗了，大片被翻耕抑或被撂荒的土地条块错落地展现眼前，巡望而去，仅见一位清瘦黝黑的老农在埋头耙地。我立于阡陌之上，转身北望，但见古人委土为堑的模样仍依稀可辨；秋阳之下，颓垣旧堑虽已被杂木乱艾所掩蔽，却仍能看出其东西两向断续延伸的身姿，矮处一至二米，高处应有二至三米。放眼望去，感觉城垣犹如骄龙匍匐，蜿蜒二百余米，依稀还能呈现其往日的雄姿，我内心陡然滋生出某种深沉的历史沧桑感……

二

现在，我们已经感受不到此处曾经弥漫的战争气息，但是历史不会忘记这里曾是古代争战之地——曾是车马萧萧、刀光剑影的古战场！

史料记载，东晋咸和三年（公元328年），历阳太守苏峻与豫州刺史祖约作乱，邀大将桓宣参与，宣不愿同歹，欲南投镇守浔阳的温峤，遂屯兵于马头山（即今连塘城遗址）。祖约派遣其兄之子祖涣前来讨伐，桓宣求救于大将毛宝，得毛宝兵助，并大败祖涣于马头山。东晋义熙六年（公元410年），刘裕与卢循大战于马头山，卢循最终战败，而刘裕则在建康受禅，成为南朝宋的开国皇帝。又据《望江县志》载，元末大富豪毕银率望、太二县民众拒贼护耕，在香茗山脚下筑土城，委土为堑，横直约二里，土墙高三至五米、宽二至四米，周长三里，城垣呈圆形，设有四门。东门外二里许建有望马楼，出南门外五公里许筑有关马城。

而今，斗转星移、时境变迁，望马楼、关马城已湮没迹消，但连塘城穿越五百年风风雨雨，依然伫立于茗山南麓，以其惯看秋月春风的神态，展示其粗粝沧桑的容颜和坚韧厚重的气质。此时，我不禁联想起清人张正庭当年专为其所题之诗：

宋武凭陵壮力争，连塘屯筑此偏城，
关门未锁环溪水，垒堑空围绕径榛。
茗岭神灯持照火，松涂鬼马影流兵，
白纶野老多情思，指向平原是故营。

三

现在,我沉迷于连塘城的秋色,行走于土城浅褐色疏松的旱地或者杂草枯黄的荒地,在追思其厚重历史的同时,也在仔细打量它现在的容貌。太阳已偏西,泛红的斜晖穿过连城土垣上茂密的虬枝野艾,零碎地洒在土城内已被翻耕或长满杂草的旱地上,显出斑驳杂乱的色彩来。恍惚中,我似乎感觉到,此时的连屯旧戍,宛若一位疲惫老者,在秋叶飘零的暮秋时节,怀抱过往峥嵘岁月,酣然入睡了,温柔的秋风和哀艳的秋色轻抚它那不易醒来的旧梦……

是呵,浓重的秋意确已浸淫了这座古朴要塞——不单是暮秋时节苍凉寂寥的景色包裹了它,其肌体的生机也如遍生于土垣之上的草木,已进入隆冬前的果叶凋落的状态。

瞧吧,空旷的城内土地上,仅有一位老农在不紧不慢地耕作,土地呈现出的,皆是褪净绿色之后黄褐的容颜。放眼远眺,土城身后的那个村落,红瓦瓷墙、风格现代的鲜亮房屋拥簇在一起,早已丢掉了历史的厚重感,似乎也少了些许人气。往日水塘相连、村女聚集洗衣洗菜的景象已经不再,从高坡上望下去,似乎只有一口不规则的水塘寂然静卧,塘边无人也无树。两条气派的村村通水泥路穿连塘城而过,破开了北面的连城土垣,使得这道原本就已颓残的土垣更加支离破碎了。

站在有点萧疏寂静的土城里,望着那道不规整也不连贯的土城墙,我在发思古之幽情的同时,也生发了惜城之忧心:连塘城,这个千年古战场、数百年土城垣,还能抵挡得了日渐而多的自然风雨的侵袭和人类生产活动的损害吗? ……

四

然而,无论怎样,连塘城都应当也定会存续下去,因为它的历史价值和人文价值都不可泯灭也不会泯灭,因为它毕竟伫立于一片文化厚土之上!

从多处历史考证看，连塘城所立之地就是望江土著人根之所在。连塘城方圆十多公里，散落着黄家堰遗址、戴家墩遗址等新石器时代晚期文化遗址，此外还散布着先锋寨、营盘岭寨、寨林庵石寨等古军事要塞。这些遗址和要塞，也包括连塘城自身，记载着一代代望江本土民众为生存为生活打拼奋搏的勇敢动人的闪光篇章！

而今，这里的民众，以悠久历史文化为底蕴，已将这片土地打造成了中国民间文化艺术之乡。这片望江挑花的发源地、黄梅戏鼻祖蔡仲贤的故乡，自然懂得文化遗产保护和传承的意义。

日暮之时，望着那段段土城墙，我脑海中突然跳出汉长城颓垣断壁的沧桑画面来。在那荒凉的戈壁，汉长城的残垣断壁都已投入人力物力加以保护了；那么，眼前这道被誉为“南方长城”的连塘城，还依旧让它未加保护地任由风吹雨打和人为侵袭吗？不过，我转而又想，我的忧心也许是多余的；我相信连塘城的生命力是旺盛的，既然它裸露在自然环境及社会风雨之中已历五百年之久，那么，在重视文化建设的和平盛世里，更不会被损毁湮没。

不是吗？随行的当地镇党委分管负责人告诉我，镇里已将连塘城遗址修复保护提上了议事日程。

此时，我有意走近了那位正在土城里耕地的老农，并与他攀谈起来。老农竟然很健谈，对连塘城的历史和此地发生的历史事件非常清楚。他是土生土长的连塘城村人，他带着豪情叙述着这个村、这座土城要塞的前世今生。有着这样素质和对乡土挚爱的村民，连塘城所在的镇村是会很好地保护他们共同的历史文化遗产的！

秋，是万物进入休整季节的开始。秋虽已到连塘城，浓重的秋意已渗透这土城的每一寸泥土、每一丛草木和每一洼塘水，但因这块厚土里有深厚文化蕴含作为养料，它会将秋意酿熟，交给光华初涨的季节！但愿秋冬之后，连塘城会迎来一个清新光鲜之春夏……

2016 年 10 月

玄静朝旸庵

无论什么时候来到朝旸庵，总能让你产生透彻心脾的清幽玄静之感。三间朴素的旧庵堂处在竹林、茶园和古樟的环抱之中，让不时扬起的诵经之音仿佛也带上了清新的绿色。一条山溪绕庵而过，潺潺水流滋润并衬托着山野的宁静、佛号的清脆……

四百多年了，这里仍只有一条小道搭建起与尘世的联系；小道将香茗山和麦元这两个富有诗意的乡野绿地牵连起来，在通过麦元几乎原生态的广阔的山水田原之后，行者早已脱去了尘世的浮躁杂念，带一颗清静之心去接近这座绿荫环抱、颜色深沉的玄静古庵。

古老的庵堂前有宽阔的院子，院中有棵几人才能合抱的古樟树，在接近庵堂之前须通过这棵古樟的荫翳。古樟与庵同龄，已有四百五十多岁；树虽已空心，仍盘根错节、冠若华盖，伸展的繁枝撑开二百平米的荫翳，更增添了古庵幽静的氛围。

不在意偏僻，只求得玄静，似乎是朝旸庵的取向，也是朝旸庵建立的初衷。乾隆三十三年《望江县志》载，朝旸庵系明嘉靖年间知县文阶所建；之所以选择香茗山脚下这片偏隐之处建庵，主要是为了缅怀汉、唐两位来香茗山的隐士梅福和罗隐。两位在香茗山修行炼丹，修炼的就是这种玄秘的清静，并营造了被后人誉为“望江十景”之一的“二茗神灯”！而在民间，对朝旸庵似乎也有“玄静”的印象，有一个民间流传的故事似乎能够说明：明朝有位金姓的姑娘，看破红尘，不想出嫁，却一心想寻一处世外桃源修行养性；于是拿出自己的积蓄，选择这个偏僻之地建了一座庵堂，并削发为尼，独享清幽，后人便称她为“金姑娘”。

无论官方记载还是民间传说，都共同指向一个价值取向，那就是朝旸庵的清幽玄静是其安生的最好环境！然而，在数百年的漫长历史中，规避社会浮躁风潮影响，守住清静无为初衷，即便对一处偏僻古庵来说，竟然也是不易做到的！无论是清朝咸丰年间锦和尚在此掀起的开旗放戒之风，还是民国时期占据庵堂的地主、官绅为进行迷信活动而建起的“乩坛”，以至新中国成立初由“乩坛”演化的反动道会门组织活动等等，尽管看上去乘风得势、热闹非凡，但最终都给朝旸庵带来阴阳怪气、乌烟瘴气乃至毁灭性灾难，成为其历史中伤痛的记忆！

而今，一度设在此地的“五七”干校、望江师范等机构的早已退走，朝旸庵的香火重又缭绕在茗山东麓的竹林、古樟间，诵经的佛音重又恢复了其悠扬和清净的品质。此时的朝旸庵犹如一位经历沧桑浮沉的老人，已然变得消瘦沉静了，三间旧庵堂伴着一棵古树。庵的身后，还留着一排已空废的“五七”干校宿舍房，低矮的房舍昏暗潮湿、墙面斑驳，仿若衰老的弃妇躺在沉静的“古安包”，无人理会；为了排解这种荒凉，有人在房舍前的院子里摆上几盘盆景，倒也增加了几分生气和幽情。不过，朝旸庵四周的竹林却像是吸收了香火和佛音的养料一般，越发茂盛起来；庵后山坡上的茶园也是一派郁郁葱葱，充满了引人入胜的生机；位于古树东侧的泉源依然丰沛，泉水清澈甘甜，用之不竭。香客们带着纯净的向往，迈着疾疾但不匆忙的脚步投奔这个机缘——这片牵引着他们心中祈愿的玄静之地。尽管这是一片偏僻之地，但恰如庵中那副楹联所云：“有意烧香，何必远朝南海；诚心敬佛，此间便是西天。”

现在，我走出古樟的荫翳，走过庵前那条溪水之上的石板小桥，来到竹林之中那个石亭中小憩；静望绿荫掩映之中的朝旸庵，心湖似乎像身旁那波光粼粼的清澈的潭水一样沉静如禅了……

玄静朝旸庵，终于找回了与自然同色、与大地同行、与日月同辉的和谐路径。

2012 年 5 月

太阳山麓的龙园

当下，投资生态种植业，似乎已成很多企业家优先的选项；主因是，这种投资契合了越来越多的生态意识觉醒者对生态养生的迫切需求。新近出现在太阳山麓的龙园，便是在这种投资导向引领下应运而生的生态产业项目。这个“龙园”，当然不是某些地方以展示中华“龙文化”为目的的经营性公园，而是本土龙氏企业家为开发家乡生态资源而投资兴建的集游览观光和种植生产于一体的生态植物园。

我是在暮春时节一个晴朗的上午再次来到龙园的。上次来还是初春时节，万物还未完全走出隆冬的影子，且来去均很匆忙；虽然对龙园留有初步美好的印象，但在感觉上还是粗糙的。此次我欣然接受龙园所在村负责人的邀请，专程前来，就是为了更好地融入其中，寻得更深更细更真切的感受。这种“欣然”之情，源自我对龙园项目定位的欣赏，对龙园所处位置的欣羡，对龙园可以预期的发展前景的欣慰。

此刻，我站在龙园巨大而颇富创意的仿石门前，仿佛面对着童话世界中某一深蕴宝藏的神秘地域。明媚的阳光漫洒而下，太阳山缓坡之上，大片开阔而吐露生机的土地展现眼前；一条水泥路爬坡而上，蜿蜒伸向一片葱茏，衔接起苍翠欲滴的大山。这是一幅大自然随意创作的风景画，不久之后，随着两边花圃苗园绽颜吐蕊，还将为这自然画作增添新的艳色。顺路而上，我一边与村干部和投资人谈园区建设情况，一边欣赏沿路翠绿的风景。两侧的油松枝干虬曲、姿态纷呈，斜射而来的阳光被茂密的松林树枝筛割，散射的光芒闪烁于林间，配以野鸟的啁啾……

只有“身在此山中”,才能真切感受到太阳山怡人的生态和景色。我不由自主地再次表达了对龙园所处地点的欣羡:选择太阳山建生态植物园,的确彰显了投资人成熟而又具有前瞻性的眼光!太阳山是雷池故地上可与香茗山比肩的名山,山势自北向南蜿蜒起伏绵延十余里;北接生态湿地武昌湖,南滨风景秀丽岚杆湖,松杉竹茶遍布,四季青翠清明。依托如此良好生态之山,龙园茂盛的前景是可以预期的。

边谈边走,便到了著名的罗庵庙所在地。但见大片青翠竹林铺天盖地耸立于路边山坡,好生壮观;山风吹来,带起沙沙竹浪声和阵阵竹叶香。沿竹海掩映中的石阶拾级而上,神思渐被带有竹叶清香的空气所荡涤,顿感神清气爽,身如轻舟,恍若身登深幽绝尘之境。穿过竹海,登上平岗,便是罗庵庙前的宽阔佛场,但见满地鞭炮红屑,香台青烟氤氲,足见此处佛缘之广之深。再看罗庵庙,两幢大殿气势恢宏,叠座于半山腰上,古木苍松环绕其周,山泉潺潺,绕身而过,一副幽雅怡人之景。大殿右侧,有两米见方的清池,水清见底,终年不涸,周边已立护栏,上书“天池”二字。深山之中,高地之上,竟然有如此终年不枯之积水,实为奇特,据传系天神下凡开掘而出的饮水之源,故曰“天池”,难怪池中有不少香客投下了祈福的硬币。

沿“天池”边的石级而上,我登上罗庵庙上层大殿,立于殿前平台眺望四周,感觉满眼葱绿,竹海松林,蒿草丛艾,郁郁青青,尽收眼底;浮想之余,似乎还能触摸到深藏于翠绿之中的深厚的文脉。

是的,太阳山不仅是生态优良之山,还是文化厚蕴之山。这里曾是李白避乱读书之地。史料记载,唐天宝十四年(公元755年),安禄山乱,李白因从永王李璘而获罪,流放夜郎(今贵州),途中遇赦,重返安徽,来往于浔阳(今江西九江)和宣城之间,中途到达凉泉横山(太阳山前称)。时值大雪,阻其行程,李白便在平岗斗室读书,并写下《秋浦寄内》,诗云:“我今浔阳去,辞家千里余。结荷倦水宿,却寄大雷书……”后人为纪念大诗人这段经历,将“横山”改为“值雪山”,将李白在此读书之寓所称为“太白书堂”,这个书堂就在罗庵庙西北四十余米处,虽遗址毁于战乱,却为历代诗人所传诵。太阳山还曾是兵家必争之地。元末时期,朱元璋与陈友谅率部决战于泊湖一带,朱部军纪严明,广受民众支持;交战时,当地农民持农具上阵助朱灭陈,而奇怪的是，与此同时笼罩于值雪山上空多日的乌云顿开，久违的阳光普照大地，顿时群情激奋，皆言“天意助朱”。后来夺得江山的明太祖便将“值雪山”改名为“太阳山”。解放战争时期，解放军大将陈赓也曾来到太阳山下，将陈氏宗祠设为渡江战役二野四兵团司令部。

丰厚的历史文化蕴含，不仅能为龙园提供文化背景支撑，同时也能够为龙园拓展游览观光功能提供素材。

离开罗庵庙，便向东而去，前往果蔬园区观摩种植项目开发进程。沿路景致特别：左边是有茂密翠松护坡的山峦，右边则是沿缓坡开辟的大片土地，有的已种上了梨、桃等苗木，有的还在整理之中。路上，项目投资人告诉我，该园整体规划面积很大，有土地一千五百亩，将开发种植有机农作物、花卉水果和特色农产品，部分是为有机酵素生产提供原材料，如原产于云南等地的血梨等。如果全部开发种植到位，将有五百亩时蔬，五百亩水果，四百亩花卉及有机水稻和精养鱼池各五十亩。我颔首领会，欣赏投资者的大手笔和好眼光。

来到一大片建起的塑料大棚葡萄园边，我们停下了脚步，进棚了解葡萄种植新方法，只见每一棵葡萄苗周围都砌了水泥护圈栏，都装有自动滴水装置。这种方法似乎很新颖。而更令我新奇的是，在葡萄棚及周边的地里，竟然都安装了唱筒装置，优美动听的黄梅戏唱腔悠扬飘出。我问，在葡萄生长棚里播放黄梅戏曲，莫非是为了助葡萄生长？陪同的投资人笑笑说：他们凉泉的龙氏家族过去出过著名黄梅艺人，龙园是龙姓人投资的，放黄梅曲是为营造文化氛围，对葡萄生长不知有无益处。这一提醒让我忽然想起黄梅戏“龙腔”创始人、蔡仲贤弟子、著名黄梅艺人龙昆玉和其子龙甲丙正是生长于凉泉太阳山下！黄梅戏“龙腔”是龙昆玉和龙甲丙在多年演艺生涯中广泛吸收民间山歌小调精华，结合望江黄梅戏唱腔特点摸索整理而成，唱腔优美动人，是望江黄梅戏老腔老调集大成者，现已成为黄梅戏经典唱腔之一，已列入市级“非遗”。龙园的这种安排，让我对这一生态园的文化底蕴又有了新的更深的认知。

返回的路上，我又听了园区老总对酵素养生作用以及酵素生产使用的相关情况介绍。他的大概意思是，生产酵素的原材料，只能取自生长于生态良好地区的植物，而酵素因为对人体排解废物的独特作用，越来越成为养生者追求的消费品。他们生产酵素的工厂已在泊湖之滨建成。他邀请我此次去看看他们的酵素加工厂，我愉快地接受了邀请。

现在，走在阳光普照、草木葱茏的大地上，我的心情早已放飞到纯净的大自然中去了，我不时以某处松林或竹林为背景，抓紧留下一些美好的镜头……

我没有再听介绍，完全靠感觉在感知龙园。我觉得眼前的龙园，已不仅仅是一个种植园，它已融入了历史文化、养生文化、曲艺文化等多种元素。其内涵已超出我原先的预想，而今后还会发展得更为丰富。我的确对这个生态园有了新的期待……

2017 年 5 月

我与雷阳书院

作为从雷阳书院走出来的学子，我一直希望这所老旧的书院能再次焕发新的生机，重启其应有的功能，发挥新的作用。

这一愿望，终于在近期得以初步实现；这所沉寂于雷阳老城一隅，且因为在多年的修修补补中不断被嵌入现代建筑材料而逐渐丧失其古朴文雅风貌的古老书院，如今经古建筑专业修缮队伍精心修葺，大抵恢复了它往昔的容颜。这的确是雷阳古城的幸事，也是广大雷阳学子们的欣喜之事。这所创办于清康熙年间的著名书院，此番依循修旧如旧的理念修葺成功，让雷阳老城乃至安庆、安徽的文化人，对这所古朴新容的书院在新时期发挥弘扬优秀传统文化的作用寄予新的期待。

雷水之阳的这片文化厚土，历来都是尊师重教蔚然成风之地。皖江文化研究会副会长张健初先生在其论文《清季望江书院之兴与人才之兴》中说："清季望江，教育之乡。安庆府八大书院，（望江）一县独占其三：来仙书院、莲花书院、慈湖书院。"这里的"来仙书院"即是雷阳书院的初始之名。史料记载：来仙书院是清康熙十九年（公元1680年）由知县陈柿祚（别号来仙）筹资兴建，清乾隆二十三年（公元1758年）知县狄宽对其进行了修葺，并将其更名为"雷阳书院"。清咸丰八年（公元1858年）因兵乱水患倒塌。直到光绪八年（公元1882年），县令林调阳在现址重建了雷阳书院，面积近四千平方米，设计精巧：大门框为石材立柱，两旁有石鼓，门上有匾额，上书"雷阳书院"四个颜体大字；入大门左右侧为庑廊，东西两厢为教室，中间石阶之上是大讲堂，组成了四合院，讲堂正中悬挂一块"多士欢颜"大匾，两边大柱挂有林县令撰书的楹联：

名教中乐地无涯，对山色湖光，足以荡涤胸襟，放开眼界
善学者会心不远，看鸢飞鱼跃，便是精微道理，活泼文章

讲堂左右为长形庑廊，后进为一座两层藏书楼。迁建后的这所书院设计精巧，面目一新，带来望江人才之兴，倪文铮等一批学子相继中举，望江清末四大翰林余诚格、陈树屏、檀斗生、徐进都曾就学或讲学于雷阳书院。光绪二十四年清廷废除科举兴办学堂，雷阳书院遂于四年后改为高等小学堂，并延续至民国时期；新中国成立后在此设立望江中学，为国家又培育了大量社会主义建设人才。

我和雷阳书院一直是很亲近的。这种亲近不仅是物理距离上的，更是精神上的。雷阳书院门对的这条街叫书院路——因雷阳书院在此而得名，我便是在书院路一侧的粮食局宿舍里出生并成长的，这里距雷阳书院仅咫尺之遥，因此可以说我是在雷阳书院边长大的，从小就常看到莘莘学子从门前走过，听到他们琅琅的书声和早晨、课间操练之声。小的时候，我和小伙伴们经常来书院内玩耍；那时的校园林木繁茂，书院的院内也是草木葱郁，尤其几棵梧桐树，茂盛挺拔，荫翳如伞，清凉宜人。虽然那时正值“文革”后期，是一个不怎么重视学习文化知识的年代，而我们也正处于贪玩调皮的少年时期，但在雷阳书院里活动，我们还是不知不觉受到这里文雅氛围的感染，很少有调皮打闹的举动，而是凑在一起或交流各自拥有的小人书，或跟着高年级学生围坐于树下讲故事，或玩一些相对文雅一些的诸如“跳房子”“砸纸鳖”之类的游戏。

真正开始我人生求学的经历，应该是在进入望江中学、来到雷阳书院就学之后。初中的头两年，“文革”还未结束，对学习要求不严，我们这群学生便变着法儿在校园里玩耍，而我由于喜欢书的缘故，时常进到书院后进的楼房里借书，因为当时中学的图书室就设在那里。高考制度恢复时我们刚上初三，这时全校上下都紧张了起来，不仅正规课程抓得紧，补习之风也开始盛行。此时的望江中学，成为全县学子渴望进入的最高学府，是冲锋高考的“桥

作为从雷阳书院走出来的学子，我一直希望这所老旧的书院能再次焕发新的容颜，重启其应有的功能，发挥新的作用。

头堡”和“领头雁”，其两个重点班，网罗了全县中考的尖子生。可以这么说，当时全县最优秀的学生，几乎都聚到了雷阳书院；所幸的是，在升入高中后，我也成了那两个重点班中的一员。学习是非常紧张的，学生们都在为自己的前程拼搏，经年积压的求学激情在雷阳书院得到空前的迸发，一个个都表现得那样忘我投入、勤勇精进。有时，为图得一时清静，我们这些不住校的学生，在点点滴滴的课余时间里，常“躲”到雷阳书院相对安静的院落里去背课文、背单词，似乎是想借书院的浓厚文气为自己的学业注入一些灵气。

就这样，恢复高考之后，一批批雷池学子，携雷阳书院这块文化宝地的灵气，走向全国各层次高等学府升造，为日后成材奠定了坚实的基础。

我也是从雷阳书院走向高等学府的，没有在这校园求学的经历，也就不会有我后来学业上的成绩和走向社会后的作为。

回到家乡工作后，我有幸成为宣传文化战线的一名干部，并长期致力于这一高尚事业，二十多年的不懈努力，使我不仅成长为县宣传文化管理岗位的一名负责人，同时也成为雷池文化研究会的发起人和组织者之一。作为一名本土成长的文化人，我一直牢记着雷阳书院给予的“恩惠”，多年来一直不忘为雷阳书院的修葺鼓与呼。令我欣慰的是，我不仅与文化部门其他同志一道有效推动了雷阳书院修葺建议的采纳，而且还成为雷阳书院修葺项目落实的推动者和参与者之一，为雷阳书院的作用更大发挥献上了绵薄之力。

未来，作为雷池文化研究者之一，我希望能够再入雷阳书院，为雷池文化的研究和弘扬，搭建一块新的平台。

我真心希望，当年林调阳县令所撰的那副楹联，不仅能重新悬挂在雷阳书院讲堂两侧，而且能够化作雷阳学子和文化人实实在在的举动。

2016 年 12 月

“三孝”的黄梅缘

一

“雷池故地，三孝故里，黄梅故乡”这三句话的组合，差不多已经成为望江这个古邑的人文名片了。

望江县是雷池故地和三孝故里，历史典故和故事传说丰富，“不能越雷池一步”、雷池之战、三孝的故事、驮婆嘴的故事、九龙潭的传说等，成为雷池文化内涵的重要元素；其中王祥卧冰、孟宗哭竹、仲源泣墓还是历史上中华“二十四孝”中之三孝。

望江又是黄梅戏的发源地之一。出生在香茗山南麓的蔡仲贤被公认为黄梅戏鼻祖，正是他把民间采茶调融入民歌小调和徽调、高腔等优美曲调，形成了独具风格的地方小戏——黄梅调，并通过组建班社游走传唱，开启了黄梅戏在古雷池大地乃至更广地域繁荣发展的历程。而开启黄梅戏艺术与影视艺术融合发展之路，推动黄梅戏形成全国影响力的，也应首推望江人陆洪非，由他改编创作的电影《天仙配》蜚声海内外，促使黄梅戏成为全国五大剧种之一。

那么在望江，用黄梅戏的形式来演绎雷池文化故事，应该是深掘雷池文化内涵，丰富雷池文化表现形式，扩大雷池文化影响力的重要和必要之路。然而遗憾的是，很多年了，这条路仍不开阔甚至很崎岖，并未真正有效铺建起来。当然，并非没有人认识到建立这种渠道及其运用机制的重要性，也并非没有为之努力过。譬如曾有位县政协委员多次提交提案，建议将泊湖驮婆嘴的故事搬上黄梅戏舞台；也有人建议以"不敢越雷池一步"典故和雷池之战为素材，编创大型黄梅戏或拍成电影等，但均未能付诸实践，原因种种：或因题材宏大、投入过大，无人敢动；或因多数典故史料过简，难以改编成有戏剧冲突的剧目；或因一些传说神话色彩太浓，舞台难以表现；或因某些典故故事性不强，担心没有观众市场等等，不一而足。但客观地说，不管是什么原因，这种现状都不能不说是一种缺憾。

作为一名文化工作者，一名主管部门的分管负责人，我感觉到了这种缺憾所带来的压力；不过这压力并不来自上级，而是来自一名雷池文化研究者和文化工作分管负责人的觉悟和良知。压力面前我生发了某种使命感和紧迫感，我认为自己有义务在任内弥补上这一缺憾。

二

有思想准备者，总能寻到机遇。

第七届中国（安庆）黄梅戏艺术节将于2015年金秋举办，方案中除安排黄梅戏大县望江拿出一台大型舞台剧外，还须在节会期间组织一场有特色的分会场演出活动。县文化部门计划将分会场活动安排为"民营黄梅戏剧团折子戏（小戏）展演"，因为近年来望江民营黄梅戏剧团异军突起，仅在册院团就达二十家，而小戏展演又正好适合民营院团的特点。他们向我作汇报后我表示赞同和支持，并迅速将方案报县分管领导、提交县相关会议，很快获批，并明确由我牵头负责组织实施。

接下来抓剧目征集和编创，便成为活动成功的关键了。我提出了以原创为主、以雷池文化题材和体现时代精神的现代题材为主的要求。当然，这只是原则性的。我清楚，要使此次活动获得所期待的突破，还应有更为具体的设计和要求。在紧接着由我主持召开的民营院团小戏剧目征集座谈会上，我正式提出将"望江三孝"题材作为此次征集重点，得到的回应却很冷淡。言谈之中我知晓了他们的顾虑：他们觉得"三孝"内容史料记载过于简单，难以构成舞台戏剧冲突和高潮，而折子戏由于短小更讲究在短时间内快速进入情节抓住观众。另外,史料中的“三孝”故事神话色彩太浓,很难在舞台上加以表现,等等。我说文艺创作源于生活又高于生活,历史题材创作在尊重基本史实、不违背其思想内涵和价值观念的前提下,可以适当引入虚构,以增强艺术感染力,不然就不会有《三国演义》等文学名著了。“三孝”史料记载简单,正好为再创作提供了空间;至于神话的表现,一方面可以尽量压减,多用现实中的语言,另一方面,只要秉持艺术创新精神,总是能找到适宜的表现方法的。最后我强调,如果此次展演未能将“三孝”全搬上舞台,那我们将错失一个弘扬雷池文化的好机遇,有可能使这次展演失之于平淡乃至平庸!我这么说,是想表示我的认识和决心,而与会者似乎也感受到了我倡议的重要,表示回去做些尝试。

不过,要求归要求,作为从事过文学创作的人,我很清楚,艺术创作是强求不来、施压不来的,需要有底蕴、积累和冲动。因而,我不能把“宝”只押在这个征集会上;除了会上的“广种”之外,还应辅之以“点播”。会后,我找来县文广新局分管局长及文管办负责人老邵,告之不能被动地等,要主动出击,请县内外有创作功底和经验的剧作家编创“三孝”剧本,挑选动员底子厚的剧团接受并倾力于“三孝”题材剧目。老邵是举办小戏展演活动的最早建议人,也是一位有资历的务实之人,尽管面有难色,还是接受了任务。

老邵他们的工作效率很高,活动进展竟然超出预期。不到一个月,应征剧目便达十五六个,皆为原创剧目。“三孝”剧本也都到齐了,其中“王祥卧冰”的本子是老邵“点将”廖老剧作家才落实的。但初步过目,感觉多数本子还缺少打磨;“孟宗哭竹”还出现两个版本,一个语境优美但过于神话化,另一个忠于事理但又文韵不够,需要润色。我们及时组织了审稿会,初选了十个入围剧目,重点打磨。“三孝”的本子,自然都在列;只是“孟宗哭竹”选择了忠于事理的本子,为解决其文韵不够的问题,特请县文联的春松主席主笔修润。

这以后,组委会一群人在我带领下,开始了紧张忙碌的指导排练和改稿润色等工作,也抽空亲自为某些剧目改本子;每次看过排演,都要留下剧组人员座谈。当然,看“三孝”剧目的排练要更多一些,且每次座谈之后,总能解决一些本以为难解决的问题,促使剧目越来越有孝爱文化的意境和味道。

三

结缘，有时是自然而成的，有时则是牵引而成的。现在，发生于一千多年前的“望江三孝”故事与诞生才一百多年的黄梅戏艺术，在人为的牵引下，终于结下了缘分！

在2015金秋时节，“三孝”黄梅韵如期在古雷池大地上飘荡播扬，人们怀着各自的新奇走进剧场，又带着共同的欣喜驻足流连、久不离场。因为，当清新纯朴的黄梅调音符深置于这几个古老故事的肌体时，其所激发的活力和催生的感染力，还是令观众为之惊奇和惊喜。这种结合，使我们有机会从冷冰冰的史料文字中走出来，仿佛穿越了时空隧道，看到一个个古彦先贤在历史的空间中起舞，用鲜活的带着温度的感人形象叙述着以德化人的生动故事。

《望江县志》对“王祥卧冰”的记载是这样的：“王祥，晋代山东临沂人，因避乱来到城南一个村庄隐居。他的生母早年去世，继母不慈，他也尽心侍奉。一个数九寒天，继母得病想吃鲜鱼，王祥四处买不着，于是不顾天寒地冻跑到村庄附近池塘解衣卧冰，厚冰被他的暖身子化开一个窟窿，跃出一对鲤鱼。继母吃过鱼后病愈。从此王祥孝名益著。”

故事的文字记载是简单而又缺少温度的。但新编黄梅戏《王祥卧冰》对历史故事做了一些人性化改动：编者有意引入情感元素，将王祥继母的亲子改为她的女儿莲子，并以含蓄的方式设置了王祥与莲子间潜在的爱慕之情。这样的安排增加了暖意、丰富了剧情，并且因为有了这个女孩的调和，使热情善良的王祥和冰冷刻薄的继母之间的关系有了更温暖的连接，从而让王祥的事迹和形象更加人性化也更为可信。而这样的改动，也似乎没有损害和削弱故事的主题意义，增强的是舞台艺术的感染力。

舞台上的王祥，手持鱼叉在坚冰上踉跄凿冰、翻转腾挪、且唱且白，既表现出了坚毅品格，又表达出了热血柔肠。最后解开衣襟、敞开胸膛，卧冰求鱼，带出一段感人的伴唱：

天沉沉、地蒙蒙，雪落雷池悄无声。

孝心敦厚感天地，热血融开三尺冰。

至贤至孝人神敬，双鲤报得赤子情。

至此，随着特技让一双鲤鱼跳出，将观众情绪推向了高潮。

下面让我们再来看看《望江县志》对“孟宗哭竹”的记载：“孟宗是三国时期吴国江夏（今湖北黄冈西北）人，曾任雷池监渔官。他侍亲至孝。一天，他母亲想吃笋，那时正是秋末冬初，山寒水瘦，万木萧条，孟宗在竹林穿来穿去，寻寻觅觅，可怎么也找不到一根笋，于是抱头大哭。他的孝心感动了上天，竹笋破土而出。后在他哭竹处建‘泣笋台’。”

不过百来字的记载，显得很简单。但黄梅戏《孟宗哭竹》却丰富了其情节。在演绎泣竹故事之前，先用一场戏简约演绎了孟母“沉鲊于江”的故事，乍看起来这一场戏似乎与后面联系不紧，其实它是对母子情深的一种铺垫和交代：正是母亲的正确教育，才使孟宗成长、成才，并具有了正直的品格、孝爱的情怀；正是因为母爱的深厚，才使孟宗那感天动地的忠孝行为有了思想根源和感情基础。所以有了这一场戏，整个故事得以丰富和深化，也才使最后的哭竹高潮有了透心彻骨的感人力量。

哭竹的表演是激越而又凄美的，整个过程立足于寻竹以及在寻觅中思绪的飞扬和情绪的宣泄，剔去了神话的成分，同时又堆积起厚重的感情。让观者的思绪随着孟宗深沉、奔涌、逸扬的唱腔奔腾起伏。

椎心泣血求苍天，孟宗难禁泪涟涟。

娘亲含辛哺育我，怀冰抱雪二十年。

品德高尚人钦敬，言传身教效圣贤。

寸草难报三春晖，养育之恩高于天！

孟宗疾走的身姿，带起飘动的衣摆，展现同寒冷和命运抗争的意志，同时也带起观众激动的情绪。最后的晕倒地，就是冬笋的藏匿地。孟宗醒来兴奋地看到了冬笋，他欣喜若狂，与寻他而来的母亲相拥同泣，此时，以雪山雪笋为画面的电子屏幕背景，衬托起一个感人至深的场景，我看到了周边观众眼边的泪花……

最后我们再来看看《望江县志》对"仲源泣墓"的记载:"徐仲源,唐代望江人。他母亲病重时,服用许多药物都无效,仲源割股熬汤,母亲食用后病愈。当时县令麴信陵将此事上奏朝廷,德宗赐其所居之里叫'昭贤',所居之乡叫'孝感'。后来他考中进士,任合肥令。上任不久,他母亲便去世,葬在住宅东南山岗上。他母亲平时最怕打雷,每遇打雷,仲源必亲自为她掩耳。居丧期间,每逢雷震,仲源就伏在墓旁说:'仲源在这,仲源在这!'徐仲源死后,也就葬在其母墓左边。"

这段记载相对丰富一些,在记泣墓之前,还记了割股救母的故事。但要在同一时空加以表现,似乎不易。黄梅戏《仲源泣墓》选择从徐仲源夫妇教育儿子这个窗口切入,成功解决了这一难题,既丰富了舞台情节,又起到了引导和铺垫的作用。舞台上,徐仲源拖着"割股"留下的伤腿,在前段教育儿子的戏中表现得温和柔弱,而在闻雷之后立刻变得急躁激越,大呼"母亲勿怕,仲源在此!"前后形成强烈对比,并将剧情推向高潮。

泣墓高潮很有震撼人心的气势,在舞台声光电的配合下,徐仲源虽步态踉跄,但动作节奏快、幅度大,且刚劲有力,很好地用肢体语言表达了其不顾艰难,搏击雷电风雨、誓护母亲亡灵的急迫心情和坚定意志。与此同时,还有与肢体动作契合的演唱,如歌似泣,时而激越高亢,时而情绵如水,让人沉湎其中,情陷其中:

狂风大作雷声震,乌云密布暴雨倾;
哪顾伤疼步难走,何言雨水浸衣巾!
我愿护坟天雷击,莫让我娘沉梦惊;
只要娘亲睡安稳,仲源以死报娘恩!

激昂又深沉的哭泣揪紧每名观众的心,把一种孝爱的情感宣泄到了极致;每一个哭音、每一声雷电,仿佛都敲击在观众的心坎上,带来心灵的震颤。

由此,不难看出,"三孝"与黄梅戏结缘,带来了令人惊喜的效果!

黄梅戏"三孝"成功了!

四

有思想价值和教育意义的故事,需要找到让人喜闻乐见的传播形式和载体,正如任何艺术表现形式都需要寻找并结合到有意义有价值的内容一样。

“三孝”故事与黄梅戏的此次结缘,显然属于上面所言的有意义的例子。这种结合,让人们从神话中走了出来,带来了由感动神到感动人的转变;这种结合,让人从简约的文字记载中走出来,带来观众头脑中概念化的人物印象向人性化的鲜活形象的转变;这种结合,让人们从单调说教中走出来,看到的是充满艺术享受的情感奔流,在享受艺术表演的同时,得到思想上的教益。这种教育是深入深刻的,是触及灵魂的。

这是故事的升华,也是艺术的升华!

我想,这条路既已蹚开,后面还会有更多更好的结合。黄梅戏发源地之一的望江,将会也应该迎来一个题材丰富、佳作泉涌的时期。

2015 年 11 月

陶寓乐园

陶寓村要建文化乐园了。

当我看到陶寓村递交的农民文化乐园项目申请书、听了村负责人对相关情况的介绍后，内心竟生出某种隐隐的欣慰和期待之情。

这似乎有点特别，因为我负责农民文化乐园项目工作已有很长时间，而且近年来，在各级政府大力引导和支持下，农民文化乐园建设方兴未艾，项目申报积极踊跃，已建成一批有一定水准的省、市级乐园；更何况本县是雷池故地，人文资源丰富、文化底蕴深厚，一批建成使用的省级市级乐园很有人文特色，如建在“黄家堰”新石器晚期文化遗址旁的黄家堰村文化乐园，建在元代著名理学家、慈湖书院创办人王幼学故居所在地的桃岭中心村文化乐园，建在清代著名收藏家、钱币学家、著作家倪模故居所在地的东风中心村文化乐园等，都集深厚文化内涵和观赏、使用性于一体。这些乐园在建设过程中，我都曾到现场观摩过多次，就心情而言，照直说，还未到激动和期待的程度。那么，即将出现的陶寓乐园为何激发了我的某种期待？是因为陶寓村的来历和背景，给我带来了较为丰富的联想。

“陶寓”这个名字有段让该村人引以为豪的来历。陶寓村源于过去的陶寓滩，而陶寓滩的来历，《望江县志》有如下记载：

> 陶寓滩原名桃花滩。晋代时，桃花滩临长江，倚雷池，与彭泽县隔江相望，是江水冲积而成的沙洲。有逃难而来的外地人家在此开荒垦殖，屋前屋后皆栽满桃树，每到桃花盛开季节，一片火红。因地处江滩，人称

桃花滩。晋代陶渊明任彭泽县令时，曾乘舟至桃花滩观赏桃花，并借宿一宵。陶公弃官退隐后，人们为他"不为五斗米而折腰"的精神所感动，同时也为纪念他曾游寓于此，便将桃花滩改为陶寓滩。

而民间故事传说和《人文望江》《望江文史资料》对陶公游桃花滩的经历则描述得更为丰富和生动。陶渊明不仅对桃花滩的桃花艳景和自然风光流连忘返，还对此地淳朴的民风和民众之热情眷恋有加，在老百姓家吃住了几日。回去后，陶公仍对这段经历念念不忘，在其厌恶官场奢侈腐败而弃官归隐后，还在想念桃花滩，并以游历桃花滩的经历为题材，写下了驰名中国文学史的名篇《桃花源记》和《桃花源诗》。

陶公在这两篇不朽诗文中，以桃花滩为原型虚构了一个"世外桃源"；在他虚构的那个理想园地里，没有战乱和暴力，没有剥削和压迫，人人平等自由、快乐劳作、和睦相处，由于道德民风淳朴，身处乐园之中的人们，个个都能享受大自然的美丽风景，过着宁静、祥和、快乐、清明的生活。这样的乐园是陶公理想中的美好社会，在他所处的那个黑暗的社会中是不存在的，但寄托了陶公内心美好的愿景，也一定程度上反映了人民群众追求美好生活的愿望。

那么现在，时间的车轮碾过了一千六百多年的历程，时代已经完全不同了。虽然当下的中国农村，还不是纯而又纯的"世外桃源"，还存在一些矛盾和问题，但由于经济社会的快速发展，农村物质文化水平的持续提升和美好乡村建设的大力推进，当代农民生活的幸福指数也在大幅提升，经过努力，陶公笔下"桃花源"中的环境优美、人居和谐、劳作自由、民风淳朴、生活小康等基本要求还是能够实现的！

是以，作为当年触发陶渊明虚构"桃花源"的陶寓村，此番计划建设一处农民文化乐园，自然会令人产生诸多的联想，带来更多的期待了。

为此，为了考察陶寓村文化乐园建设情况，我后来多次去过该村，考察这个村农民文化乐园建设的进程。给我的总体感觉是，这个村的多数村民都已过上了相对富裕的小康生活；一排排的小洋楼鳞次栉比地排列着，中心村的池塘经过整治，砌了护坡和护栏，水面荷叶漂浮、涟漪荡漾；村民活动广场和一组公共文化服务设施正在破土兴建，未来达到省里确定的“一二三四标准”（拥有一个活动广场，礼堂和讲堂，文化、图书、远程教育室，四面文化墙）看来已无问题。但我总觉得，这似乎还不够。因为它叫陶寓村，它应当拿出让九泉之下的陶公感到欣慰的成果。为此，我认为陶寓村不能仅仅只满足于在硬件上达标，在自然环境的美化和人文环境的营造上，似乎还应有更高的眼光和更远的追求。

我们满心希望，愿未来在雷池故地、长江之滨，出现一个让陶公的灵魂为之欣然的陶寓乐园，出现一个新时代赏心悦目、和美怡人、犹如陶公当年构想之“世外桃源”般的陶寓乐园！

这是我们的期待。

这是具有历史渊源、人文情怀和诗意畅想的期待……

2016 年 4 月

不愿消失的村落

一

一个村庄，在历经五百年沧桑之后，会是怎样的情形？

一个村庄，在它走过近五百年漫长历程之后，突然面临消亡的命运，又会是怎样的情形？

香茗山脚下的郝家老屋自然村，或将面临这样的情况。

在有着“中国民间文化艺术之乡”头衔的鸦滩镇，像郝家老屋这样的自然村落其实再普通不过了。此前，因工作的关系，我曾到过这个村庄，却并未引起我过多的关注。这个农户不足七十、人口不过二百余，默默无闻蜷缩于潮湿山脚下数百年之久的小村，像此地很多自然村落一样，看上去似乎并无特别之处，且给人闭塞落伍之感；一群黑瓦青砖老屋毫无规则地拥挤在一片狭小场地里，地势低矮，交通闭塞，伸展不开建设的手脚，也展望不到发展的前景。不过，在当今新村建设如火如荼的形势下，谋求改变，似乎是村干部和相对年轻一些村民共同的愿望；于是，八年以前，这个自然村的村民理事会抓住新农村建设的政策机遇，按照新的规划，将村庄整体搬迁至距老屋场百米开外、与外界交通更为便捷的新区。

然而，自启动搬迁至今已八年多过去，在日渐空漠、破落的老屋场，却仍有十多位老人因眷恋故土不愿搬入新区！因为他们的坚守，这个已存留五百年的老屋场得以延续它的生命——尽管是以这种残缺的方式；也因为他们的坚守，这个名为郝家老屋的村庄被撕裂成两个部分，以一条弯曲的水泥村路勉强牵连，新老屋场相距不过一箭之遥，落差竟有十米余。两个屋场比邻而居，色彩却迥然不同，文明反差竟如此巨大，从一个屋场走到另一屋场其实不足二百米，却用了近五百年的时光。

这是一个不愿消失的村落，因为它背负过多的情感积累；每一条村巷里都存留劳作的汗味，每一棵树木下都有厚积的落叶。它的抗争是以一种平静自然、不为人知的方式悄然进行的。直到最近，一群水彩画家因为慕雷池故地壮美的油菜花之名前来写生，深入到了这个村庄的每一个角落，并通过一种富有感染力的艺术形式——诗意的水彩画作并配以动情的解说——向外界传递老村老人浓烈的恋土乡愁时，这个名不见经传的小村才引起外界的关注；原因是画家传递的这份乡愁打动了他们，吸引他们去探寻这份乡愁的蕴含。

二

画家其实也是文化的某种载体，他们是以文化的视角去看待自然与人生的。他们来到郝家老屋村，就立刻被老村古朴的色彩和厚重的历史感所打动，更被郝家老屋村独特的结构和地理特征所吸引，被老村的村民们深沉的着色和浓重的乡愁所抓住。其实这群画家到过很多村庄写生采风，也接触了解过很多村庄的历史和故事，然而他们却没有见过像郝家老屋村这样被历史的脚步和时间的力量拉扯开两个区域、虽近在咫尺却存有如此巨大反差的村落。他们因此很激动、很震撼，顾不上吃喝，全身心投入到走访采风和作画之中；老村深沉的着色、淳朴的味道以及坚守的老人们锁着乡愁的言语和面容不断撩拨他们的神经，而当他们听说，这个旧村即将拆除时，无不流露痛惜的喟叹，同时也给他们带来强烈的创作冲动，激发他们用水彩画笔记录下不断生发的感慨和感想，用他们自己的话说，仿佛是在与时间赛跑，在村庄消失前更多地抓取一些有文化价值的东西。他们各自选好角度，面对某一场景静坐凝望，专注吸纳古老村落所传递的厚重气息，在与村庄无声的交流之后，艺术地描绘留守村人的愿望、愿景。他们的注入了情愫的画作，为老村带来了生

他们早已习惯了这里的山山水水和一草一木，习惯了村庄老屋深沉的颜色、朴素的风格、拥挤的姿态，习惯了爬满青苔的院墙以及散发潮气的村巷，习惯了走石板搭起的小桥和爬上野草、落有腐叶的土巴村道，习惯了几条黄牛悠然地食草、几个头戴草帽的男人或头系毛巾的妇人在田埂缓慢挪移……

动的色彩，重新赋予了村庄鲜活的容貌，仿佛让这个行将消亡的老旧屋场重又找到了继续生存的灵魂和理由；画作所传递的古朴风貌、自然之美及乡愁意境，不仅激活了村人的乡土情怀，也感染了包括笔者在内的很多人，生发想来看一看这个老村的愿望。

三

我是在一个晴朗的春日的上午再次踏上这片古朴之地的，这次我是带着专注的目光而来，也是带着探寻的目的而来，为仔细地看看这个村子，看看这个村子过去曾被人忽略的东西以及那些不愿离开的老村民们“守望乡愁”的神情。

进这个村子，因为便利交通的原因，均是从地势较高的新屋场而入。新村的建设诚然是有时代气息的，连排的小楼色彩明亮，宽敞的村民活动场全是水泥地面，一个水泥舞台可供开展多种文娱活动；新农村建设所要求的诸多元素，在这里似乎都有不同程度的体现。然而，因为文化特质不明显，泥土气息被掩盖，新屋场并未给人留下什么特别的印象。只是村塘一侧静卧的白马山，因为树木葱茏，又有绿水映衬，而给人带来视觉上的新鲜感；不过，终究还是未能留住游人的脚步和画家的兴趣。沿水泥村道缓坡而下，绕过一道松岗，便能看到一群被杂树掩映的黑色屋脊拥挤在一起；这些排列有些无序的老瓦屋脊与村塘的堤坝及松岗的坡脚差不多一样高，足见新老屋场落差之大。村塘的堤坝顺着水泥村路之势，一直跟随至新路尽头，并显得十分高大，仿佛一只巨大臂膀挽起了一湾碧水。与走到尽头的水泥路相连的则是羊肠般的土路了，一条黄牛于老屋村口悠闲地食草，不理睬任何动静，像是要充当小村的路标或村口的哨岗，无意间成了这老村的一个注释的标符，越发增添了这里农家日子悠闲的气息。

经由热心的村干引领，我感觉的触觉伸入了老村，踩着已爬上草苔的村巷，嗅着朽木与野草混杂的潮湿的味道，看到多数的老屋因为人去屋空而露出破败甚至倒塌的状况。然而，那个穿越了四百九十年历史的郝家祖堂依然保存完好，呈现经年老态、古朴肃穆的容颜；而那些依然坚守的老人们的房屋，也被收拣得很好、很有生活的气息。我尽可能以他们容易接受的方式和语气与其交流，尽可能探寻深植于他们情感内核的、不轻易示人的东西。

穿过几条村巷，我一连接触了几位老人，一边望着他们有点浑浊的眼睛，注视他们积满阳光和泥土的皱褶，一边倾听他们用与老村土路一样粗糙的嗓音讲述的村史和对日子的企盼……

四

在那条绕村而过的龙津河畔，在秀气郁葱的乌龙山旁，我又与两位老者和热情的村干进行了较长时间交流，综合前面的采访，再融入自己的联想和思索，感觉自己似能触摸到守望者们思绪的脉络和情感的温度了。

守望乡愁，首先是对文化的眷恋。他们的祖堂在这里，这个始建于明朝嘉靖年间、已有近五百年历史的祖堂，不仅是这个家族根系所在，更承载着他们家族的历史和荣耀。家族先贤的故事一直在流传。东晋名士郝隆，无书不读，有博学之名，官至参军，某日见有富户晒绫罗绸缎，便仰卧露腹于太阳下，好奇者问其故，答曰晒腹中之书，“郝隆坦腹晒书”的典故即来源于此。汉朝的郝廉，出远门时往往将钱投入井中，以示清廉。以上佳话，千古流传；郝氏族裔，深感自豪，为纪念祖先，他们把先贤佳话作为堂联：“投钱世泽，晒腹家声”。郝家老屋村已找到记载，安庆郝氏正是源自山西太原郡，与郝隆、郝廉等先贤同宗；元末明初，祖成二公两渡长江，从江西瓦屑坝迁徙至安庆怀宁雷埠郝家山，祖成二公生三子，老三迁徙到望江，落户香茗村，后分为多个支系，郝家老屋便是其中之一。是呵，他们的祖堂在这里，他们的文化之根也在这里；他们因了这些文化的传承而增添了无限的自信和自豪，因为他们是一个有文化涵养和清明操守的家族，这样的精神价值，怎能不去维护？

守望乡愁，其次是对水土的眷恋。他们“生于斯、长于斯”，生活在秀丽的香茗山麓，茗山的倩影天天都写在不远处的天幕上；这里常年山青水绿、流水潺潺、花果飘香；他们早已习惯了这里的山山水水和一草一木，习惯了村庄老屋们深沉的颜色、朴素的风格以至拥挤的姿态，习惯了爬满青苔的院墙以及散发潮气的村巷，习惯了走石板搭起的小桥和爬上了野草、落着腐叶的土巴村道，习惯了几条黄牛悠然地食草，几个头戴草帽的男人或头系毛巾的妇人在田埂缓慢挪移……他们打小起，看到嗅到的村庄就是这个样子、这种颜色、这种味道；他们认为这就是村庄，而近年不断涌现的新村的样子在他们眼里其实都很陌生，他们认为那其实是城镇！……我在擦身而过的龙津河边，看到几位不愿搬离的老者立在石板桥边聊着庄稼和家常，一脸的泰然和闲适，其身影的背景是蓝天映衬下的香茗山以及近处逶迤的乌龙山，还有山脚下错落有致、色块各异、层次分明的农地；而近处，龙津河浅浅的清澈的水在夹道的浓荫里缓缓流淌，河中的水草被清流带动呈现悠然的姿态。一个清瘦的老妪在河中的石块上洗衣，弄出细碎的声响，恰似给石桥边正在聊天的老人提供着伴奏。见此情景，我似乎更能理解老人们坚守的理由了……

守望乡愁，是对既有生活方式的眷恋。人的生活是有惯性的，而乡土社会中的人其生活的惯性也许更大。费孝通在其《乡土中国》一书中说："从基层上看去，中国社会是乡土性的。""乡土社会是一个很安定的社会……直接靠农业来谋生的人是黏着在土地上的……大体上说，这是乡土社会的特性之一。"这便是乡土人的惯性，他们向泥土讨要生活，习惯于黏着在土地上，习惯于熟悉的生活环境和生活方式，恋旧情结在他们头脑中很难解开，离祖堂近，不愿迁移；离田地近，不想迁移；离河塘近，不想离开；还有众多与环境相适应、相融合的东西，都牢实地锁在他们头脑中那固有的情结之中，而且只需一个词语便将这一切都囊括了：习惯了！习惯了便不想过多地改变。我与祖堂相邻的一位户主有过一段交谈，该户有两个儿子都已搬离这个老屋场，迁到上面的新村去了。老夫妻俩却一直坚守在陈旧的老宅里过活。我问老妇人为何不去条件好的新屋场，她说她的房子紧挨着祖堂，还是这里好。我说新村也要建祠堂的，老者又说，她的田地就在旁边，离得近很方便。我说，新村到这里也不很远呐。她说还是这里好，习惯了，过日子方便。再问便不正面作答，而是向我诉说，她儿媳妇与她儿子离婚后把她的孙子带走了，她问我们能不能帮她，她无论如何也要将孙子找回来；她像鲁迅笔下的祥林嫂一样说了一遍又一遍，说着说着眼里渐渐贮满了泪水。是的，她只关心当下的生活，只想维护当下的生活，并不关心迁徙的问题，更不关心外面世界到底发生了什么……

五

村庄虽然是人类聚落发展的低级形式，但村庄却是中华文明的摇篮和乡土文化的主要载体。

在我们历史悠久的土地上，还有很多像郝家老屋这样的古老村落，这些村落因为凝结了太多的乡愁而不愿消失。如何对待这些村落，如何改造这些村落，使之在新时代还能展示活力并得以庚续发展，是美好乡村建设和乡村振兴工程需要认真面对的课题。一味地迁建或一味地守旧，似乎都是过于简单的选择。

毫无疑问，随着改革开放的持续推进，中国村庄的面貌，正发生快速的衍变，呈现多样多姿的现状；人们在眼花缭乱时也会禁不住发问，中国的村落，该以何种面貌示人？

也许，以中华文明多元文化结成的现实，中国的村庄不应该只有一种模样和一种发展模式；但由于村庄承载了中国悠久文化的历史和脉络，中华文化特质和中华传统精神应该在村庄里得到体现。

正是从以上角度出发，画家们不仅仅为这个村创作了画作，而且提出了保留老屋场、与旁边新屋场一并整体规划建设的建议，“打造以乡愁文化和乡村变迁为主题的特色村庄”，用新老屋场同存于一村的形式，记录中国改革开放带动传统农耕文明变迁的历史脉络。

笔者觉得，画家们对郝家老屋村未来建设的提议，或许是这个有着漫长历史和厚重文涵的村落未来发展模式的很好选项之一吧。

2017 年 5 月

古树荫翳中的银杏村

老村常伴古树，而古树又每每成为老村的标志和名片。长岭镇的银杏村便是一个以树命名的行政村。这个村里的很多自然村庄，都有悠久的历史，并有知名的古树相伴，比如拥有古银杏树的海蓝屋自然村、拥有古枫树的周家前屋自然村等。这些古老村落，长期受惠于古树的荫庇，而养成深厚的人文底蕴。

我们是慕古银杏树之名而专程造访银杏村的，同行的有县文联主席、县摄影家协会主席等。这班文化人带着高档相机还有高涨的热情，兴致勃勃驱车而来，并首先直奔古银杏树所在的海蓝屋自然村。将车停在野外，穿过一个荡着涟漪的池塘，便拐上一条杂树掩映的村道。远望而去，幽蓝的天幕映衬下，连片的树木愈显得荫浓且多彩；泛白的村路上，覆盖着发黄的落叶，两位年迈的村民在村道上挪移，脚步轻缓得像是怕踩坏了路面的野草和落叶。沿着老人前方的路望过去，海蓝屋村的影子在林荫中隐约可见。

进到这个村庄，我们直奔古银杏树而去。古树为连理的两棵，树脚已被新砌的砖护栏保护了，周边空间却并不很大，被拥挤的房屋或院墙挤压着。立于树前，抬头看树，我的确被古银杏树的宏伟气势和古朴气质所震撼。挺立的主干和遒劲的树枝，展示了它刚强的风骨；粗粝的外皮和深沉的着色，记载着它的古朴和沧桑；浓密的枝叶和耀目的叶黄，展现了它旺盛的精气和雅致的神韵。它以简洁而又刚劲的方式将它的气势耸向高空，又以繁复多姿的形式在空中分层撑开一大片诱人的幽黄。立于树下，仿佛置身于诗意的幽境里，让你难以摆脱这古树的魅力。难怪同行的摄影家们，有的不顾弄脏高档衣裳躺在地上拍摄,有的不顾危险登高寻找不同的取景点……

这的确是难得一见的古树,难怪海蓝屋的村民们将它视为村之根、村之魂、村之宝!相传,这树是由海蓝屋建村一世祖虞海蓝所栽,明朝初年,虞海蓝从太慈镇虞家寨迁徙至此,并栽下古银杏,距今已有七百余年。据说古银杏树原有四棵,二十世纪五十年代末大炼钢铁时砍去了两棵,现在的这两棵还是村人拼命保护才得以留存的。

为了从不同角度看村看树,我走进了这个不过五十来户人家的小村。村里的房屋看上去并未认真地规划过,显得有点拥挤;各种样式和材质的房屋都有,有青砖老瓦屋,也有新式小洋楼。但村民们似乎对他们的村子都抱有自豪感,多半是因为古银杏树以及它所承载的历史文化泽及他们的思想和生活。我所采访的虞乐华老人不仅能将村与树的历史清晰地叙述出来,而且还于其中夹带一些似乎无从考证的带有神话色彩的传说。譬如他说,经由这古银杏树的传递,从院中那口老井里,能看到太慈镇虞家寨的样子,而虞家寨的井里也能看到古银杏树的影子;还说这里风水好,很多人活到八九十岁,都是得了古银杏树的庇护等等。虽然我不太相信这种颇具神话色彩的传说,但我从中又分明能感受到,海蓝屋村民们对于本村历史和本土文化的自信和自豪。这种自信和自豪,是不是这个自然村在当今新农村建设热潮中依然保持平静无丝毫动作的缘由呢?

每个村都有自己的赓续方式和发展思考。但很少有哪个村像海蓝屋一样,被古树影响如此之深,以至于影响到本村发展的价值取向。

海蓝屋的村民们,似乎更乐于在古银杏树的荫翳里宁静而安然地生存下去。

离开海蓝屋,便来到同属银杏行政村的周家前屋自然村。这同样也是一个有着久远历史的村落,成村于四百多年前,系周姓居住地,一百五十余户人家大都姓周,相传均是宋代文学家、理学家周敦颐的后裔,文化传统较为深厚。这样一个拥有数百年历史的老村,自然也会有古树相伴;村西口的那一片就散立着十几株树龄百年以上的老枫树、小叶栎树,村后还有一大片翠绿的杉树林。

尽管与海蓝屋比邻而居、相距很近，但较之于海蓝屋村，周家前屋似乎有自己不同的价值追求，他们秉持变革的理念，希望改变、追求新貌，它是全县较早启动新农村建设的村落之一。经过数年持续努力，这个村的面貌已发生显著改变。

当我们进入周家前屋村时，展现在眼前的是焕然一新的美好乡村景象。首先令我们赏心悦目的是，村口的两棵近二百年树龄的枫树下，新建了两处休闲平台，彩砖铺地，砌石成栏；两棵依然旺盛的古枫，枝杈繁茂，各自撑开两大片彤云般的由淡红或暗红色枫叶组成的巨大伞面，以其优雅的姿态，荫蔽这有点诗情画意的村民活动广场。广场西边不远处，还有一口整修一新的莲花池，周边立着十多棵百年老枫，浓荫映于水面，微风吹过，涟漪荡漾，莲叶摇曳，别有风韵。

眼前的确是一幅清纯美好的乡土风情画，即便我们这班城里见多识广的文化人，也不禁以欣赏的目光四处寻觅、抓拍，有的不断发出感慨，有的还兴致勃勃张开双臂合抱树干丈量树的身围。

进了村子，我们看到的是整洁的村容和有序的规划管理，禽畜关进了笼子，院墙整刷一新，村道巷道硬化，间距摆设垃圾桶。我们采访了几位老人，他们对村庄改貌感触良多，也道出了其中的艰难。他们告诉我，这个村地少人多，于是近年来便有一半以上人口外出务工，年收入总计应在三百万元以上，很多人家走向了富裕。但另一方面，村子建房零乱，公共设施和村庄管理滞后；“晴天一身灰、雨天一身泥”，“猪鸡满地走，粪便随处有”，“屋内井井有条、屋外乱七八糟”是当时的真实写照。后来，谋求改变的村人抓住了新农村建设政策机遇，自发推选成立了村民理事会，在镇村支持下抓规划、跑项目、筹集资，仅用几年时间便将一个绿荫环抱、整洁优美、清新怡人的古老新村推到世人面前。

走访中，尤其令我欣赏的，是他们在村庄改造中所体现的文化自觉！注意对本土文化资源进行挖掘和保护，并通过一定形式加以呈现。他们不惜投入巨资，围绕几棵古枫打造高品位的令人赏心悦目的村民文化广场；他们将村中有着四百多年历史的祖祠，按传统风格修葺一新，并引用他们的先贤周敦颐的传世名文《爱莲说》之题名，将祖祠堂号定为“爱莲堂”；他们还清理挖掘了祖堂口的水塘，栽种荷花，并命名为“爱莲塘”。这些举措无疑带来了好的成效，使这个古老村落不仅风景迷人、具有现代气息，而且增添了文化底蕴，达到天人合一、以文化人、和谐美好的高雅境界。

每个村都有自己的历史和文化，但村庄也有它共同的东西。村庄应永远身处大自然中，有绿色簇拥，有林荫掩映，最好还能有古树相伴。

现今，富裕起来的村民，都希望改造提升自己的生活。但村庄无论怎样改变，都不应脱离自然的绿色，脱离树木的荫翳，脱离泥土的味道；树木过去是、今后也应当是村庄风景不可或缺的组成部分，甚至可以成为村庄的标志；就像银杏村的那些自然村落一样，永在古树的荫翳之中，涵养淳朴民风和乡土文化。

2014 年 9 月

挑花袈裟:“非遗”传承的一次探索

清丽灵秀、古朴典雅的望江挑花,是传统民间工艺中的奇葩。多年来,围绕对这一优秀传统工艺的保护和传承,本地无论官方还是民间,都曾倾心倾智为之付出过太多的努力。特别是在2008年望江挑花被正式列入国家级非物质文化遗产保护名录之后,各界不仅在保护意识上进一步增强,而且加强了以开发式传承为主要形式的探索。民间投资、政府支持的挑花艺术品生产公司相继涌现,如立足县城的“惠龙”“润芳”挑花有限公司及立足挑花发源地鸦滩镇的“金百灵”挑花公司等,便是其中的佼佼者;其中尤以惠龙挑花有限公司走得更远,不仅在本土,而且在南京、合肥等地都开办了公司。至此,望江挑花产业化传承似乎已开辟了最初的路径,并已形成某种趋势。

不过,时至今日,这一趋势尚未得到长足发展。困扰、制约这一国家级“非遗”产业化传承之路的因素当然很多,首先是来自挑花工艺本身:挑花产品系纯手工精挑细制而成,因其要求“正反成趣”,针法繁复、缜密,工艺耗时费工,成本居高不下,只能在装饰工艺品领域设计开发产品,且产量有限。其次,由于尚未开发出机器挑织工艺,难以形成规模化生产,便很难与服装制造等大规模民用品制造行业联姻。此外,虽然望江挑花是国家级“非遗”,但其影响力尚不足以支撑由高成本带来的高端消费。目前,挣脱这些困扰,拓展望江挑花的产业化之路,尚处于探索阶段。探索,需要眼光、智慧和勇气;此时,任何好的建议,都有可能带来破题的启示作用。

2015年,九华山释涤凡法师建议,望江挑花可尝试与佛教结缘,可以用这一优秀传统工艺制作袈裟,向世界佛教大会献礼。这一建议得到了本县官方的重视，涤凡法师也多次专程前来，就其可行性进行了探讨。

首先，从价值判断上看，是有益的。望江挑花是国家级“非遗”，用望江挑花传统手工艺制作袈裟，是将地方优秀传统文化与古老博大的佛教文化有机融合的一次有益尝试，将进一步体现佛教文化的包容性和承载力，同时也将扩大望江挑花的影响力，为挑花的产业化拓展一片新域，从而起到相得益彰的良好效果。其次，从规制要求上看，也是契合的。望江挑花来源于草根，是望江人民在古老的渔耕生活环境里产生的，最早以毛发与麻布为材料挑制敬神的敬褡，专供祭祀之用，后由祭祀品发展转化成为实用性的装饰艺术品；“素”“肃”是其总格调，“青”“白”是其主色调，不图艳丽，只求素雅，风韵清新。“袈裟”是梵语译音，意即“不正色”“坏色”，系佛教法衣。袈裟起制要求不用“五正色”（纯色），只能用青（铜青）、泥（皂）和木兰（赤而带黑）三种混色，以质素为要。挑花所用老布之白是带泥色之皂白，青线也多为铜青、黑青，因此望江挑花在基调、风格、用料及选色等规制上与袈裟要求是相符的。第三，从文化内涵上看，也是相融的。望江挑花的特点是“正反成趣”和“青白相融”，这可以诠释为“表里如一”之诚信和“一青二白”之清净，这也正是佛家强调的境界。

由此可见，挑花工艺本身适宜于袈裟制作。如果以佛教文化元素为图，以佛法佛理为依据并按佛家法度规格制成挑花袈裟，完全可能成为一件兼具佛教文化和中国传统文化内涵的实用艺术品。

于是，县里决定启动“挑花袈裟”项目，成立项目组，一方面向上级管理部门申报项目，一方面安排惠龙挑花有限公司设计制作样品。惠龙公司很快拿出了设计稿：图案以“云龙”“宝相花”为主，规格以袈裟三衣中之“大衣”（九品）为主，底料以泥色棉老布为主，线图以木兰色为主。设计样稿数次发给涤凡法师审看，定稿后，惠龙公司迅速组织二十名挑花传承人开始挑制样品。约莫用了一个月时间，两顶挑花袈裟样品才挑制成功。这再一次见证了挑花的“慢”工艺对产品量的制约，也打击了项目组织者原计划三个月内生产150顶袈裟的雄心。不过，袈裟样品的效果却给人带来了激动和兴奋；一百条龙及龙珠图案构成的“云龙”袈裟气势如虹，一朵朵清新含蓄的“宝相花”图案构成的“宝相花”袈裟也传递出神秘的禅宗意境；挑花图案展示的清明典雅、灵异隽永之美让人过目不忘、爱不释手。

作品的确是诱人的。若单从审美上看,此次挑花与佛教的结缘尝试是有价值的,至少能让人看到文化的交融是如此之美妙和富有生命力。难怪黑格尔在其名著《美学》中说:"艺术到了最高阶段是与宗教直接相联系的。"宗教"往往需要利用艺术来使我们更好地感到宗教的真理,或是用图像说明宗教真理以便于想象"。

虽然这个项目因为种种原因最后未获批准,但通过这次的尝试,开阔了我们的眼界和思路,让我们获得了一种来自文化交融的崭新的体验。

我相信,望江挑花的佛教之缘还会延续,因为原理相融;至于路径,经过此次的探索,似乎也不难找到,未来或许还能出现用挑花工艺生产制作的佛教用品。

是的,这的确是一次关于文化传承的有益探索。

2016 年 10 月

QINLI · QINQING

亲历·亲情

祖　　母

我是在祖母怀里睡大的，祖母的那些温馨若春意的童曲，一遍又一遍舔过我的乳名，一次又一次萦绕过我童年的梦。不管岁月怎样地侵蚀，记忆中，祖母的慈颜，至今依旧清晰……

日子是艰难的。祖母的那双裹过的小脚在其间穿行，自然愈加艰难。早在青春正旺时，她就已守寡了，不安山村生活的祖父撇下妻儿走出皖南山区，去寻找他的"前途"去了。祖母只得拉扯着最大才十岁的四个孩子熬起日子来，以她那纤弱的身子，以她的那双小脚，以她那恪守封建妇道的思想和意志，尝了多少苦涩？流了多少眼泪？委实已难言传！大姑在极度的贫寒中病逝了；叔叔的膝盖跌破了皮，因无钱及时治疗，竟溃烂了，进而残废了，从此便以那深度拐瘸的步子展示一家人的悲哀。那么祖母呢？又能怎样？除了让一头青丝渐白，让一脸润肤熬出皱褶，又能怎样呢？能变卖的都已变卖，能设法的都已设法，而祖母仍只得面对窘境黯然神伤。想象不出祖母的筋骨为何那么坚韧，她居然擎住了那个家，没有让其坍塌，并且让尚存的三个孩子都有了文化。然而，待我叔叔完成了婚事，待我的父亲和小姑走出山沟都有了出息，祖母已呈现了老态：岁月的利刀在她的额头和眼角无情地刻上了深深的痕迹，如霜的头发也随着日子的流逝而渐渐飘落，不由得使人想起秋后的景象……

是啊，秋确已来临，生命的旺季已过，花期不会无限！然而，当新的生机在眼前展现的时候，辛劳半辈子的祖母，便又打定主意培植新的希望。于是，她响应我父亲的召唤，远离故土来到雷阳这座小城，向降生不久的我的大哥大姐，倾注她那份无法替代的爱。此后，她便无法再返回了，因为希望的种子一个接一个地萌芽——尽管她十分惦记相距遥远又身有残疾的我的叔叔。一颗心被分成了两半，只得于夜阑人静时用叹息甚或眼泪来黏合。

想象中，城里的日子该比乡村的日子殷实、舒坦一些。然而祖母在城里没过上几年安心的日子，她的心又被苦液浸泡了。父亲被打成了“右派分子”，母亲受株连亦被下放农村。工资已不再发，每月那微薄的生活费只够他俩勉强度日。之后，历次政治运动，父亲都成了“运动员”。家庭在政治运动的波澜上颠簸摇晃。那时的祖母，因为涉世已深，经历了多种艰辛，已忘了用泪水洗刷悲伤。然而她竟又一次用那瘦削的肩膀扛住了几近坍塌的家！她无心也无力去辨明日子的去向，更无暇去品尝日子的滋味；她仗着一种与生俱来的深厚的爱和一种顽强的信念，以打零工的方式维持着一家人的生计。补一条破旧的麻袋，仅两角钱的收入；剥一麻袋花生，也只两元钱的进项；手指磨破了没来得及包扎，便又背着娃去建筑工地上削那些两面留有硬泥的拆屋的旧砖。没柴火了么？背着背篓去扒一些干枯的树叶和败枝来；没菜吃了么？执小铲去郊外挖一些地菜回来。我永远不会忘记那一年中秋，祖母将白米饭全盛给了我们，而她竟躲在厨房的门后食用粗劣的糠粑，被二姐发现后，她居然求二姐别声张，以免倒了大家的胃口。

日子缓缓地挨过来，犹如祖母那蹒跚的步履。阴霾过去之后，春风悄然吹起，家的希望又在膏腴之地上复萌了。然而祖母确已老了，再不能自如地走动；牙已全部掉落，头发也所剩无几；至于皱褶，早已不知不觉刻在了脸上、手上，使人极易联想起久旱过后那龟裂的土地。夜半寂静的时分，那持续的沙哑的咳嗽声，时常将我从梦境中拉回，恍惚中，祖母那黯淡而衰老的面影便梦一般侵入视际，使人不知怎样感怀才好。好在生活已有转机，父母重又走上了领导岗位，五个孩子也都有了各自的奔头。家境好转了，渐渐地有了高档电器和日用品，桌上菜肴也日渐丰富了。面对这一切，祖母那老态的笑容，在我们看来很是动人。更令人欣悦的是，祖母的精神生活也日渐丰富，收录机里飘出的戏曲已能使她微笑，电视荧屏上流动的画面也常逗得她开怀。她学会了使用电饭煲、电冰箱之类的电器，也能说一些城里人常说的词句。这一切，之于我们，不能不说是一种慰藉。

祖母已不再叹息。她显然比以前沉静多了。家务已无需她过多地操劳。闲暇时她每每就静坐于门口，专注地看门前的阳光和树木，似乎从中受了某种启示，神思每每飘扬，未知她在作何思作何想。不久，她便袒露了心思：她要回故土！语气竟那样坚决。尽管全家人从物质生活、精神生活、医疗条件等多方面以对比的方式劝慰她，但均无济于事——那些近乎唠叨的劝言，在她那“叶落归根”的思想面前，均显得苍白无力。于是我们都明白了，她觉得自己已将这一生基本走完，正在寻找归宿，寻找一种传统的归宿。

父亲艰难地做出了让祖母返回故土的决定。于是，在雷阳小城待了二十余年的祖母便离开了——才过上几年舒心的日子就匆匆地离开了。父亲带着我和二姐一路护送祖母返乡，临近故乡山村，当久违了的青山溪水映入她眼帘时，我看到一向沉静的祖母眼角挂上了泪滴，情绪明显激动起来。是呵，相别二十八载，又见了这梦中萦绕的故土山水，又将看到她日夜思念的瘸了腿又遭过灾的小儿子，怎还能保持平静呢？她挣脱我们的搀扶，迈开她的那双小脚，疾疾地沿上坡的沙石小路而去，突然间脸色发青，晕倒在紧随着的父亲怀里，使我们每个人都惊吓不已。

祖母就这样返回了故土，给我们的家，也给我们内心拉开一大片空白，任何内容都无法填补。

一年之后，因思念之情难耐，我专程去老家看望了她。她呆坐在那老式的堂屋里，晦暗之中，神色益发显得颓靡。见我走进屋来，她那原本黯然的双目中立刻闪出熠熠的光彩。而后一张皮肉松弛的脸又像孩子似的笑着，仔细询问我们的情况，从父亲一直问到我。我问她这一年多过得可好，她嗫嚅着说：一切都好。然而，悠长的叹息一直伴着她的言语。晚上，我单独和叔叔谈了心。叔叔说，她的确一切都好，尤其在吃、住、穿方面，却不知为何，总是叹息。“……她对我们做事总看不惯，动不动就说‘城里人可不像这样’，城里人怎样怎样，”叔忧郁地说，“比如炒菜，她就常唠叨，说我们炒菜盐放得太重，不像城里人……还有去下屋村看露天电影，她说城里人都在家看，爱看什么就看什么……”

叔叔的话，使我心情沉重。祖母为何在自己选择的宿地上如此叹息？很显然，她仍深深怀念着相距遥远的那座小城；那里毕竟有她撂下的二十余载的日子，有她含辛茹苦带大的一班孩子，有她的至亲好友，有多年苦难之后的最幸福的记忆——经历过苦难的人，对苦难后之幸福的记忆犹深！这是历史所造成的，我无力穷究其中深刻的蕴含，我只为祖母、为繁复的生活而慨叹。我问祖母是否愿意再回到那座小城去。她含含糊糊地，不知到底说了些什么。"……那怎么行呢？那……"她长长地叹息，浑浊的泪盈满眼帘。她一再留我多住几天，并一再地问我，下次什么时候还来，我说，明年这个时候我还会来，一定来。

离别的时候，夕阳正艳。祖母伫立于门前的那块平地上默默目送我下山，似一株枝叶凋零的老树，依着青山，依着那一轮血红的残阳。几绺银丝随风在夕照中飘动。我频繁地回首，望着夕照中祖母的姿态，望着那闪着光芒的银丝，不禁潸然泪下……

然而遗憾的是，我并没有履行在祖母面前许下的诺言——因工作繁忙和写作的困扰，我竟连续两年没有去看望祖母。待到祖母病重的电报打来，我才知自己犯了一个无法挽回的错误！父亲带着全家人匆匆地赶去了。然而待我们赶到，祖母已溘然长逝！叔叔说，祖母弥留之际，一再呼唤我们的乳名……

祖母走了，永远地走了！我带着遗憾送别了她。

每年清明时节，青烟携纸灰升腾的时候，我便会看见祖母在霞色中冲我微笑。我想象着她的阳光般温暖的笑颜，不知不觉就沉浸在回忆中……

1992 年 9 月

怀想母亲（二题）

母亲的光环

能够静下心来，写一点关于母亲的文字，竟然是在母亲病逝三年之后，这对于常弄点文字的我，似乎不无遗憾。今夜，窗外的雨淅淅沥沥，独坐于台灯昏黄的光晕里，追寻过往日子里母亲的踪迹，不禁又感叹生命犹如秋叶般难以挽留，内心涌动起深沉的伤感。是啊，三年了，母亲宛在的音容总在牵动我的思绪。恍惚中，仿佛重又置身于她那灿然的光环之中……

母亲委实是平凡的，然而她一生都在执着地编织着她心目中的那道光环，这似乎又是她的不凡之处。在她的思想里，似乎只相信学识的力量和作用，她那种追求学业、崇尚学识的劲头和精神，给她五个孩子的思想都烙下了深深的印记。母亲是离休干部，她原只有高小文化，但凭着不懈的努力，终至获取了高级统计师的职称。临离休前，她还在积极自学，为提升学历做准备。当然，更需要提及的，是她对待子女学业的态度。自我记事那天起，便强烈感受到母亲对子女教育的重视。即便在动乱年代，她也坚持把孩子的学习成绩作为衡量将来是否有出息的依据。印象最深的，还是高考制度恢复那年。当时，我的两个下放插队的姐姐回城了，母亲不是像某些家长那样忙着为她们寻找工作，而是在本已十分拥挤的屋子里增添两张学习桌。几个孩子同时求学，母亲又动了手术，家庭经济陡然面临很大压力。母亲一方面尽其所能地为儿女们寻借、购买学习资料，帮助联系辅导教师，一方面利用晚上时间为粮站制品厂剥花生挣些手工钱以补贴家用。对于母亲的辛劳，我们常也表达一些愧意，而她却坚定地说："只要你们考上大学，我喝稀饭都乐意！"这话也许很朴素，却正是在这句话的鞭策下，我们才相继考取了大中专学校，为旁人所羡慕。但母亲对此却并不满意，对子女未能考上全国重点大学，她颇感失望，每次看过高考成绩，总是低着头回家来，那失意惆怅的神态，叫人惭愧，令人难忘。

社会的变革是迅猛的。商潮滚滚而来，人们渐渐变得务实，价值观迅速向物质一方倾斜。铜臭味的弥漫，使社会上一度出现"脑体倒挂"现象。在这样的氛围里，母亲的光环仍未改变其色彩和亮度。尽管已没有子女参加高考，但她对高考的关注程度仍不减当年；特别是每当听说某某人家的孩子考上了重点大学或研究生，她总是毫不隐讳地表达她的敬慕。而当别人议论起谁谁做生意发了财，她则无丝毫兴趣。当时身为教师的我一度也想弃教"下海"，母亲放下脸来，狠狠地批评了我。之后，我改行从事行政工作，母亲仍劝我设法求学提高学历，否则仕途也不会有多好的前景；她反复劝我趁年轻再吃点苦，尝试考研究生，并且为我积极搜集有关信息，甚至直接为我准备材料。同时，对哥哥姐姐们一切提升学业层次的举动，她也表现出极大的热情，倾全力鼓励支持。现在想来，在这个价值取向多元化的年代，母亲的这种坚持是多么难能可贵；她的这种坚持不仅是一贯的，而且是全方位的。譬如，在子女择偶问题上，她要求看重对方的学识、学历，而不要以门户和贫富作为条件；对待我们的下一代，则无论男孩女孩，她都把握同一尺度，极力为他们接受更好的教育而奔忙，表现出比我们更强的责任感。

诚然，母亲为编织她的光环，无暇为自己的生活做些起码的努力，一生饮食简单、穿着朴素。她心目中的光环，是以她生命的乳汁为能量的，难怪其光彩总那般熠熠！正是在这光彩的映照下，我才在世俗的生活里，始终未放弃我以为是崇高的原则，更难以以媚俗之举，取代求知的努力。

母亲的光环，在我的心目中，将永远是一盏亮灯，照着我前方的路途。

难忘的探望

母亲有点疲惫地坐在靠窗边的那把旧木椅上，一只手托着腮帮，手肘撑在摆满作业本的条桌上，眼虚闭着，像在养神，又似乎在默念什么心事。见我下课回来，她抬起头睁开眼，脸上的倦容仍在。

母亲这是第二次只身来这里看我，一个年过半百且身体孱弱的女人，拎着行李走了四五里不平坦的路，疲倦是可想而知的。

“下午还有课吗？”母亲含蓄地笑道，现出一脸的慈祥。

“我跟别的老师调换了，没课了。”我说着，给她的茶杯里加了水，然后坐到床上。

“你也喝口水吧，上课挺累的。”母亲指了指桌上的茶杯，“茶泡好了的。”

“好的。”我颔首道，然后有点痴愣地望着母亲。我感到她似乎比先前又苍老了些，眼边的鱼尾纹多了，脸上的肤色也深了，眼神之中，似乎带了某种忧虑，显得游移不定；透窗而来的光线打在她的半边脸上，使她那略显浮肿的脸面一半清晰一半晦暗，像一幅深沉的版画。

“妈，近来身体还好吗？”我关心地问。

“唔，不是很好，去年做了个手术，把子宫拿掉了，说是长了子宫肌瘤，不拿掉有癌变的可能。”母亲轻缓地说。

“可惜，我未能在您身边……”我有点自责地说。

“你在外工作，没办法的。”母亲淡然道。

“最近呢，还好吗？”我又问。

“最近也不好，胆结石严重，天天吃‘胆通’药；前不久又查出有高血压，很严重，要天天吃药才行。”母亲苦笑着说，“难怪晚上总睡不好，老想你这边的事，这不，忍不住又过来了……”

我有点惭愧地低下头。我能感受到母亲内心对我的那种牵挂之情。母亲这一生，把全部的心思和精力都用在了孩子们身上，她的头脑里无时无刻不在念着孩子们的生存境况，思量孩子们未来怎么发展。此刻，我不由得想起前年我放暑假回家后，她请假带我赴安庆市立医院看病，做双钡剂造影检查肠道的情景。那是个炎热的三伏天，她身为粮站负责人工作很忙，却为了我请了好几天假。我们住在一个小旅馆里，她服侍我做着检查前的各种准备，时常浑身透湿。我还联想起，当年我的两个姐姐作为知青下放农村插队，她经常冒险搭乘运粮便车，带生活用品去看望她们；另外，还自己动手为她们制作一些用于插秧时防蚂蟥的"布靴子"。这样的例子实在太多。现在，儿女们都成人工作了，她也年纪大了，身体却变得虚弱了，出现了很多毛病。而我作为儿子，不仅不能给予她任何关照，反倒让她时时牵挂于我，还这样独自前来为我的工作和生活操心，我怎么不深感愧疚呢！

是呵，儿行千里母担忧，现在有了亲身体验才真切理解此言的含义。我离开故土来异乡从教不过三年，母亲就独自前来看过我两次。第一次她来这儿的情形现在我还记得清晰。那是一年多以前的一个初夏，母亲背着个包，手上还拎着一个大网兜，有点突然地出现在我房门前。我颇感惊讶地接她进屋，我看到，因为拎着行李走了很多路，母亲脸上挂着汗珠，背部衣裳也湿了一片。她给我带来了一个质量很好的煤油炉子，还有奶粉等食品。她在这里住了一晚，还为我洗了衣裳。而给我留下深刻印象的，还是晚上的谈话。

"到外乡来工作是你主动要求的吧？"母亲坐在离白炽灯较远处，脸上的神色有点朦胧，"你那隔壁县的同学都分到我们县来教书了……"

母亲说得没错，她看来认真思考过这事。我没吱声，实际也就是默认了。

"都是教书育人么，为什么一定要远离家乡到这里来？"母亲有点不解，"在家好歹相互都有个照料；这里呢？你一个外地人，孤零零的，又是在条件这么差的地方，叫人怎么不牵挂！……"母亲将后面的话咽了回去，好像是怕伤了我的自尊。

"我只是，不想，总生活在父母撑起的荫庇里……"我嗫嚅着，不知如何诠释我的心态。

"可是，为什么不事先跟我们说说呢？"母亲放低了声调，好像没什么底气似的，"你们这些孩子，在做出这么重要决定的时候，总想不起来考虑一下父母的感受，一点都想不起来……"

母亲此话虽是轻声说出的，而我听来觉得此言很重。的确，母亲说得没错，总是父母们事事考虑并十分在意子女的感受，而子女们行事却每每忽略了父母的感受以及对父母可能造成的影响。然而，这样的忽略，带给父母的，是怎样的记挂甚至伤怀呢？我想起几年前的寒假期间，我在家乡县城看到一个六十来岁精神异常的妇人，天天站在大街一侧的某个地方独自胡言乱语，旁若无人，不管日晒雨淋，每天如此；而看其穿戴却像个有单位的工作人员，据说她有两个非常有出息的孩子，一个在美国，一个在加拿大。我想，这个妇人和她的两个儿子之间有着怎样牵挂的故事呢？……

那天晚上，母亲如风一般的轻声细语，却像刀痕一样刻在了我的记忆里。

这一次，母亲还是来得这么突然；她上午十点多钟陡然出现在我房门前，也还是一手拎包一手抓着网兜。这回，她给我带来了十多帖中草药，说是专门请安庆老中医给开的，治慢性结肠炎疗效好。

现在，母亲又和我面对面坐着。我自然又想到了上一次她在这间房里和我交谈的情形。但这一次，我真切地感到，她虚弱了不少。她的有点浑浊的眼神里，分明含有某种企求。她没再谈自己的身体，而是将话题转到她此行的主要目的上来。

"小五子，"她喊着我的乳名，让我好像回到了孩提时代，"你今后打算怎么样？——在这过一辈子，还是考虑回去？"

"我也不知道，"我有点含糊地说，"我问过这里的文教局，跨地区调动很难。"

"再难，都可以想办法。"母亲坚定地说。

"这学校，这里的学生，其实挺需要我的……"

"父母也需要你呀！"母亲提高了音调，语气中带有某种伤感的意味，"你妈身体不好，你再不回去，过些年怕是想看我都看不到了……"

"快别这么说！"母亲的话也挑起了我的伤感，"我听您的，妈。"

我并非受迫才这样说的。我的确从内心已趋同于母亲的意愿了。母亲的话虽夸张了一些，但确有道理。我毕竟来自三孝之乡，孝爱文化应当融入我们的血脉。"父母在，不远游。"我想起了古人说过的这句话。

"下午，带你去找市委的一位领导，"母亲说，"他曾在我们县当过县委书记，与你爸熟识，他家住址我都寻到了。”

我点点头。我有点惊诧地望着母亲，她为了我能调回家乡工作，竟先期默默地做了这么多的工作……

吃过午饭，我让母亲好好睡了一觉，然后才随她去了市里。

母亲买了不少值钱的礼品，用一个拎袋装了。等到了下午下班时间，便按早已摸清的路一齐去了领导家。运气还好，虽然领导不在家，但其夫人刚到家，接待了我们。母亲显然有点紧张，话说得并不流畅，但总算把来意交代清楚了；看来她也不擅长做这一类求人之事，都是被迫无奈才硬着头皮而来的。领导夫人原则性地作了回答，态度还是不错的。但对于送去的礼品，她表示不能收，而且态度坚决，夫人反复说道：“你要想解决问题，就把礼品拿走！”我看到母亲当时涨红了脸，语无伦次。显然，母亲感到很没面子，自尊受到了伤害；她也是离休干部、知识分子，又是单位的一名负责人，这情形让她有点难堪。

我拎着没送出的礼品，跟着母亲从领导家出来，又漫无目标地走了很长的路，一直都没听到母亲再说什么。后来，她领我上了公交车，说是去大轮码头，傍晚还有一班去华阳的大轮。

我替母亲买了船票，然后在候船室的条椅上坐着等船。大厅里旅客拥挤嘈杂，纷乱的人影在眼前晃动，每一个陌生面孔背后，都有不同的故事和连接这些故事的扯不断的牵挂。我不时打量着母亲的神情，我看到她两眼泛红，而且闪着泪花。我拥着母亲的肩膀，说着安慰的话；我说我会努力去办调动这件事，下回我一定带着一份理由充分的报告去找那位领导……

江轮的汽笛声自远处低沉地传来。检票开始了。我送母亲到江边五号客轮码头检票口。我目送着母亲缓慢的身影沿缓坡而下，走上了铁板通道；我看到她在走上趸船的时候回过身来，朝我这边张望，我努力地向她挥着手，心头涌动千言万语，热泪禁不住溢出了眼帘。我在心里喊道：妈，放心，我会回去的，我相信我能做好这边的工作，我肯定不久就能回到故土，回到您身边的……

一年以后，我终于调回了家乡。回来后，与母亲一起生活了九年，这期间，母亲帮助我成了家。然而九年后，多病的母亲便不幸离开了人世。我庆幸九年前，在母亲的召唤下能够下定决心，破除艰难，调回了故乡，使我有机会能与母亲共同走过她最后的岁月；否则今天，当我面对母亲的遗容时，将抱着巨大的遗憾！

然而，即便如此，我也还在叩问：在孩提时代，我们只是懵懂地沐浴母爱、享受母爱，不知在心中珍藏好母爱；长大以后，为学业、为事业，我们又每每忽视了母爱；而当为子女操劳一生的母亲撒手人寰时，我们才想起来，以往与母亲相处得不够、交谈得不够、倾听得不够、问候得不够！然而这一切又怎么去弥补？靠送殡时悲伤的泪水吗？靠想念时遗憾的喟叹吗？

“父母在，人生尚有来处；父母去，人生仅剩归途。”在我人生的后半程，我肯定还会不断想起母亲，当我取得成就、收获成果、感受欢乐时，或者当我遭遇病魔、遭遇劫难、遭遇迷惘的时候，我都会想到甚至呼唤母亲！我不能让心灵过于孤独寂寥，这是永远连接的血脉之缘啊……

1999 年 5 月

父亲的坚毅

夜深了,我还在灯下翻阅那沓已发黄的材料;这些手书的底稿,是父亲二十世纪五十年代末及稍后的“文化大革命”期间历次政治运动中所写的“检查”材料。

我是在一次整理房间时,无意中从一间杂物房里发现这些材料的;显然,这是父母搬家时(我与父母原住一起)留下来的。我想,父亲将这些手稿弃在这里,是否意味着他不想再回过头来看它,以免勾起那段沉痛回忆呢?毕竟,那是一段过于沉重的历史。

窗外的雨淅淅沥沥,我内心也已起伏不平。我一边阅读着父亲当年含着冤屈、含着悲愤写下的那些语调沉重的文字,一边咀嚼着字里行间所透出的倔强的态度和抗争的精神,推想父亲当时的心情和心态,阵阵寒意不时掠过心头。

在此之前我只大体知道,父亲在二十世纪五六十年代历次政治运动中都不幸成为“运动员”,几起几落,被整挨批过多次,吃过不少苦,受过很多罪;他那动过两次手术差点导致残疾的腰椎,就是在“文革”中挨斗时遭人狠手受的伤。但这之中的一些具体情形我却不甚清楚。看过材料我才知晓,在那十多年艰难岁月里,父亲不仅在肉体上,更在精神上遭受过多么严重的摧残;走过那段历程,需要多么强大的心理和多么坚毅、坚韧的精神支撑啊!

父亲此生,的确饱含艰辛和坎坷!他才六岁的时候祖父就离家出走了,童年的父亲不得不过早面对严峻凄苦的家庭生活局面。祖母是个裹脚女人,不识字，没有文化，膝下四个孩子嗷嗷待哺，生活之难自不待言。不过，祖母虽没文化，却有着坚韧意志、开阔胸襟和长远眼光，她不仅承担起家庭的主要劳务，还咬牙坚持让父亲以跳级的方式读完了初中。不过，日子毕竟过于艰难，待父亲中学毕业回家，生活的重担就一下子压在了他的肩上。因为随着年纪的增大，祖母的劳动能力已衰退了，父亲上面的姐姐已经因病去世，下面的弟弟跌了一跤，因治疗不及时落下了残疾，最小的妹妹正值上学年龄，需要经济支撑接受教育。——这个家，需要一副有力的肩膀把接下来的日子挑起来。于是，初中毕业的父亲便无力再去读书深造了，而是一边协助祖母做农务，一边去周边村小学当教员，以寻得一些收入贴补家用。之后，为获得更好一点的收入，经他的舅父介绍，年仅十七岁的他便去当地乡公所当了一名临时性的文化干事。然而，倔强又气傲的父亲在乡公所只待了四个多月，就感到难以融入那种工作，便请辞回到了家里，继续务农和从事小学教员工作。直到新中国成立前夕的一九四九年五月，父亲终于考入中共皖南干部学校，汇入革命大军，参加了光荣的革命工作。

参加工作最初的路是平坦的，那几年父亲一路向西，最后落脚望江。父亲将老母接到身边，资助小妹考取师范院校，又帮助弟弟成了家，一切似乎都呈现吉祥之兆。然而，命运对他新一轮的磨砺不久之后又展开了。二十世纪五十年代后期，在老家某村担任村干的汪某为泄私愤，利用“反右”等政治运动机会，捏造事实举报父亲当年在乡公所的所谓“历史问题”，其实根本原因是当年父亲曾为了公务得罪过他。虽然对这些举报，组织上派员调查均无实据，纯属子虚乌有，但在五八年“反右运动”扩大化时，还是被人利用了，并据此将父亲打成“右派分子”，发落到条件极为艰苦的大漳湖劳动改造。这一切本已十分艰难，而偏偏祸不单行，三年之后，父亲的弟弟在为生产队烧田荒时，因身体残疾行动不力，当突起的山风吹旺了火势时竟一时无力控制火情，致使一个孩子丧生，遭人起诉而入狱。打击来得如此突然，身陷逆境的父亲听闻此事未敢将噩耗告知老母，尽管心在流血，也只能咬牙独自承受。

不过，生活中有时也偶然地会洞开一片曙色。四年之后，父亲的“右派分子”被平反了，压在全家人心头的阴云终于暂时散开了。可是，心灵之痛刚刚得以缓解，家庭的伤疤却又被祖父突然的来信揭开：已经离家二十八年的祖父，在走出牢房、面临无所依靠之窘境时，想要“叶落归根”。这不仅又挑起了父亲埋藏很深的隐痛，还给父亲出了道难题：一个二十多年杳无音讯、没有承担过家庭责任的男人，一个长期在国民党当局为官，新中国成立后被判处劳改的人，如果在这个政治运动风起云涌的时候真的进入这个家庭，不仅会给祖母的伤疤上撒盐、给全家人带来情感的巨浪和心灵的震动，还会给父亲及姑姑本已晦暗的政治前景蒙上更为浓重的阴影。然而，这个人，又毕竟是他生身之父，父亲此时不可避免地陷入痛苦的抉择之中。最后，父亲还是将祖父的来信原稿上交了党组织，自己只留下一份手抄的底稿，且并未复信。

可是，在那个年代，交出信件并不能完全消去此事给父亲带来的负面影响。“文化大革命”运动开始后，父亲又陷入了另一场浩劫之中。“文革”刚开始，父亲就因为“历史问题”“父亲问题”，被打成“三反分子”被揪斗。幸好不久，当时县“革委会”中内斗严重，造反派以父亲不是党员，不符合“文革十六条”精神，是被高官们当作“替罪羊”陷害的为由给予平反。父亲于是躲过一劫。然而到了两年之后的“清理阶级队伍”运动中，父亲又被打成“走资本主义道路的当权派”，又一次被批挨斗……

那一时期，一场接一场的运动让人似乎看不到前程；群众起来斗群众，大字报检举信满天飞，攻击、污蔑、诽谤无所不用其极，如果是一个脆弱的人，可能已经放弃了抗争的努力，因为这种抗争过于消耗精气神，且似乎永无尽头。但父亲是坚强的，他始终没有放弃抗争，没有放弃为自己争取权益；这表现在他写的那些名为“检查”实为申诉的材料中，也表现在面对造反派时的凛然之气中。

在十多年的逆境中，父亲以“检查”“交代”名义写下了数万字的带有申诉性质的材料，在这些材料里，父亲一直在摆事实、讲道理，并辅之以分析和推理，始终没有委曲求全地违心地吞下别人泼给他的污水；同时一再要求组织上派负责任的同志去仔细调查他的所谓“问题”，给自己一个明白的结论。材料中陈述的一件事令我印象深刻且非常感动：在他被打成“走资派”那段时日，造反派要求他每天早晚胸前挂吊“走资派”牌子，在单位门前站立示众。父亲认为这有辱人格尊严，拒不服从，并且表示哪怕被捉去坐牢，他也决不执行这样的命令。结果，造反派强行将他押去开了批斗会。当我看到这段记述时，不禁热泪盈眶。

父亲的坚毅品性，最终还是支撑着他穿过了人生的阵阵阴霾。他没有向厄运低头，最终赢得了命运的奖赏。党的十一届三中全会后，那纠缠父亲已久的“历史问题”“父亲问题”在改革开放新时期完全得以澄清，他终于加入了一直梦寐以求的中国共产党；他的才干和品质得到组织上的器重，让他在主要领导岗位上施展才华和本领；他珍惜难得机遇，勤奋努力工作，曾经手握重权，但离休时却是两袖清风，受到社会广泛的肯定和尊敬。他不仅获得了应有的尊严，还收获了家庭的幸福；他苦难的遭际让他的五个孩子都在逆境中养成了独立健朗的人格和坚强进取的品质，三个孩子走上了领导岗位，两个成了技术骨干。

窗外夜雨潇潇。我放下材料，有点激动地走到窗前，呼吸着从窗外飘来的潮湿而清新的气息，仿佛觉得，那些雨丝落入了我干燥的心田，滋润了我的思维。我感到，父亲在用他的经历告诉我，他的坚毅源于相信事实、相信真理、相信组织，相信假象也许会蒙蔽一时但事实终将水落石出，相信一切良知和善举终将赢得最后的胜利，相信英明的党组织终会搞清楚一切问题。所以，当你扪心自问觉得自己无愧于事实、无愧于社会、无愧于良心的时候，就应当努力去保持足够强大和坚韧的心灵，任何时候都不要放弃你的努力、信心和希望。

此刻，我的眼前浮现出父亲现在的形象。他已届耄耋高龄，经过坎坷人生的磨砺和轮番风雨的摧残，他已经变得沉静，不怎么言语，常常闭着眼睛静坐养神；或许数十年不屈的拼搏耗尽了他的精力，或许他已参透人生的真谛，正回味人生的味道……

是的，父亲看来真的不需要这一沓材料了，因为数十年的酸甜苦辣都已装进他的心里；那些风雨兼程的日子，也已沉淀到他皱褶的面容里了。

2015 年 5 月

漂泊的祖父

一

多少年来，我一直都在思索——或许这个家庭的每一位成员也都在断断续续地思索——当年，受过良好教育、满腹经纶的祖父，为何会以那样冷漠的方式离家不归、漂泊在外。然而，谁都无法言明自己的困惑。

为此，我曾有过很多的幻觉，譬如，我曾不止一次地设想：漂泊的祖父，忽于某日回到老家那小山村的情形；我还一度萌生过围绕祖父的“回归”编创一部小说，以某种抒情笔调叙述那“回归”可能引发的波澜。但最终一切皆归于虚幻，只能徒生感伤。

至今，祖父仍是一叶漂泊之舟，在生活的海洋抑或天堂的云际间踽踽漂渡……

二

祖父漂泊的人生始于一九三四年的那次出行，当时，他告知家人是外出“考县长”。

祖父离开的时候，他的四个孩子都还年幼，大女儿不过十岁，大儿子也才六岁，最小的女儿还在襁褓中嗷嗷待哺；他的结发之妻是不识字的裹足女人。毫无疑问，当时那个家庭正需要男人肩膀的担当。而恰在这个时候，祖父竟毅然决然地离家出走了。当时的祖母可能以为,男人此去只为谋取个人功名,不会完全抛弃家庭的;毕竟他毕业于徽州最高学府,有很厚实的文化功底,且心存长图大念,眼下这个只有三四户人家的小小山村的确没有他施展才华的空间,于是也只能勉强同意,并指望他考取县长为家庭带来福祉。但祖母万没料到,男人这一去,竟如离笼之鸟、脱缰之驹,没再回返!最初的几年,倒还有零星的信函寄给他姑母(妻儿不识字),从那些只言片语中略知,他先在南京立足,后又辗转大西南多个城市。到了一九四二年他姑母去世,便不再有书信寄来,从此杳无音讯。

直到一九六二年,已成为国家干部、分别在安庆两县城工作的我父亲和我小姑,突然分别收到了祖父的来信。从信中才得知祖父离家的二十八年在外的主要经历:他走出山村之后去了南京,在南京国民政府参谋本部中央陆地测量总局历任科员、股长、书记等职;抗日战争时总局收属军事委员会军令部第四厅,迁往大西南,他先后在长沙、桂林、贵阳等地迁移任职,另在贵阳兼营新苏饭店。抗战胜利后留黔,曾任黔东台江县代理县长、贵阳市财政局股长、贵州建设厅主计等职。一九四九年贵阳解放前夕,伪省府开始崩溃,陆续撤逃台湾,他因不愿逃亡海外,便留在贵阳等待解放。新中国成立后的头几年,他在都匀市等地的饭店、商行、摄影社等单位做服务性工作。一九五八年因历史问题被捕,判处劳改,至一九六二年六月被释放回都匀市。此时他不仅身患浮肿病,而且似乎已孤独无靠;他想到了"叶落归根",想回到故土结束半生漂泊生涯,找到一个归宿。

这样的想法,也许是可以理解的。可是,至此才清醒过来想起故土亲情的祖父,可能低估了他近三十年对家庭不负责任的行为给整个家庭及其成员,尤其是他结发妻子所带来的伤害程度;他可能也还不清楚,因为他的直接或间接的原因,他的儿女们在如火如荼的各次政治运动中因为"政历不清"而遭受了怎样的打击和迫害。而且,祖父来信时,我父亲"右派分子"刚获平反,战战兢兢的父亲连祖父的来信都不敢私留,而是将信的原稿上交了党组织,又怎么可能冒着政治风险去配合祖父那一厢情愿的回归计划呢?退一步说,即便父亲勉为其难,同意祖父回归,对祖父已经心死的祖母会怎样?——历尽千辛万苦和情感摧残的祖母,思想上恐怕也是难以接受的。

是以，祖父的漂泊生涯，注定不可能按他晚年的意愿和方式轻易结束。一切皆有因果，不论喜剧悲剧，祖父的遗憾是他几十年糊涂经历铸成的。

三

而今，半个多世纪过去了，如我这隔代的后辈都已届“天命之年”了；时间的流水，已悄然洗去一切的悲愁和伤痕，也使我们不再被过浓的主观情绪所影响和袭扰，能够相对客观地去观照祖父在那个年代的那些经历了。

客观地说，祖父当时的出走既有主观意志亦有社会因素。其时正值第二次国内革命战争时期，国内阶级矛盾突出，城乡分化严重，城市的浮华和农村的凋敝反差很大；而在老家徽州，人们受朱程礼学等封建思想影响、束缚至深，男人不少受过良好教育，女人多半为文盲半文盲，并被残酷地缠足，劳动及活动受限，只能在家做家务带孩子。有知识有文化的男人一般都不愿困守山村，大多外出追逐功名，谋取更好前程；只不过在对待家庭的做法上不尽相同而已。所以，从这个意义上说，祖父当年的离家，其实是带有某种必然性的。

然而，在离家之后对待家庭的态度和方式上，照直说，祖父显得过于冷漠和自私；虽然这之中，同样也是既有客观原因也有主观因素的。

先从客观上说，祖父离家后的很长一段年月，是旧中国内忧外患、灾难深重的时期，战火连绵，社会动荡，矛盾交织，民生颠沛。初入南京的头三年，可以想见，他立足未稳，一切都有待打拼奋争；三年之后，抗日战争全面爆发，南京沦陷，他不得不随所属机构转移颠簸于大西南多个城市；解放战争时期留在大西南，时局颠簸而他又杂务缠身；解放后更是战战兢兢不敢妄动。这一切，从表面上看，似乎都使他没有足够条件来照料家庭。而从主观上看，其实二十多年漫长岁月中，如果心中有家，不管时局如何艰难，应该总能找到联系和照顾家庭的途径和方法的；即便没有条件将家庭迁往，至少在物质上也还能够扛起抚育子女的责任的。但这一切都不曾发生。因为那一时期，走出荒凉山村的他完全沉迷在城市热闹浮华的环境里，其心灵已被世俗的功利和虚浮的荣华所充盈；诚如他信中所言：“年轻时代的我，不爱农村，只爱城市；外出之后如同‘竭涸之鱼游大海，无缰之马驰平原’一样地恋而忘返！”这个时候，他可能很难想起故乡的家庭了；即便偶尔还能想起，恐怕也想不深想不细，更想不到那里的妻儿老小在没有男人扛担的情况下生活有多艰难！于是，他将本该由一个男人主扛的养儿育女的责任，全推给了一个没有文化也没多大劳动能力的妻子；生而不养，而且竟然二十多年都不曾回望。

当功利和虚荣还在的时候，被虚物充盈的心灵是高浮其上的，看不到将来落脚的土地。然而，浮华终将散尽，当一切外在的功名和荣华化为乌有时，其心灵也会在瞬间变得空虚缥缈，如鸿毛一般飘摇无着难以落地。也只有在这个时候，他那被冷风吹拂的头脑才能变得清醒，他的身心才能接上地气。于是，他开始写信，开始反思。从信中语调看，似乎也不能怀疑他的真诚。他一方面为自己辩解，以求得家人的谅解；一方面又作自我反思。他在信中说："总之，现在我是感觉无限惭愧的，多少年来，把抚育儿女的责任，推到你母一人肩上，使她历尽艰苦，今后，我已无颜和她相见。前途渺渺，何处归寐，实难意定啊！"

人生的意义何在？人生的价值何在？这种精神的空虚，造成了心灵无处安顿！真乃浮生如梦啊！

四

其实，不单是身心，祖父的情感也是漂泊的。人非草木，孰能无情？祖父绝非无情之人，从他信中那诉说衷肠般的言辞里不难看出，他对故土亲情还是存有眷恋之情的。他说："当年我在家时，看到你们兄妹四人……觉得个个都很可爱。忆当年出门和你母话别时，看见你们几个围绕身边，是何等恋恋不舍啊！"在说到他小儿子哲文时，也是饱含深情："劳改是不光彩的，我因历史问题投入劳改，是意中之事，实难避免。不幸哲文又因脚残失火犯罪，造成劳改，真是出乎意料之祸……十年悠悠岁月，新生之日已成半百老人了。不知他的脚是怎样受残的，闻之不免为之一叹，心酸已极！"此外，他在两封来信中，还反复探寻这边家庭人员的情况，且言之切切；当收到他小女的回信时，"不胜雀跃欢腾快慰"，对于收不到儿子的回信则黯然神伤，并以"因果""正比”等词语聊以自慰。这些都说明，在他心目中，故土亲情不仅未泯灭，而且已复苏。

然而可叹的是，曾经在他心中的这份情感，在很长时间里，竟让位于功名利禄和对城市生活的痴迷，失去了牵引力和感召力；在长期的不归和失联中，他扯断了与家人情感的纽带……

现在，仅凭目前手中的两封来信和姑父入党外调所了解到的情况，还难以知晓他这只漂渡于城市几十年的船是否还停泊过其他港湾。但有一点是可以肯定的，他劳改归来后已是孤苦一人，他对故土亲情的价值有了重新的认识；他希望将曾被他扯断的情感纽带重新连接上。可是，经过几番努力，他突然又发现这很难办到、希望渺茫……

这一份被唤醒的情感于是找不到着落了，一直就那么漂泊着。他在信中做了很多努力，其中包括要求子女将他的信读给他的结发之妻听。可是，祖母得知这一切时，只是缄默不语、默默流泪。历经人生风雨和艰难的祖母，也许在事理上原谅了他，但在情感上却实难再去接受。至此，他才从幻想中走了出来，终于明白，有些东西将它打碎或扯断，并经长期冷漠处理后，是难以再将其还原的。

于是，他除了多思伤感，还能怎样？在“严寒岁尽，夜雨潇潇”的除夕之夜，他在极度失望和伤感中作了《感怀》诗二首：

感怀（一）

流光迅速催人老，才骑竹马又白头；
黔山寄迹他乡客，推窗望月忆床前。
浮生若梦如灯影，辛甜苦辣似相连；
一心想作归回计，两袖清风志未酬。

感怀（二）

春去夏来秋又冬，连年困守筑山城；
有意欲归归不得，何时再见故乡亲。
人生过程如春梦，万紫千红百样空；

而今莫走升官道，劳动生产亦英雄。

（一九六二年除夕作）

每每读过此诗，两眼不知不觉就已模糊，仿佛能伸手触及祖父那与黔雨交织的绵绵无着的思乡愁绪……

五

光阴荏苒，祖父在漂泊中耗尽了一生。尽管他曾为了挽回而做了不少努力，但终于知其难而退却了，最后还是客终他乡，了却浮生。留给我们这些后人的，是无尽的思索和喟叹。我曾多次试图从政治、社会、人性、人文等角度去思考造成祖父此种人生的因由，但终究还是无法找到令我信服的答案。

那么，作为后人，我们如何面对？还能做点什么，以慰时常涌起的伤怀？

不久前，我姑父带着他的女儿女婿来看望我父亲。我那表妹婿酒席间流露出一个意图：他想去找寻祖父在贵州等地留下的痕迹。我似乎也有类似的意图。毕竟血浓于水，唯有血缘可以消融一切、拉近一切；不管祖父当年对待家庭犯有怎样的错误，但他毕竟是我祖父。

然而，时间的灰层越积越厚，生存的痕迹日渐淡去，寻觅之路注定迢迢；如何寻得到那一颗漂泊灵魂所留的印迹？

是啊，在时间和自然面前，人都是渺小的；人生在历史的长河中，也都是匆忙的。祖父无论经历过什么，他也不过是一颗流星，终将消失在天宇之中。唯有一代接一代的后来者，每到传统节日，还会涌起伤感的情怀。

人啊，在短暂的生活旅途里，该把握的还是要审慎地把握，尤其脚下出现多条道路的时候，搞清楚哪一条适合自己，对得起良知，而且还要记得住归途。

祖父留给自己的是空虚和漂泊，留给后人的却是永远无法弥补的遗憾。

2016 年 9 月

劳作，叔叔的主旋律

每次看到叔叔在山上茂盛的草木里走动，我总觉得，叔叔那因为腿疾而起伏较大的身躯，就像山间的一株移动着的树木——不管是阴还是晴，无论是风还是雨，都一样泛着青色，一样存活于生他养他的这块山地中。

多舛，命运的深底色

诚然，叔叔的生活一直艰难地写在皖南地区大山的皱褶里，一如一棵极平常的树木，悄然汲取大山的养料而生长，而成熟。然而，他为之所付出的，却比别的生命要多得多。

按乡里人的说法，他是个“苦命人”。大约才三岁的时候，叔叔就失去了父爱，只得扯着母亲单薄的衣袖和兄长瘦弱的小手艰辛行进在崎岖的山道上。一次不小心摔了一跤，跌破了膝盖，因当时家境极为贫寒且未引起重视，没有及时施治，竟至于发炎、腐烂而最终落下了残疾。一个有腿疾的山民，在坡高路曲的大山里生活，其艰辛自不待言，他长期的清贫和窘迫也是不难想象的。

现在，用简短的文字，很难交代得清叔叔此生遭受的不幸，我只粗略地说，在那个靠拿“工分”生活且排斥各种“副业”，不能“靠山吃山”的年代，叔叔连温饱问题都难以解决。为了生存，一个跛了足的残疾人竟然也开过荒、看过山；后来又在一次烧荒中不幸失手：当突起的山风吹旺了火势时，因为腿脚不便无力有效施控，终致一个小孩罹难，叔叔被人告发而身陷囹圄。之后，他拖着残疾之躯,竟然在劳改农场防汛时立了功而被提前释放。

每次,看到叔叔颠簸起伏的身影,我内心都有一种辛酸感,同时还会想到一个问题,一个人能承受多大的不幸呢？又有多少人能够承受叔叔如此的不幸呢？

乐观,人生的主基调

不过,叔叔却一直是乐观的。每次去老家见到他,我都从未听到他诉说日子的苦处,或是对日子失望的喟叹;没有埋怨,没有牢骚,也没有悲伤,他总是一副很沉静的模样,微含一些不易察觉的笑意,很敏感很精确地述说一些生活上不起眼的好转和进步,让人很难从他的眼神、表情及言语上发现他新近又遭遇了哪些艰苦。无论遇到什么难题,他也总是不紧不慢地叙述,并很有分寸地请求一些帮助。而最后,这些难题,似乎也真的在他不紧不慢的态度里,慢慢化解了。到了近些年,日子改善之后,他又很善于介绍他所获得的日子的收成。

我感觉,乐观真的是他支撑起自己风雨人生的原动力。

劳作,生活的主旋律

叔叔与生俱来的坚强的秉性,使他能够将吃苦耐劳的品质融入血液,在生存竞争中获取属于自己的那份阳光。特别是在农村改革之风吹到山乡,他有了责任田和自留山之后,更是不知疲惫地劳作,勤勉地为自己贫瘠的园地浇水施肥,培植花朵。他辟出了自己的竹林和桑园,每年的耕作也不再局限于传统农事;此外,他每年还要养几头猪、几头牛,养四季蚕,他起伏的身影每日总是与阳光同行,他单薄的身骨也越发坚韧了——就像折断之后又获生机的树木那样。他用脚踏实地永不停息的劳作使日子日渐殷实起来,改变了长久以来的贫弱面貌。每次,我回老家探亲,看到的总是他在山上穿行、忙碌的身影,是那蓝布粗褂上的泥土、黝黑面庞上的汗渍以及被汗水打湿了的胸膛。没人再劝他歇一歇,因为那种劝告已被多次证明不起作用,家人都已知道,他若真歇息下来就会浑身不自在。记得我结婚那年,叔叔带全家赶来参加我的婚礼,因多住了些日子,竟至浑身酸痛,闹出感冒等一堆小恙来。他坚持要带病返乡,说是回家就会好起来。果然,返乡后做了两天事,所有小病真的从他身上逃跑了。事后他在信中说,在我处生病,皆因歇得太久!可见,劳作之于他是多么重要,劳作成了他的生存方式和生活的主旋律。

今年我和大哥随父亲赴老家探亲,我们再次看到了一位年近八旬的残疾老人忙碌的身影。那天晚上,家人聚在桌上谈心,我们都一致劝他说:你已经老了,且腿脚又不便,到了该歇下来享享清福的时候了;至于生活费,我们这边每年都给你寄,管你生活无忧!叔叔却淡然一笑,说他现在做事并不全是为了收入,而是自己做惯了,不做就要生病。

不劳动就要生病!这竟是一位劳作一生的残疾人晚年对日子最主要的感受!

2003 年 7 月

今夏，她做了母亲

当我的孩子已是初中三年级学生的时候，姐姐的孩子今夏才刚刚出生。这便是这个炎热的季节给我带来的一份难得的慰藉！

人到中年方有后代，这其中自然有令人慨叹的因素。其实，姐姐对婚姻的体验并非始于近年，而是远在十年前。那时，她还算得上年轻，像其他年轻人一样，对婚后的小生活充满憧憬。她尽了自己最大的努力，其中包括调用父亲在市里的关系，将她的大学毕业的夫婿成功地安排在了市里工作，并企望自己也能像鸟一样飞过去，在斑斓迷离的城市里建筑起自己温馨的暖巢。然而，在世俗的环境里，浪漫的彩泡也许更容易破灭；仅仅两三年之后，她的这次婚姻便失败了，她的夫婿在光怪陆离的城市里有了新的目标！在这个世界上，没有什么比爱的丧失和婚姻的失败对女人的打击更大了。在此后漫长的日子里，她始终未能走出那块遮蔽她心灵的浓重的阴影。

人们因为了解她的善良而希望能够给予她某种帮助，包括主动为她重新介绍对象等等；而她一直沉默无语、拒谈情事，一次次回绝了他们的好意。之后，母亲不幸去世，她和父亲住到了一起，将她的房子及家具等留给了我。她始终很沉静，在做完家务之后的大量空余时间里，或购置一些书刊来读，或种养一些花草，看上去似乎闲适恬淡，然而我知道，其实她内心还未抹去第一次婚姻留在心底的烙印。譬如那年，我给旧屋搞了一次装潢，顺便将她留在我处的结婚家具刷上了不同颜色的新漆。我的本意是为了让她快一点忘了过去，开始新的生活，不想此举竟触痛了她敏感的神经，她以忧郁的眼神责备着我们，并为此不止一次流泪。我为此一直内疚不已，并似乎也更深地感知了她复杂而深邃的情感世界。八年的时间就这样悄悄地流逝了。

伤害一颗心也许很容易，修补好一个心灵却非常艰难。八年时间对于抚平一道心灵上的伤口是不是够了？我不知道。但令人欣慰的是，她好像从书本或其他方面得到了某种启示和感悟，意识到了她的日子的残缺，且有了弥补这种残缺的动力。她开始有所行动了，也愿意接受别人的好意，向着做一名妻子、做一个母亲的方向行走了……

在周围一致的期盼中，她终于完成了她的第二次婚姻。仪式显得简单而质朴，但一切都那样实实在在，没有虚华与造作。她把握住了这次人生机遇，顺利地在这个盛夏成了一位母亲！

是呵，成为母亲，这是一个女人人生求得完整的重要一步！也许，对于多数人来说，这似乎并不太难，然而之于她，却有着如此多的坎坷！因而，她加倍小心地呵护她的孩子，不容许有丝毫的粗心和闪失——就像呵护自己的未来、自己的生命的全部。诚然，生命是一次性的，人生能够重新开始的机会其实并不很多，她清楚自己还有多少资本，她珍视眼前的一切。

有了健朗的性情和谈吐，有了会心的笑容，这是一个多么大的转变呵！那么，就让我们的祝福融入她——一位中年母亲的微笑里吧！

2002 年 8 月

病房里的老人

病房诚然是需要安静的地方。

然而,小地方小医院的病房,却是难得安静的。前来看望的各色人等络绎不绝,带来各种人声……

这是间普通的病房,有三个床位。岳母的床位在靠门的外侧,入门便能望见。岳母在这里接氧治疗已有时日了,她的三个孩子轮流在此值守。岳母一生与人为善,善良、脆弱、与世无争是其最大的特点;她因此也结下了众多平民朋友,贫的多富的少,更少有官场的朋友,到此看望慰问她的人,一直络绎不绝,有的已来过数次。有个叫腊生的,是个很大的养殖专业户,不是亲戚却胜似亲戚,他不顾耽搁了业务,每日必抽时间来此陪守;还有一些虔诚的佛教徒,每日都前来为她念经祈祷。因此,岳母病床边,始终是不寂寞的,甚至可以说是这个病房里人气最旺的床位。

靠里侧病床上也是一位老妇人,也在安静地接受输氧。老人有三个儿女,小的在外地,老大是大干部非常忙,每天前来服侍的只有一个女儿。她很少说话,也少有响动;不过,当她拔去了输氧管、恰巧当大干部的儿子也来了时,她的话语也会突然多起来,声音也会大起来。看来,精神激励对于病中的老人,也是非常重要的。

最为安静的,莫过于中间的那个床位。病榻上躺着的,也是一位老妇人。她的病情看上去似乎不重,只是在默默地吊水。一位满头花发的老头儿成天坐在病床边一个低矮的塑料凳上,没有言语,也不玩手机;有时面壁发痴,有时低头沉思,更多的时候是双肘撑着膝盖、手掌托着下巴,两眼望着地面,一副若有所思的样子。他和病床上的老伴(我没有去证实,我想一定是)几乎也没有交流,只是换药或撤药的时候,老头儿偶尔俯身在老伴耳边低语半晌,但声音很低,谁也听不清他到底说了什么——这与我妻子用哄小孩一般的言语喂岳母进食的声音形成很大反差。每当他如此言语过之后,病床上的老伴很快就安定了下来,不再动作了。

常常,我隔着岳母的病床,朝他望过去,无论是在夜晚昏暗的节能灯光里,还是在白日明窗的映衬下,感觉他的身影就像一幅版画,给人以某种虽不够清晰,却有较深蕴含的印象,因而常引发我诸多的联想。

这是一对怎样的老人?是一对被寂寥夺去了话语兴趣的老夫妻吗?他们有儿女吗?如果有,此刻在哪里?在本地、外地或是国外?子女们知道他们眼下正在医院接受治疗吗?知道他们此刻内心的寂寥吗?或者,他们根本就没有儿女,只是相依为命、共度余日的一对孤独的老人,他们肯定非常害怕非常担心另一半在某一日会突然离自己而去,这种担心消耗了他们的精神和意志,使他们用更多的精力去抗拒这种恐惧!因而他们只是低声说着不多的话,未知那些低声的耳语里,是否还含有往日的情话?

这情景,让我不由自主联想起了自己,联想起只拥有独生子女的我们这一拨人;不远的未来,当我们不可避免地衰老时,当我们不可避免进到病房时,当我们唯一的子女远在异地难以长期指望时,我们又将怎样?是否也如眼前这一双老人一般?于是,眼前这位独守病床的老者蜷缩的身影,让我既感亲切又感惶然。

这个国度,正迎来越来越多的面临各种境遇的老人。

这些老人需要怎样的意志,才能对抗晚年生活的各种挑战?

眼前的这个情景,在之后的很多日子里,就像一幅定格了的图像,在我的脑海中回放,并继续引发我的联想……

2016 年 10 月

1983,履历中深刻的烙印……

尽管离开浮山已三十年,但时至今日,一些记忆的碎片依然不时漂浮于脑际,或萦绕于心头、浮现于眼前……

失落的停泊

1982 年,我从芜湖师专毕业了。那一年我十八岁,若放在现在,大约还是上高中的年纪吧;而那时的我,已离开故土,踏上了赴异乡任教的路途。我不知道前面等待我的,是怎样的境遇,我兴奋激动又满怀憧憬。送我赴任的,是我的大哥,他挑着我的行李担子,一路辗转颠簸,来到繁昌县教育局报了到,又乘坐一辆拥挤的县道客车驶出县城,最后颠簸于漳河大坝,在一个叫丰圩的路口下了车,经由热心人的引领,沿一条碎石路艰难行进两公里,再通过一条窄曲的土路才抵达目的地——浮山中学。毫不夸张地说,我当时有点痴愣地望着眼前的一切,这就是我要来的学校吗?没有校门,没有围墙,没有出入学校的正规道路,更没有楼房和一般学校都有的体育设施;几排青砖老瓦平房,长短不一地纵卧在一片还算平整的土巴场地上,一个不大的村子和两口小塘围绕在它的周边,一棵有年头的大树下,摆着一张竹桌和两把竹椅。这就是我将长久生活和工作的学校吗?这与我心目中的学校相去甚远,我没见过条件这么差的学校,也想象不出我将怎样在这里生活和工作。我真的有点愣了,心里生发出难以言表的失落感。

学校尚未开学,迎接我的是常年住校的老潘主任。老夫妻俩很热情,老伴潘妈(我们后来都这么叫她)是学校食堂的职工。潘主任将我暂时安顿在一间据说是刚调走的老师的房间里。学校因为没开学,食堂也未开张,晚餐也只能在潘主任家吃了。我问潘主任这里能寄信收信吗,老潘倒是很自信,他说这里交通很方便,峨桥镇离此不远,镇上有火车站,邮电员每两天就来一趟……老潘夫妇的热情,使我失落的情绪得到了某种程度的缓解。

第二天清早,我送大哥回去,我听了潘主任的指点,将大哥送到峨桥镇火车站。来早了,大哥说今后见面就少了,要陪我多走走。于是又沿来时的路往回走,走过一段后又返回来,我又陪他走到小车站;如此反复几次,颇有点依依不舍的味道。我知道,大哥是心里舍不得我在这艰苦之地工作。

火车汽笛响起后,我目送大哥上了火车,我和他都久久地挥着手,直到视线所不能及,感觉眼睛已经湿润了……

渴望的眼神

我的房间和潘主任家在一排平房,地是用土巴捶成的,墙角处有多处鼠洞,不时有大鼠出没。待情绪平复以后,我与潘主任夫妇的交流多了起来。潘主任对学校情况的描述令我印象深刻。他说,我们三位大学专科毕业的数理化老师是他好不容易才从县教育局要来的,因为他为这所农村初级中学的现状和未来着急,这所学校已经连续几年没有学生升学了,人们戏称它为“少林寺学校”! 我问:难道没有学生考取高中? 潘主任说:倒是有一些能够达到高中录取线的,但这里的学生都不愿读高中,宁愿选择复读再考中专,因为考取中专便意味着很快就有了工作,成为国家干部;如果读高中,还得花费不菲的财力精力去就读、去参加高考,能否考得上也还是未知,且学生们的家境都普遍不能支持这种选择。

听了潘主任的介绍,我立刻便有了某种沉重感。一直在城里长大、在城里读书的我,虽然并不太理解学生们的这种选择,但细思之,似乎也能感觉到是生活的重压使他们无奈地选择了这种务实之举。一种沉甸甸的责任感也就油然而生了。开学了,我见到了那些三五成群的、脚步匆匆的学生们。他们从东边、西南、西北等几个方向抄小道进入校园(这倒是没有围墙的校园的优势)，手上拎着菜瓶子、拿着铝质饭盒，先将盛着已淘好的米的饭盒送到厨房的方形大蒸笼里码好，然后才去各自的教室。这是一项重要工作，这项工作没做好，中午就将挨饿；他们的家多数离校很远，中午是不方便回去的。

开课了，我走向一排长长的平房，那是学校全部的教室。我有点激动地走上讲台，看到的是学生们专注的表情和新奇的目光，我能感觉得到那些渴求的眼神中所承载的意义。我想，我必须要完成好我的工作，不能让这些渴求落空。

自尊和自信的心理支配着我去努力。然而物理课难学也不好教，不仅需要生动易懂的表述，还要借助仪器的演示。而当时的浮山中学并不具备这些条件，没有专门的实验室，仪器也少得可怜，难以完全演示课本要求的全部实验！这就给我提出了难题，我不得不常常绞尽脑汁，从生活的现象中寻找替代实验的例子。而这却起到了意想不到的好效果，因为所演示的现象是从身边事例中撷取的，学生们似乎更容易理解和掌握。由此，我获得了启发，我开始探索用通俗方法教学、增强学习效果的新途径新手段。有时我有意不用书中的实验例子，比如讲到摩擦起电现象时，我没有拿玻璃棒和橡胶棒，而是拿一张塑料纸在毛衣上擦了擦，就吸引起了纸屑；讲到静摩擦和滑动摩擦转换时，我举了有人喜欢坐在床上看书的例子，一开始是静摩擦，后来转成滑动摩擦就进了被窝等等。至今还有学生津津乐道地提及这些例子，学生们学习的兴趣自然就大增了。这一切，都是那些渴望的眼神所促成的，对我后来的教学也大有裨益。

空寂的“舞台”

夜晚的校园一片岑寂。没有学生住校，住校的老师也就那么三五家，到了夜间大抵都待在屋子里。此时的校园，就像散戏过后空寂的舞台。而我，也像一个卸了装的演员，在空寂的舞台上逗留，以期卸去一身的负重，轻松应对下一场演出……

夜晚的安排，大抵分为两个阶段。第一段是批改作业、备课以及对学生白天所问问题的归纳和分析，从中找出共性和规律性的东西，以利安排下一步的例题。忙完这一堆并不轻松的任务之后，往往就到了九十点钟了。此后，便进入第二段纯属个体性质的生活。多数的时候，我会轻松地走出屋门，面对夜空长舒一口气；如果天气良好，我便会独自一人在空寂的校园里漫步。乡校之夜带几分温馨和神秘，夜风清新，夜空深邃，天籁隐约掠过耳际；远处的浮山，淡淡的身影融在黛青的夜幕里，像某次梦的背景……此时我会点燃一根烟，眼望远空的星辰，时断时续，思考一些关于人生、关于亲人的问题，似乎也能感觉到，母亲在遥远的故乡小城遥望儿子的目光……当然，有时候——通常是在节假日的晚上——遇到月明星稀的夜晚，我干脆不做事也不出门，就独自躺在那张简易的单人床上，默默品味着、享受着这宁静清纯的乡村的夜晚；溶溶的梦一般的月光透过窗棂，将树叶的影子投在蚊帐上，犹如一幅写意的国画。窗外，风吹树叶发出沙沙的声响，叶影也随之而在蚊帐上颤动；我有点陶醉地望着那些叶影，闲适地躺着，任天籁拨动思绪，悄悄于诗意的宁静里展开遐思，远方亲人们的神情也不时闪烁其间，真的别有一番意境和情趣……也是从这个时候开始，我觉得我可以动笔写一点什么了。

这之后，我开始尝试业余文学创作，这使我的生活变得丰富起来，空寂的舞台，似乎已不显得空寂，也没有孤独了；在夜深的校园里，时常多出一个披着大衣独自构思者的身影……

忧伤的撤离

日子的流淌，似乎加快了它的节奏。

两个学期就快要走到尽头了，很快就将迎来又一次中考。但这似乎是一次不同以往的中考，这所学校因为有配套的、科班出身的一组教师的加入，而被众人寄予了希望，而八三届的毕业班在教师班子的调教下，进步也的确十分明显，从多次的模拟考试中，不难看出这种积极的变化，这自然又给了人们以新的、更高的期待。

然而天不遂人愿。进入梅雨季节后，持续不断的大雨使江河水位猛涨，迅速超过了警戒水位，汛情如猛虎一般扑了过来！防汛抗洪已成为压倒一切的中心任务。而丰圩中学（浮山中学的别称）面临的形势似乎更为严峻，东边和西边分别有漳河和长河两个圩坝，任何一个破了堤，中学都将遭受灭顶之灾！浮山乡的防汛干部告诫我们，夜里不能睡沉，听清破堤的锣声来自哪个方向，就迅速向相反的方向跑！

师生们都很沮丧，感叹命运不济、世事无常。但我们都在坚持，包括我、于、吴三位外地老师。我们都在等待事态的转机、奇迹的出现，尽管我们都清楚，希望已很渺茫。

但水位还在上涨，上面的通知终于下达了，中考推迟，学生提前放假，教师抓紧撤离！我们的第一个教学年，就以这样的方式提前结束了。望着一组组拎着书本提前离校的学生，我内心涌动着不甘和酸楚。这就是我们努力的回报吗？有几组学生，在依依惜别校园的时候，还专门凑钱买了笔记本，送给我们老师，我手捧着那些礼轻意重的本子，眼鼻好一阵发酸。

乡里防汛干部催我撤离，说再不走路可能就断了，再想走就走不了啦！我草草拿了一个手抓袋，捡了几件东西，就离开了校园。站在后河的堤坝上，我回望那几排长长的平房，内心涌动阵阵忧伤，泪水也终于溢出了眼帘。

幸亏我撤得及时，据说，我走后第二天，交通就全断了。我从芜湖乘轮船回到了望江县的华阳大轮码头。我下大轮的时候，洪水已淹没了码头至华阳镇的公路，我走了七公里的路程才到了华阳镇。

纷飞的雪花

丰圩没有破，浮山中学躲过了一劫！

中考虽有所延迟，但还是进行了。浮山中学八三届毕业班因为大水的影响没有考出应有的水准，浮中“少林寺学校”的帽子也没有在这一年被摘掉，但学生们对学校的信任及所寄托的希望并没有因此而丧失、而减少，因为过去一年他们的感受是充实的，所寄托的希望也是有支撑的；他们不仅都选择回到这所学校里来，还影响和带动了周边的学生前来参与复读，毕业班的规模，因此扩大了。由此看来，过去一个学年尽管充满坎坷但并非没有收获，为学校的未来打下了好的基础。我们几个带毕业班的老师也提振信心、渐入佳境……这之后的几年，学校不仅摘了“光头”的帽子，而且每年中考都有不俗的表现，一批批学生走上了升学之路。

日子有序而充实地流淌，娱乐活动也丰富起来，傍晚时分的琴声、歌声，节假日里的对弈和玩魔方等，都使生活显得多彩。

入冬以后，一场大雪突然袭来。雪很大、很壮观，鹅毛般绵密的雪花在寒风中欢快地飞舞，一连数日都没有耗尽它们的激情。天地一片苍茫，一切都被耀眼的白色笼罩了。学校还没有放假，老师们还在坚持上课。但雪越积越厚，齐膝深的雪阻碍着人的一切活动。莫非，这又是一个要提前结束的学期？这一年啊，我们遭遇的，是怎样严峻的境况啊！

都很感慨。都很无奈。

终于不得不提前放假了，但与此同时，陆路及铁路线都被大雪封断了。这场雪使我们这些外乡人返回故里的计划严重受挫，这意味着我们有可能要在学校里度过孤独又寒冷的春节！而且，学生放假，食堂停运，饮食似乎都成了问题……

情况的确很危急！我决计要从这里走出去。我背着行李包，带了一些干粮和水，一大早便毅然决然地启程了，我决心沿着火车道走，最终一定能走到芜湖市的。我没打伞，也没戴口罩，走过一段便停下拂拂身上的积雪，呼出的热气在空中化为雾气。我在心里念叨："雪总会停的！"每念叨一次，都似乎能为自己注入些能量。

我走上大堤、走上铁路的时候，都忍不住回过头向学校这边好一阵张望，尽管天地间一片迷蒙，学校的轮廓也模糊不清，但我的身子已经走热了；我心里想，瑞雪兆丰年啊，等明年开春我再回到这里，或许就能进入收获模式吧！

我不想把过程写得过于详细，留点空间让大家去回味。我只重复说一下，我边走边在心里老念叨着那句话："雪，总会停的！"后来，我又唱起了歌——尽管只有我一个听众……

2016 年 11 月

雪，总会停的……

我总是不能忘记那场大雪，总是不能忘了那场大雪降临时我的那个有点豪气的举动。是的，那场大雪至今还在我的记忆中飘着，它使我在后来的日子里遇到难处时多了几分勇气，也多了几分从容。

那是十多年前的一场雪。雪的确很大、很壮观；鹅毛般绵密的雪花在寒风中欢快地飞舞，一连两天都没有耗尽它的激情。天地间一片苍茫，一切都被耀眼的白色掩盖了。

雪越积越厚，公路交通中断了，之后铁路交通也断了。

当时，我尚在远离故土的一所农村中学任教，学校远离城镇，缩在一个地势低矮的圩子里，距离镇上的火车小站和公路车站尚有六七里的路途。寒假将至，学校食堂假期也将停火，大雪的降临使我返乡度假及过年的计划严重受挫，这意味着，我可能将在那个被风雪围困的荒凉之地度过一个孤独又寒冷的寒假和春节。这种后果对于一个年方二十且远离故土、孤身一人的单身汉来说似乎有点残酷。“留下和我一起过春节吧。”在学校定居的强老师劝我道。我摇摇头说：“雪总会停的！”我说这话的时候神情很是坚定。

可是雪还一直在下，没有一点要停的意思，交通短时间内也难以恢复。我只能依仗我的两条腿了。我整理好行李，一大早便毅然决然地启程，走进了齐膝深的雪地。我横下心，决计先走到镇上，再沿着铁道一直走到百里开外的那座江城，再搭乘江轮返回故里。这是个大胆的计划，也是个无奈的计划。我走的时候，强老师来送我，又一再地挽留。我依然回答：“雪总会停的！”神情还是那样坚定。

于是,皑皑雪地上,留下了我一串串深深的脚印。学校在我身后渐渐远了,化为一堆小小的白色隆起……

白色包围着我。在灰暗天空的映衬下,雪地分外明亮光洁。眼前是无边的炫目的白光,似乎永无尽头;恍然之中,世界仿佛都陷入莽莽苍苍的神秘空蒙之中了。

我走上铁路的时候身子已然发热了,我很兴奋,回过头来居高远眺我的学校,视线却怎么也穿透不了溟蒙的空间。我大声说:"我还会回来的,雪总会停的!"

我沿着铁路继续走着,路基被积雪包裹,像条白色的巨龙朝着江城的方向延伸。这条路我曾无数次地来来往往,只不过乘的是一趟趟的绿皮火车。我喘着粗气,听着自己脚踩积雪的声音,数着声音的节奏,似乎感觉这声音有点像火车钢轮辗轨的声响了;于是头脑中开始有了一些幻觉,好像自己仍是坐着绿皮火车在轨道上行进,脚踏雪地的声音压着节奏在头脑中回响;渐渐地,在潜意识里,我开始将这趟特别之旅混同于我之前多次进城的那些孤独之旅了。

"这只是一趟江城之旅,没什么更特别的!"我对自己说。于是,时空便有些错乱了,过往一幕幕独自奔波的情景断断续续开始在脑海中闪现……

是的,这条道我跑得太多了,来学校工作一年多时间,遇到节假日,我每每都选择去江城度假,一个人,背着当时流行的"马桶包",乘的都是这支线火车。这条线上跑的是慢车,每个镇级小站都停,每日各有两趟往返,去江城也不到一小时,这便为沿途的"乡下人"提供了进城谋活的便利;车厢并不太挤,充斥着乡土的气息,一些农民常将他(她)们的土产和水产通过这趟车运往江城销售,同时也将充满乡土味道的谈笑或者争吵留在车厢里。而我,常是孤身坐于窗边,不经意地看快速闪过的已经非常熟悉的风景,而更多的时候是有点木然地听着车轮敲击钢轨的声音。到了江城,也多是独自行动,每次必去的是城里几个大一点的书店,购几本新到的文学名著,或在一旁的杂志销售点长时间翻看新发行的纯文学杂志,而后便在几条街道上的一些文化音像商店间辗转,挑选新出的流行歌星的磁带……简单地在摊点上吃过饭后,通常是去湖边公园的长椅上小憩,翻阅新购的书籍。有时,遇到好的电影,也忍不住买票走进电影院，如果错过返回的车次，只得在城里住宿……

记得有一次，我路过中山路上的一家影剧院，适逢电影散场，我看到有一位气质高雅的女士从影院出来，一边沉重地走一边揩拭眼泪，显然她是被剧情深深地打动了、感染了！我心想这肯定是一部感人的好电影，我看了一眼海报，知道影院放的这部片子是日本影片《远山的呼唤》，海报上高仓健冷峻而充满男人魅力的神情一下子抓住了我的神思，而女演员倍赏千惠子内涵丰富的表情衬托，又加深了原本就颇具诗意的影名的寓意。我决定要看这场电影，不管时间多晚，也不管会不会影响我的返程。我于是买了票进场，很快便卸下了在城里游走所积累的漂泊感，沉浸在了那种东方式的悠长幽远、含蓄内敛的爱情故事里了。待我走出影院时天色将晚，而我被感动的身心仿佛被某种深沉忧郁的情愫所洗濯；我理解了那位高雅女人走出影院时的眼泪，也似乎更深地体悟了人生漂泊的感觉。漂泊似乎是人生的一种常态？我埋着头往火车站赶，希望能赶上最后一趟返程的火车。返回的路上有点沉闷，暮色降临又归心似箭，乘客大都绷着脸缄默不语。我带着一日奔波积下的疲倦，埋着头静听车轮击轨的声响，车子颤动使身子微微有些摇晃。这个时候，我竟然有了某种错觉，似乎觉得自己置身于电影结尾时的那趟火车里，眼前总浮现田岛耕作和民子在车厢里对坐的身影，身子随车摇晃，眼里噙着泪水，没有一句言语；一些孤寂漂泊的感觉，一些思乡念亲的情绪趁机跳进脑际，带来莫名的惆怅……

那之后，每次独自行在这条铁道上，在车轨声的伴奏下，头脑中都会莫名地跳出一系列联想，包括电影《远山的呼唤》中田岛耕作与民子于火车上的那些细节……

眼下行走在厚雪覆盖的火车道上，在脚踏积雪发出的沙沙声的伴奏下，我又产生了类似的错觉和联想。“这只是一次普通的旅行。”我又一次对自己这样说，一些过往独自行走的片段还在不时地飘来；我回想着、感叹着、品味着这次一个人的艰难跋涉乃至这段时日里的孤独——这似乎是我一年多来生活的主基调——努力咀嚼出其中含有的甜意，借此为艰难跋涉的人生注入一些正能量，使自己不致沉郁下去。我甚至还不断联想起电影中田岛耕作毅然地走向四年的服狱历程，认为那恰是耕作的回归和重生！

无意间,我看到两排银装素裹的树木站在铁道路基的两边,它们绰约的倩影就是一道美好的风景,它们是上苍安排的陪护我冒雪前行的卫士!我激动起来,禁不住唱起了歌,为我这次孤独的跋涉注入能量。

我走着,以树为标志的路在眼前无尽地延伸,时间随着树木在缓慢后退,我感到雪好像在我诗意的联想中渐渐变小了。“雪总会停的!”我于是坚定了这个想法,同时我的步子似乎也更有力了……

多年之后,我依然是用暖色的眼光回望那次孤独的风雪之旅和那段孤独的时光——孤独并不总是让人低落沉郁的,关键要看能不能为孤独注入能量、带来温度、赋予内涵,甚至让其富有诗意。

2000 年 6 月

二十不悔

都曾年轻过。

都曾有过激情奔放的二十岁。

年方二十，正值人生之帆高扬的时候，面临多种机遇，面对多条道路，也面临诸多选择。二十岁时做出的选择，不仅带有那个年纪火热的印记，而且必然会影响乃至左右一个人之后的人生轨迹。不过，二十岁时所做的选择，无论带来怎样的后果，似乎都少有后悔和懊丧的。

我深深记得我在临近二十岁时所做的那次抉择，虽然很多年过去了，但我依然觉得，那次的抉择是那样的富有激情和理想主义色彩！

那还是在改革开放之初，我刚从芜湖师专毕业，年纪不足二十，头脑中充斥着从书本中获取的思想理念和知识，似乎也能算作一个大学图书馆培养出来的带有某种忌俗倾向的"思想家"。在师专那并不宽敞的图书馆里，我遍读了能够借到的俄欧文学名著，伟人、名人的传记，甚至还包括一些较为艰深的文艺理论专著，诸如《别林斯基论文学》《车尔尼雪夫斯基论文学》《杜勃罗留波夫选集》等；短短两年时间，我就作了四大本读书笔记，对一些经典言论有时还大段摘抄，表现出极大的热情和投入感。伟人们的奋斗、创业史，文学大家们塑造的形象、营造的艺术氛围以及力透纸背、打动心灵的语言，都曾使我沉迷其中，并经常激动不已，甚至忘了自己作为一名理科专业的学生所应完成的课业。尤其给我带来感动和震撼的，是翻译家辛未艾先生为其译著撰写的《关于车尔尼雪夫斯基》，读完这篇逻辑缜密、集理论性和介绍性于一体的长文,年轻的我对车尔尼雪夫斯基这位俄国社会民主主义的先驱、唯物主义哲学家、批评家和作家的渊博才识和追求真理的献身精神深深折服,对其一生致力于反抗沙俄专制统治,“尽瘁于对残酷的沙皇进行坚决而无情斗争”所表现出的坚韧不屈、百折不挠的顽强意志深感敬佩。我细心读了他的那些继承了别林斯基传统、坚持唯物主义和现实主义立场而写就的一篇篇犀利深邃的批评文章,特别耐心细致地阅读了他那轰动一时的学位论文《艺术与现实的美学关系》和俄国文学批评史巨著《俄国文学果戈理时期概观》,并一丝不苟地做了笔记。那些打动我的文字,常使我处于激动之中,有时禁不住放下书本,走出未设院墙的校园,在田畴、阡陌上漫步,默念书中的一些内容和语句,并夹杂些自己的思考;同时联想他在漫长的流放、苦役生涯里如何坚持写作、坚持斗争的情形,常于不知不觉中走得很远很远,或淹没在油菜花海中,或融入麦浪中。

那时,我以为,热血男儿,就该有车尔尼雪夫斯基那样投身风暴、勇搏激流的血性,有车尔尼雪夫斯基那样追求学识、真理,投身社会实践,为正义呐喊、为民主请愿、为底层代言的情怀。

我就是在这样的思想环境里走到了我的毕业季的。那时,大学毕业生还是包分配的,毕业即意味着走上社会参加工作,但分配到哪里,还是需要一些关系和运气的。因此,一般而言,大家都是争取回到家乡去,因为家乡总有一些人脉关系可以利用,相对异乡的人生地不熟来说,还是有不少优势的。然而我们那一届,芜湖师专在全省招录的学生中,安庆籍的竟占到了四分之一,而安庆地区所能提供的工作岗位却满足不了这一比例;这便意味着,我们这届安庆籍毕业生中将有一部分回不了故乡工作。为此,一些年纪稍大相对成熟些的安庆学生便展开了以返回故土为目标的攻关活动。而我对此很有点不屑,当时我的确是受到一些革命英雄主义情愫影响,受伟人和英雄们的精神激励,内心涌动自主奋斗的意识,想依靠自己去开创事业。虽然我也知道父母在故乡小城是有影响的人物,我回到家乡工作比只身赴外打拼要有条件、有保障得多。

我不仅没有为此去活动,相反,在经过一段时日的思想斗争后,竟做出了一个在旁人看来颇有点幼稚的抉择:我写了封信给了我的系主任,表达了我愿意到异乡工作的想法！客观地说，我当时并没有太复杂的思想，我只是不想在父母羽翼下享受现成的优裕平静的生活，不想被人看作是一个靠父母荫庇的“官二代”。我想凭着自身的奋斗去品尝创业的乐趣，享受“到中流击水，浪遏飞舟”的激情。

就是这样，一个年仅十八岁的青年，背着简单的行囊，去了异乡的一间简陋的农村中学，当了一名普通的乡村教师。尽管，在异乡从教的几年，我的确经历了不少艰辛，却从未懊悔过，也未曾惆怅伤感过。实际上，在若干年过后，当我回眸那段经历时，我甚至庆幸自己有当年的那次选择。正因这个选择，让一个一直在城里长大且沐浴父母宠爱的孩子，目睹了质朴勤劳的农人深沉厚重的生活，体验了乡村生活的艰辛，而逐步变得成熟起来；它让一个单纯的书生因为经历了日子的磨砺，而获得了丰富的人生感知和深邃的心灵体验；它让一个幼稚的青年勇敢地只身走出故乡，去一片陌生贫瘠之地开辟了一片事业并获取了宝贵的异乡人脉。

现在，回顾多年前的那次抉择，我似乎更能明白“二十不悔”这句话的蕴含了。

二十不悔，其实就是一种血性的呈现。这“血性”带着青春的躁动，涌动开创生活、塑造生活的热情；初生牛犊不怕虎，所有的选择和行动，都带有多彩的展望、激情的构想和前卫的设计。这些行动，这些选择，从一开始便打上了理想色彩的烙印，即便实施艰难、前路坎坷乃至带来严峻后果，也不会后悔！

二十不悔，其实就是一种自信的表达。这是一种初出茅庐者与生俱来的特有的自信，其出发点就是去开拓、去创造、去塑造，没有过多地考虑困难和险阻，没有严谨地去考证行动的可行性，也没有去设想可能的失败。立足于成功的设想，相信自己能开创事业，不相信自己会面临失败，或者即便想到失败也要去尝试。因为不相信眼泪，也不相信经验式的说教，所以不会为困难险阻所吓倒！不会去追悔，只会无声地承受一切，并在承受中磨砺自己、丰富自己。

二十不悔，其实也是一种叛逆的表现。不想因循守旧走既定的路，不接受现成的安排,不希望待在别人设计好的框框里没有个性地活动,更不希望待在长辈支撑起的荫翳里没有创造地生存;只愿按照自己的设计一路前行,不管前路如何,均无怨无悔。

这便是年轻的朝气,也是年轻的魅力!

处在二十岁和回眸二十岁会有不同的感受和感慨。走过人生青春期的我们,不应总是以苛刻的目光去看待二十岁时的选择和行动,不要匆忙将二十岁的选择与行动归咎为幼稚和盲目,因为我们今日之练达都是那些"幼稚和盲目"经受多重磨砺后而形成的,我们今日之成果,也都是建立在那个时期的探索和积累之上的。

我们似乎更应以欣赏的目光看待那人生茂盛期所具有的激情和勇气!

2006 年 8 月

花　　坛

我一直以为，人生之中的“顺境”，其实只是人们所祈求的一种理想愿景，在实际生活的路途中，所谓“顺境”似乎是难遇更难求的。现实生活中的人们，总是在克服一个又一个困难、破解一个接一个难题，不管地位高下、身份贵贱、富裕贫穷，在生活的长河中泅渡的人概莫能外。之所以在很多的祝语中、在传统的春联中常有“万事如意”“一切顺意”之类的词语，是因为这样的境况难以实现，而这样的祝语其实也只是人们祈祷幸福的一种符号。

所以绝对的“顺境”是没有的，相对的顺境则只存在于人内心的感受之中，而感受又依赖于心理的调节和心情的培养。

诚然，人的心境是需要营造的，人的情绪也是需要慰抚的；调节心境，疏抚心绪，可以在广阔的心理土壤上栽培草木，在缺少色彩的心灵角落垒土成坛，让令人心怡的绿和鲜艳的彩映亮晦暗的一隅。

这里，我自然又联想起多年前我在一所乡镇中学任教的日子。那是长江边的一个名叫华阳的集镇，坐落在长江冲积平原平坦而宽阔的胸怀里，人工围垦而成的十多万亩肥沃土地包裹着它，使集镇看上去充满了生机。我在这样的一所镇中学里教书，按说日子似乎是平淡无奇的，然而正如前面所言，每一种形态的生活都有其内在的艰辛乃至挑战，只有当你沉入其中并用心面对，生活才会给你丰厚的回馈。

面对误解的时候

我是从外地调到华阳的。在来华阳之前，我在异乡的一所农村中学任教，我是费了很多周折才艰难调回故乡工作的。那时，我的家庭在这个小县城里应该说还是颇有知名度和影响力的，父母都是有声望的领导干部，父亲还是一个大部门的主要负责人，自然是有很强社会活动能力的。因此，当我奔赴华阳的时候，很多人对于我历经艰难才调回家乡却不能留城，仍要到乡间学校任教很不理解，他们觉得凭我的家庭背景，不应该只是这样的结局；只有我心里才清楚，是我们家正统的家教和严谨的家风带来了这个结果。父亲似乎从不善于也不屑于为子女的事去找人求情，从小到大我们经常听到的话就是什么事都要靠自己去努力，不要光指望父母；这可以理解为是父亲的性格，是他的操守、他的教子的方式。他常挂在嘴上并引以为豪的是，他的几个子女都是凭自己的本事考取学校谋得工作的，他没有为此动用过任何关系。父母的教育方式，使我们都养成了独立的人格和自我奋斗的性格，从来都不会为自己的前程而要求父母去做些什么。所以，当我从大学毕业，我主动要求去了外地工作锻炼；而当我返回故里，我也没有要求父亲利用其影响和关系为我谋取条件好的工作岗位，而是毅然奔赴农村，来到这个江边小镇。

我是带着愉悦的心情来到华阳镇中学的，我并没有因为从艰苦的异乡农村调回家乡后仍不能留在城里而郁闷落寞——尽管我非常清楚在乡镇生活工作将面临怎样的环境和条件。然而，生活的复杂常表现在一些突如其来的变故上，我虽然并不善于为一己之事找门子、托人情，但因为我的家庭背景，关注和关心我的还是不乏其人。记得在即将去学校报到的前两天，我在家与父亲的一位在华阳镇工作的下属聊天，无意中说到我有夜晚写作的习惯，不知学校能否为我单独安排一间宿舍。父亲的这位下属是镇里基层单位的负责人，他说他与镇中学负责人关系不错，他可以去说说，估计没什么问题。殊不知，当这位负责人把言语变为行动后，却带来了意想不到的严重的后果——两天后我去学校报到时，学校的一位负责人告知我：你不用来了，你的人事关系将被退回到县教育局！我当时真是疑惑重重，反复问这是为什么。

这位负责人在我再三追问下告诉我，是因为我还没上岗就找关系走门子提要求，以父亲的权势压学校谋私利！他还说，昨天，校长已在全校师生大会上说了：有一个新调来的教师，人还没到岗，就利用他父亲在县里当官的地位和权势，托人来学校讲条件、提要求、图享受，把社会上庸俗势利的那一套拿到学校来了！这样的人我们坚决不要！面对这样的指责，我满脸震惊、满腹委屈！我是那样的人吗？我的家庭有那样的家风吗？我提了什么要求？不就提了希望有一间房吗？且不是亲口说的，如果不能解决也便罢了，为何要上纲上线？我不仅感到委屈，而且感到受了侮辱，他们把我引以为豪的人生价值观强行贴上了势利庸俗的标签。很显然，这里存有很深的误解，但面对指责，我又不知如何解释。我清楚此时的任何解释都是苍白无力的，也是无济于事的，甚至可能给他们带来更大的反感。我想，要改变他们对我的印象只能靠以后我的行动我的表现了，而当前最要紧的就是阻止他们退回我的工作调令，如果调令真的退到县局去，那将带来更大的反响，使我今后无法做人了。我找到校长，承认自己之前的一些做法不妥，表示放弃一切要求无条件来校工作，并请校领导看我今后的表现。校长见我态度诚恳，自然没有采取过激的措施。不过学校虽然接纳了我，但领导层仍以怀疑的目光看待我，在分配教学任务时，让我承担几个非重点的差班的课程，我毫无异议地欣然接受了任务。

我很快就驱散了心头的阴霾，带着激情投入新的工作中。我很高兴又能工作了，而且是在家乡工作——我正是受了乡愁的牵引才执意回到家乡来的——我很珍惜这个工作的机会。华阳镇离县城并不遥远，大约只有十五华里的路途，这使我有条件每日早出晚归。我和父母住一起，但我没有把在学校遇到的责难告知父母——我不想给父母增添不愉快——我只是说学校条件有限，暂不能给我安排宿舍。母亲为我买了辆崭新的“凤凰牌”自行车，我每日清晨骑车去，傍晚披着晚霞归。

面对误解，我没有选择抱怨，也没有选择对抗，更没有悲哀和消沉，我相信时间和行动最终会改变一切。这使我能够抱有一种很轻松的心态去面对我每日的骑行及工作。每天，当我在笔直的望华公路上骑行时，路的两旁连片平坦而又开阔的绿油油的棉地带着肥沃田原清新的气息扑面而来，令我顿感胸舒气朗,心旷神怡;夏秋季节,棉棵纷纷绽花吐絮,无数粉红和乳白的花朵点缀在繁茂的绿叶之间,真令人赏心悦目!在我眼里,这人工围垦的四合圩其实就是一个十几万亩的巨大花坛。每日置身这样的氛围,带着这样的心情投奔自然,内心怎么可能还存有郁结呢?

于是我不再纠结于校领导对我的不信任,而是专注于自身的计划安排,晚上在家认真备课和批改作业,课后又把骑行当作一种放松和享受。我真的是在享受这种生活方式,以至于在学校主动为我解决了宿舍问题之后,我还时常专门在望华公路上骑行。

面对奔波的时候

对不利事态超然的态度,使我摆脱了一切杂念和烦忧,而把主要精力都用在了教育教学上。尽管已有几年的教学经验,但我一直没有放松备课环节以及对教法的探索。我努力寻找生活中蕴含物理现象的事例,尽量用通俗生动的语言和随手可拾的例子来演绎和讲解物理现象、解决物理课题,极大调动了学生学物理的兴趣,课堂氛围及作业完成情况均令人十分满意。一年之后,我所带的普通毕业班,中考物理成绩非常出色,平均分甚至超过两个重点班。与此同时,我以自己的敬业精神和用功态度,彻底改变了领导与同事们对我最初的印象。校领导每每谈到对我的印象时,常引用作家柳青《创业史》中的一句话:"出水才见两腿泥!"而之后的几年,学校在安排课程时,都把我当"骨干"来对待了。

而在这个时期,我人生的收获更是丰富的。我将生活感触写成散文,陆续在省、市报刊上发表,引来连片的赞语。同时,我还收获了爱情,幸福地步入婚姻的殿堂;随后我的孩子降生了,我幸福地成为人父,在沉醉于天伦之乐的同时也感受到了一份沉甸甸的责任。

为了能让妻养好月子,我不得不将妻儿送到离学校尚有十多里路途的一个叫"白沙"的乡卫生院——我岳母工作的地方,岳母是那一带有名的乡医,尤其在妇幼科方面经验丰富。但这一举动使我必须面对一至两个月艰苦奔波的生活。这似乎是无奈之举,因为我的父母都是在职领导干部,我自己也

是呵，当你放开心胸拥抱自然时，世界在你的眼里就是一个花坛；而当你把世界看成花坛时，你也就很自然地把身心置于花坛、把心情融入花坛……

承担了繁重的教学任务，都在忙工作，难以承担带孩子搞服务的任务，只能请求岳母挤时间来照料了。而作为丈夫，作为一个刚升格为父亲的人，每天忙完工作之后，尽可能多地来到妻儿身边，给予力所能及的照料与关怀，不仅是责任所系，也是情之所系、心之所向。因此，只要时间允许，我都会骑自行车往返于白沙和华阳之间，有时早出晚归，有时甚至一日两个来回。

奔波的确是辛苦的，连接两地的路都是并不平坦的沙石路；尤其同马大堤堤脚下的那条沙石路，常被淤积的水浸出大大小小的坑凹，骑自行车每日在这样的路面上颠簸十几里并不轻松，甚至可以说是很艰难的。很多人面对这样的日子难以坚持，至少是多有抱怨的。而我并没有埋怨生活及命运在我人生的紧要处所做出的这种苛刻安排，也没有诸如人生艰难、时运不顺之类的感叹和感伤。我把自己的身心全都投到大自然中去，在欣赏和拥抱自然中调好思维的航向，不让其滑向周而复始不断抱怨的泥潭；同时滤去思想的灰尘，让心灵沐浴春风、充满阳光。

正值阳春三月，野外鸟语花香。天气晴好的日子，我大抵都选择在江堤上骑行。暖融融的春阳里，嵬伟的大堤逶迤地向前延伸，随着车轮的滚动，眼前不断涌来迷人的风景。堤的外侧，是滚滚东去的长江水，壮阔的水势让人眼界开阔、心胸开朗；有时，成排的意杨林闯入视野，挺拔的立姿筛割你看江的视线，仿佛她们绰约的倩影投在以江为背景的水幕之上；煦煦和风拽来悠悠白云轻拂树叶发出细微声响，音乐般令人陶醉。有时，连片的江滩带着春的色彩展现眼前，江滩上有附近农人种的蔬菜以及野生的芦笋，还有零星的野花点缀其间；间或有悠闲的钓翁独坐江边，独钓一江春色。有时，经过一个不小的长江外护圩，进入眼帘的是连片平坦的黄绿色的春的田野，黄色的是油菜花，绿色的是小麦，黄绿错落相间，壮阔地向远处铺展；此时，再看堤的内侧，大片平坦的田野上油菜花盛开，浓烈的金黄扑面而来，簇拥着如同长龙般连绵的农舍。此时骑行在江堤上犹如登高望远，感觉逶迤的大堤有如一条巨龙悠然游走于花海中。面对诱人的景色，我有时还故意停下来，将自行车放倒，坐在大堤一侧的草皮滩上小憩，既为卸掉疲劳，也为专注静心地欣赏春色田原和春江水景。

当然，也有风雨交加的日子，在堤顶路面难以骑行，我便只能在堤脚狭窄且坎坷的沙石土路上骑行了。身披雨衣，躬身蹬车，这个时候的骑行诚然是艰难的，但我仍不忘观察雨中景象。我注意看树的枝叶与风雨搏斗的姿态及经由这种搏斗所带起的雨烟，也留意于雨珠敲击黄花青禾的情形及经受敲击之后花禾所产生的改变；如此，似乎给风雨中的自然景况赋予了些许诗意，同时使人忘掉了风雨兼程的艰辛，只感受到大自然的丰富与壮观。

这种时候，拉开的胸怀里，还藏得住怨气和伤感？

是呵，当你放开心胸拥抱自然时，世界在你的眼里就是一个花坛，你就会很自然地把身心置于花坛，把心情融入花坛……

面对难题的时候

难题出现在我带着妻儿返回华阳中学之后。

妻带着孩子在白沙卫生院养了两个多月，我的每日奔波也坚持了六十多天，妻儿养得很好，到了该返校的时候了。于是我们回到了学校，将我俩所拥有的两间单身宿舍合起来，按一个小家庭必备的功能重新布置安排，过起了紧张忙碌的生活。妻既带孩子又洗衣做饭，我一面完成繁重的教学任务，一面承担采买、跑腿兼及照料孩子等家务。这样的日子，就像上紧了的发条，始终绷得紧紧的，而且必须井井有条。尽管日子是紧张忙碌的，但因妻子还处在产假之中，我们好歹还能依靠自己的能力和可支配的时间把日子一天天推进下去，忙并快乐着。

真正的难题出现在妻产假期满、恢复上班之后。我俩都承担了很重的教学任务，而孩子已有六七个月了，睡眠时间少了，更加需要人的呵护，带孩子的压力明显加大。由于缺少经验，请保姆的事没有及时跟上，导致两人都有课的时候常常手足无措，不知把孩子安顿在哪里。不得已，我们只能四处托人请保姆。但那时，妻子的身份还是代课民师，工资很低，我的工龄不长，工资也不高，因而我们能给出的保姆工资也就不高，没什么吸引力。另外，那时农村中学的条件都不好，甚至可以说很艰苦：我们的小家总共就两间十来平米的小屋，一间作我和妻儿的卧室，另一间做厨房，保姆只能在厨房里用木凳和木板搭个简易小“床”将就一下，每日睡在煤炉浓重的气味里。这样的条件，要想请个好保姆其实是很难的；不仅难请，更难留，请来的多是毫无经验的半大的孩子，多则半年，少则三个月就吵着要走，一旦走了，新的又一时接不上，便只得面临孩子无人带的困境。这种时候，我和妻子只得找人调课，尽量错开上课时间，利用课余时间轮换着带孩子。实在调不开了，便只能将孩子草草地丢在摇窠里，待上课回来，看见孩子哭得满身是汗，顿感愧疚难当！特别是到了上晚自习的时间，学校规定带班教师都要上堂辅导，一周六个晚自习，我和妻子难免会遇到同时上的情况，这种时候我们便煞费苦心将讲课辅导的时间调开，以便各自腾出一半的时间并做好衔接，保证孩子有人看。

这的确是一段艰难的过程，跋涉于这样的过程中，你需要有足够的心劲和耐力，还要有笑对生活的态度；否则你将会被牢骚所控制，不停且无用地怨天尤人，堕入冰冷的境地！

好在我并没有被难题所左右，我跳出了难题看难题，把它们看成生活的组成部分；我甚至以为，日子其实就是由一个接一个的难题排列组成的，人生就是在解决一个接一个的难题中推进、深化的。就像公路上的一辆小车，只有超越前方的一辆辆大货车，才能实现快速前行，否则只能永远被货车压在身后；而小车的前方，始终、随时都可能出现另一辆大车——只要你的旅途没有终结，这样的过程便会一直持续下去。

我于是只专注于思考如何设法解决问题，并享受着一个个难题解决之后的快感，并不去想我的生活为何是今天这个样子。这使我能够以放松的心情安排和组织我们的并不轻松的生活。白天，在完成课程任务后，我愉悦地抱着孩子在校园里转悠，有时托着儿子的小屁股，让他脸朝外，让儿子也看看球场上的热闹、感受校园里的生气；有时让孩子趴在肩头，与还不会说话的孩子悄悄说着话，或哼一首儿歌，孩子常常就在我的肩头进入梦乡。到了晚上，孩子睡了，我一边摇着摇窠一边批改学生作业，直到夜阑人静。

为增添生活的乐趣和情调，排解日子的紧张和沉闷，我突发奇想，抽空在宿舍前面的一块空地上，用一堆废弃的红砖围起了一个花坛，里面种上了月季和洗澡花。花苗成长很快且长势良好，很快便进入了开花期：月季每月都开，花朵鲜艳炫目；洗澡花繁衍很快，每日傍晚开放，各色繁密的喇叭形花朵争相斗艳，煞是好看。我时常抱着孩子来到花坛边，欣赏花坛美色，有时也拉妻子一同观赏我们亲手设计的这一片小小园地。令人欣慰的是,这寒碜的花坛在夕照下或月光里竟很富有诗意,朦胧中含着新奇,花朵在风的吹拂下瑟瑟摇曳,散发出馥郁的馨香,像在齐唱一首无声的歌……真的,我们时常被这景观所陶醉,被自己的这片小小园地所陶醉,心中的郁结也随风飘开、飘散了！与此同时,我仿佛觉得,这花坛好像在扩展、放大,使我们——不仅仅是我们——都置身其间,共同为日子更美好而努力,而忙碌!

是的,心中的花坛其实是需要自我发现、自我设计、自我培育、自我欣赏的——这是华阳四年的生活教会我的东西

当我写下以上文字的时候,已年过三十。古人云,三十而立。是的,华阳的工作生活经历,的确为我提供了“立”的平台和“搏”的机遇!

华阳,这个充满阳光、饱含暖意、土地肥沃的地方,在我此生中的确有着特殊的地位和意义:我在那里成家立业,我在那里成为人父,我在那里开始发表文学作品并出版了我的第一本散文集。不仅如此,那里的生活还让我学会如何垒建花坛,不管面对什么境况都要努力培育心中的花坛;学会将生活的成果和经验化作鲜花装点花坛,将生活里积累的苦涩化作肥料滋养花坛;学会将花坛的清香化作甘露去滴灌心田,用花坛的艳色抹去心底的晦暗。总之,学会了发现生活之美、消化生活之愁和感知生活、欣赏生活、享受生活的方法。

人人都有自己的小小园地,然而人人心里都应有个更大的花坛!

2000 年 9 月

不惑之年

近来,我频繁出席同学为庆贺孩子考上大学而特设的喜宴。面对着那一张张熟悉的沉积了岁月风尘的面孔,聊着一个个耳熟能详的关于子女教育的话题,这时候我突然感觉到,我们这一茬人真的已经不再年轻。

是的,已经四十岁了——不知不觉间就已经走进了一个似乎令我还很陌生的人生时段——在我们还没有完全做好准备的时候。古人云:四十而不惑。也就是说,就年龄而言,面对人生,我似乎应当“不惑”了。然而,当我审视自己的时候,我的眼前却堆积着成串的问号……

那天,文友一阳兄来我处,突然告诉我他已辞去了眼前的工作,准备赴外闯荡,特来向我告辞。我被他的言语震惊了。他长我两岁,自然正是上有老下有小的角色,他怎么能够甩脱得开?再说眼下他并非到了没有出路的时候:他是一家目前效益还很不错的企业的中层管理人员,月薪较之于本县其他职业来说还很是不菲!为何要将自己逼到一条前景并不明朗的险路上去呢?他却说,他只是为了谋求一些改变,寻找一次人生转折的机遇,他无法忍受自己就这么庸碌地过下去!而我和其他文友都感慨道,你都已经四十多了,还能指望有什么转折呢?他却说,不下决心打破眼前,的确就难有什么机会了。只要你内心想改变,你就有机会,也才有机会。至此我才发觉,我和一阳兄在对待人生的态度上的确有些不同了。

我非常钦佩一阳兄,因为我知道迈出这一步需要怎样的决心和勇气,感佩他人到中年还像年轻时那样有激情有热度。我喊来了永东,以二十年前我们初识时一醉方休的方式度过了充满浪漫和激情的一天:我们的思维在酒精的作用下都不约而同地变得跳荡和飘逸起来;我们在“东方红”飙歌城高唱着《爱拼才会赢》《敢问路在何方》等歌曲,一个个都像是才二十出头的小伙子,言语间透着与一阳兄一样的豪情。然而,当酒精散去,我们各自回到家中之后,我的思维又自然而然地回到了现实“理性”的轨道上——一种不惑之年的男人的“理性”。

其实,就内心而言,我的确也曾有过一阳兄这样的念头,特别是在严酷的现实面前碰壁的时候。然而,每次都在“三思”之后放弃了念想,因为更多地顾及了家中的妻儿老小,更多地考虑了外出的风险和结局的不确定,男人肩上的责任使我于不知不觉间就丧失了改变和开拓的勇气。

当然,这也并非我与生俱来的秉性。回想年轻的时候,我也曾有过果敢的举动。那时面对一件事或一项选择,即便是攸关人生前途的重大抉择,我似乎也是更多地凭借自己的志趣和情绪,很少考虑今后和结局。记得当年我大学毕业分配时,父母已经为我在家乡找到了较为理想的接收单位,然而未经世情却一心向往外面的世界和自由生活的我,抱着凭自己的能力到外面独自闯一闯的信条,毅然在志愿栏目里填上服从分配,结果被分配到异乡的一所艰苦的乡村学校教书。尽管是抱着热情前往的,但后来,严酷的现实还是将我的激情和幻想一点点蚕食掉。于是,四年以后,当我拖着瘦弱的身躯背着沉重的行李返回故里时,我已经学会了三思而行,学会了以理性的目光看待生活和社会。随着年轮的增多,渐渐地,我变得沉稳了许多,特别是在面对问题、面对抉择的时候,没有了草率、没有了莽撞、没有了感情用事,谨小慎微甚至患得患失。这种思前想后的过程是极为理性的过程,这里面透着人到中年时特有的持重和成熟。然而,照直说,却也缺少了某种谋求改变的勇气和激情!是呵,“态度决定道路”,像我这样,目前只能坚守一点什么,不会再有什么创造了,也没有激情和挑战命运的勇气了!

现在,我多么希望自己还能有一次年轻时那样的抉择、那样的激情!

如何激活自己那颗越来越趋于沉静甚至封闭的心?

站在四十岁的门槛上,面对越来越陆离的生活,已届不惑之年的我,却有了越来越多的困惑……

2005 年 12 月

知　天　命

不知不觉就已过了五十岁的门槛，蓦然回首，禁不住惊呼，自己怎么会有这么大年纪了呢？时间啊，时间都去哪里了呢？惊诧之余，自然而然又盘点起人生的库存，怀旧与慨叹于是便成了这时期的主旋律与主基调。怀旧与慨叹常发生在收到同学为孩子结婚发来的宴会请柬时，发生在老同学聚会倾诉般的交流时，发生在整理老照片和以往发表的文章时，发生在镜前伫立，看到自己霜染两鬓的容颜时……

然而内心终究还是沉静淡然的，仿佛一切浮华与躁动都随日子流淌而去了，一切的酸楚与欣悦都已沉淀于满脸的风霜之中了。

是的，诚如古人所云：五十而知天命！虽然这是古人一种大雅的说法，却颇具哲学意味地给这一年龄段的人以某种思考人生的提示，带来和煦的暖意和融融的温情。

五十而知天命，首先是对生命的珍惜。经历数十载风雨的洗濯，生命已失去了年轻时的朝气和活力，而是带着长年积累的疲惫负重前行，却依然要迎接日子重重的挑战，常常不免显得心力不足、心理疲劳。生命似乎已不能按思想的轨迹去奔跑了，亦不能很好地围绕理想去旋转了，而是被动地按照生命自身的规律去行进；而与此同时，由于在漫长的人生历程中见过太多生命之舟的搁浅、生命光彩的褪去，听过太多生命疲惫的呻吟、无奈的叹息，似乎更能听得懂生命痛楚时的呼喊和生命超载时的喟叹。因此，所谓知天命，其一就是以五十年人生阅历为基础，让我们更真切感受到生命之可贵、生命之脆弱、生命之有限；让我们学会放下、学会放松、学会放飞，放下生命过载的负重，放松生命过多的捆绑，放飞生命过繁的杂念！重视生命不堪重负时的警示，重视生命器件老化时的维修，重视生命疲倦时的呵护。不要等到生命垂危的时候才猛然意识到生命之可贵，才放弃以健康为代价的拼搏；不要等到生命之舟搁浅的时候才猛然意识到生命之脆弱，才扔掉那些拖累生命的过多承载；不要等到生命遭遇风雨而摇摆不定的时候才猛然意识到生命之有限，才放下争强好胜之心，匆匆忙忙为羸弱的生命寻求一个避风之港、躲雨之棚……

五十而知天命，其次是对命运的理解。人人都有自己的命运，人人自打有生之日起就都企盼有好的命运，然而，不是人人都能平静、坦然地接受命运、理解命运，于是便多有怨天尤人、悲叹命运的现象出现，甚至还有逃避、放弃人生的悲剧产生。孔子所言的“知天命”，并不是说人要知道自己现世现时的命运，而是让人知道要去理解命运，乐天知命。“顺乎天而应乎人”，服从客观规律，虽仍尽心尽力努力作为，但不再企求结果、追索回报。人过五十，已知人生奋争之艰、理想实现之难，不必再计较“得”与“失”，得不喜形于色，失不悲天怨人，知足常乐；人过五十，遍尝人生百味、惯看秋月春风，不再纠结于“顺”与“逆”，乐以忘忧，笑看境遇，相迎必须面对的一切，相送无以挽留的一切，淡对个人荣辱，接纳酸甜苦辣；人过五十，多历功过是非，人生积淀厚实，不再在乎“功”与“利”，按照自己的心迹去谋事，遵从自身的能力去行事，做自己该做的、能做的和喜做的事，不再去想取得什么功名和利益。联想自己，写下新作后，已不像年轻时那样急于发表追求喝彩，而是让其沉淀下来，用时间来检验它的醇度；仕途的变迁，也不再在意世俗的价值评议，更多是顺其自然，在意的是内心的感受。

五十而知天命，再次是对责任的担当。毫不含糊地担起工作的责任，珍惜老同志的威望荣誉，尽显老同志的担当精神，以一颗尽责之心扛起属于自己的任务，不推诿塞责，不考虑回报，不留人口实，坦然接受事业上的酸甜苦辣。尽心尽力担起家庭的责任，挑好“上有老下有小”这副沉重的担子，珍视半世积累的家庭成果，体现家庭主人翁精神：对上，遵循传统孝道，尽最大努力细心照料好老人，不留下任何遗憾；对下，遵循中华优良教育传统，完成好对子孙的教育引导，扶正苗木，不留下任何缺憾；对爱人，遵从携手互敬之传统，倍加珍惜数十年携手得来的“银婚”成果，让“少年夫妻老来伴”这句传统老话落实在一片温馨、坚实且堆满果实的基地之上！树立形象，担起社会的责任，以成熟的有公信力的形象展示一位年过半百的社会人厚积的修养，完成好文明社会赋予一位已届天命之年的准老年人的责任和义务。

“未觉池塘春草梦，阶前梧叶已秋声！”春来秋去，草木枯荣，五十载春秋，光阴荏苒，似水流年，匆匆而逝。迈入天命之年的人们，容易生发朱熹老先生诗句所流露的“人生苦短”的无奈和惆怅，然而孔子所言的“知天命”，却让我们不要过多慨叹韶华不再，而应去理解、追寻“春华秋实”的意义和蕴含，从容、坦然、无忧地去把握当下的每一个日子。

“自古逢秋悲寂寥，我言秋日胜春朝。”唐代大诗人刘禹锡遭贬时写下的这诗句，我以为倒是“知天命”应有的心态和境界。过往的拼搏、耕耘，带来今日的收获和仓储。虽然我们的心湖不再涌动波浪，却拥有一个可泊巨轮的温馨港湾；虽然我们的梦想不再烂漫，却拥有一本内容充实的人生相册；虽然朝霞之美丽仍令我们向往、赞叹，但夕晖的精彩更令我们自豪陶然。春天的确是生机盎然、艳美奔放的，但秋天不也是天高气爽、果实飘香的吗？

在我从容迈入知天命之年的时候，像是受了什么启示和召唤，我打开了人生的仓库，从中寻找并整理一些自认为有价值的东西。我整理出版了我的第三本集合我对社会人生思考的文学作品集，并定名为《秋雨》，而正当这本书在全国各书店、网站热销时，我恰又接到组织上调我去做老年工作的调令。这似乎是一种巧合，但我更以为这是与命运的一个约定，是人生接续努力的一种机缘。

2017 年 6 月

水草茂盛的地方

并非只有优裕的生活才能给人留下深久的记忆，往往那些清寒的、简陋的甚至艰辛的生活经历，更能让人铭记于心、历久难忘。譬如，十多年前，在那个水草茂盛的城郊所经历的一段日子，就让我十分难忘。

那是一段为期不足三年、带有某种临时性的生活，为给儿子陪读——为我们唯一的孩子创造冲刺高考的良好条件，我和妻子从城中心搬到城郊一处暂借来的简陋平房里居住，那儿紧挨着儿子就读的省级重点高中，每日可为儿子省下大量跑路的时间，而且还为儿子求教于老师带来很大的方便。正因如此，城里不少人家都采取了类似举动。

然而，毕竟是临时行为，且又处在城郊，生活条件确实是极简陋的：床是用几张条凳支起几块竹条板铺成的，临时添购的小尺寸彩电就搁在两只方凳之上，人坐在一只小矮椅上，依着床边支撑蚊帐的竹竿，就那么有滋有味地看电视，或者独自在局促的房屋里就着昏黄的光线投入地阅读。没有卫生间，要方便相当不方便，厨房里也因为没有抽油烟机时常让人被油烟呛得连咳……

尽管日子如此简单，却留给了我很深的印象和轻松愉快的感受。那时，我刚从一项繁重的中心工作领导岗位上退出来，回到县文联又从事我喜欢的文艺工作，基本处于一种超脱状态。不关心谁升了官、谁发了财、谁得了势，也无须为某种功利而卑躬屈膝、委曲求全。清晨被学校的广播歌曲《快乐老家》所唤醒，闲时走进田园、放开心胸，与真实的大自然很近，与淳朴的原生态很近，与自然风景及水草的对话也更容易、更真实、更融入。

走出房门不多远就是连片的耕地，泥土及青禾的清新气息和芬芳被原野的风带过来，牵动人的感觉和心绪。每当晴好天气的傍晚或是节假日，我都会禁不住走出屋门，沿沟渠的堤坝、田地的堤埂漫步，把心胸和思想完全放开，交给自然，充分地拥抱天空和土地。有时，伫立地头，专注地看一些叫不上名来的野雀在新翻垦的土地上觅食，常常为跟随某只色彩艳丽的鸟而走出很远；有时，在沟渠边小憩，采一枝叫不上名来的野草野花于手中玩耍，看青蛙、水鸟甚或水蛇在茂密的水草里出没，感受着自然的本真和纯朴，感觉真实的自然生态是如此之美好！特别是在节假日，我经常一大早就出门，一个人走得很远，沐浴原野和煦的风和暖融融的阳光，乐不思返，一直走到田原尽头的那条杨溪河边。这水草茂盛之地土地肥沃，空气湿润，阳光把清新的气息逼进了体内。我在这水草茂盛之地或静坐，看远山、看近水、看水草；或垂钓，独享一河波光粼粼泰然缓流之清水，体验着“山静松声远，秋清泉气香”般的意境。这是在城里蜗居者所无法体验到的感受，这是在城里久居者所淡忘了的感受——一种久违了的美好的感受！这感受给我带来诸多的联想，甚至超越了时间和空间。

我常常联想起很多年前，我在异乡一个叫响水涧的地方生活和工作的情景。

那也是一个水乡，一个水草茂盛的地方，它那带有独特神韵的名字给它蒙上了一层诗意的神秘。这条诗意的山涧处在浮山的东麓，那里雨量充沛，溪水潺潺；尤其雨天，众溪汇成瀑布，湍流而下，发出的水声极为独特，“咚咚锵锵”犹如神仙敲响了几面巨大的鼓锣，响声清亮，山鸣谷应，颇具勾魂摄魄之魅力，因此而得名“响水涧”。当年的响水涧属浮山乡，我所任教的浮山中学与之正对，相距也不遥远，每日看到浮山脚下水雾之气氤氲，仿佛整座山都浮于雾气之上，想象那里必有诸多诗意的景观。

我在那里的生活同样也很简陋、清寒，然而也因为我找到了一种与自然交流对话的方式，让孤寂的心灵在诗意的山水间得到慰藉、充实，那里的生活同样也给我留下了深刻的记忆。

平坦、开阔、湿润、多彩是这片江南水乡田园的特点；连片的田地与弯曲的河渠交缠铺展，大大小小形态各异的池塘点缀其间，构成极具神韵的图画，

水草茂盛的地方，它使久居者心静如禅，远离尘世的喧嚣，远离世俗的争夺，远离奢侈和贪婪……它让被都市的喧闹整得麻木了的心灵得到放松，让被世俗欲流泡得疲惫的心灵得到超脱，让干燥的心灵得到滋润……

展示大自然的神秘与美好！走在堤坝上，走在阡陌上，随时都能嗅得到泥土及草木的清新芬芳。通常，在春天的某个节假日晴好的上午，我会带着一本文学书，独自走进原野，走向旺盛的春的怀抱，常常于不知不觉间就走上了那条从学校身后绕弯而过的河堤；河堤两侧披着草毯，平缓的河滩上，无规则站着几棵垂柳，茂盛的水草悠然地伸向水中，随舒缓的风轻轻摇曳，阳光里，几只白鸥悠闲地盘旋。眼前的景致无须创作，便是一幅难遇的画作。此时，我被眼前的景色感染，干脆坐在或躺在草毯之上，悠闲地翻开书本，似读非读……这情形至今仍记忆犹新，特别是看到我的一位生于浮山笔名“一鸿”的学生所填的词《鹧鸪天·春游响水涧》时，更是勾起我无尽的回想：

又是清明雨后天，鸟鸣深树自悠闲。群峰叠翠白云上，双鉴连珠林壑间。　　花似海，柳如烟，纵横水路沃良田。芳村百卉春风里，满目盈盈景万千。

记得有一年春天，我借走访学生的机会，走进了浮山，走进了那曾无数次看到的颇具神秘感的浮山。立于浮山之上，远眺山下广袤无垠的原野，但见黄绿色块与河池水面交融交错，宛如铺展于眼前的一幅宏阔的水乡泽国的壮丽画卷，给人以视觉的冲击，诚如我的学生“一鸿”在其词作《忆秦娥·再登浮山响水涧》中描绘的那样：

登高伫，临风放眼苍茫处。苍茫处，黄花似海，碧池无数。　　单车驰骋芳香路，醉痴忘返斜阳暮。斜阳暮，远村错落，一溪烟树。

我的学生“一鸿”，在一家小型钢厂工作，生活也很简朴。而他一直钟爱大自然，习惯于骑单车在山川田园间穿行，用中国传统诗词形式，记录所闻所见，讴歌大自然的多娇与壮美。我欣赏甚至羡慕他的那种生活态度和生活方式。他或许是在无意中践行了爱默生、富勒和梭罗所倡导的过“简朴生活”的理念，并深得其中三昧吧。他的那些描绘响水涧的诗词，使我多年之后，仍能忆起那些壮美的景致！

正因如此，那些简朴的日子，不仅没有在我的记忆之中消退，相反越来越清晰，它使我由衷领悟了十九世纪美国文化巨匠亨利·戴维·梭罗所著《瓦尔登湖》的深远意义，领会了梭罗作为“简朴生活”的宗师所提倡的“回归本心、亲近自然”的真切内涵。

是呵，水草茂盛的地方，它把大自然的质朴之美不加粉饰地展现于眼前，让栖居于此的人变得与大自然一样朴素、真实，过简单而又诗意的生活，获取人生美好的体验。

水草茂盛的地方，它使久居者心静如禅，远离尘世的喧嚣，远离世俗的争夺，远离奢侈和贪婪；把简单的生活变得富有，使清寒的日子变得温裕，让艰辛的日子充满愉悦。它让被都市的喧嚣侵染的心灵得到放松，让被世俗欲流泡得疲惫的心灵得到超脱，让干燥的心灵得到滋润。

难怪我觉得，“陪读”的这三年，竟是我心理压力最轻、心灵最为放松的时光；响水涧的四年生活，也是我最愿回望的人生经历。

2017年5月

书　缘

从小就与书有缘。

不过，童年和少年时代喜欢的书，是那种被称为“小人书”的连环画，我们的土话叫“画书”。那年月正值“文革”时期，似乎并不讲求学生们读很多书，首要是把思想搞好，争当“红小兵”；书店里的书也很少，常年就只有《红星照耀中国》《金光大道》《艳阳天》等几种，可供学生用的课外读物就更少了，只有一些小人书倒是很吸引我们这些孩子。我很痴迷那些画书，时常找人借阅，或者用自己捡碎玻璃和废铜烂铁等废品卖得的钱去买，常常会因为手头有几本小人书而在小伙伴们面前自豪地显摆。久而久之，我那放书的纸箱里，也积累了数十本画书，诸如《鸡毛信》《一支驳壳枪》《智取威虎山》之类，我珍惜地将它们拢在一起，形成了一个小小书库，也算是我人生的第一批藏书吧。

上中学以后，学校条件好了很多，有图书室，可为学生办理借阅。于是，喜欢书的我便成了校图书室的常客。不过那时的图书室藏书不多，自己想要的书常找不到，只能由图书管理员“派书”给借书的学生。尽管这样，我还是有幸在中学就读了《钢铁是怎样炼成的》《林海雪原》《红岩》和《水浒传》等名著。喜欢读书，当然有益于语文课的学习，我的语文成绩便一直很好。在高中一年级时，学校组织了一次作文竞赛，我获了奖，学校给的奖品是一本名为《中国古代科学家的故事》并加盖了公章的厚书，这令我很兴奋，那本书我一直妥善保存至今。

考入大学后，各方面条件自然更好了。大学图书馆藏书丰富，既有借阅点又有阅览室,我自然又成了学校图书馆的常客,不仅借阅量大,而且校阅览室里常出现我的身影。阅读和做笔记通常是并行的,书中一些好的句子和精彩的段落,我都会及时摘抄到笔记本上,如读到车尔尼雪夫斯基的《艺术与现实的美学关系》、黑格尔的《美学》和《歌德谈话录》《涅克拉索夫诗选》等名著时,我都做了大量笔记,有些甚至整章节摘录。两年时间竟积了四大本读书笔记。此外,在大学期间,除了在图书馆借阅书籍,我有时还特意到市区新华书店去看书,因家中每月也还寄给我少量生活费,从中抠一点下来购书也是常有的事。当然,那必须三思而行,所购之书一定是我特别喜欢特别需要且有长期保存价值的。如《九三年》《茶花女》《红楼梦》等一批名著,都是那个时期用节省下来的生活费购买的。

大学毕业之后,我被分配到异乡的一所农村中学做了一名中学教师。走上了工作岗位,当然就有了工资收入。记得第一次拿到工资时是非常兴奋的,尽管工资不高,只有三十七元钱,但毕竟是有收入能够自食其力了。拿到工资的第二天,正好是星期天,我高高兴兴地坐上火车进了芜湖市,除了买两件生活日用品外,主要目的还是去市新华书店买书。我在店里待了一个多小时,翻阅了一些名著,最后花去将近十元钱,一口气买下了六七本书放进了包里。而在市里吃饭却非常节俭,只花了不足三元钱。当我背着沉重的包回到学校,内心还是充满欣悦的,因为几本我一直渴望拥有的名著如《红与黑》《悲惨世界》《巴黎圣母院》《当代英雄》《驴皮记》这回终于买到手了,尽管用去了我将近三分之一的工资。从那以后,每月领到工资后,我都要去市新华书店。我记得,当时人民文学出版社和上海译文出版社联合推出一套“外国文学名著丛书”,几乎每个月都会有新书出现在新华书店的售书柜中。每次去书店,只要遇见这种版本的名著我都一定要买下,不管价格多高,我决心将这一版本的名著都买齐了,作为我此生的重要藏书。从那时起,藏书意识开始在我头脑中滋生,并渐渐扎下根来。

在异乡农村中学工作四年,我没有留下什么积蓄,没有添置什么值钱的家具电器,也没有添置什么高档的衣物,却积下了两大书架各类书籍和几大堆当代文学刊物。可以这样说,这四年,除去最基本的生活开销外,我几乎将全部工资收入都用到买书和订刊上了!这真的是一种近乎纯粹的精神生活。

四年以后,当我将要调回家乡工作时,我所面对的最大难题就是如何将这么多沉重的书刊运回家乡去。幸好母亲帮我解决了这个难题,她从家乡雇了一辆卡车过来,将我这里大堆的书刊运回了家乡。记得当时车上除了书刊和两床棉被,几乎再无其他可值一提的物件。

回到家乡,我先是在一所农村中学任教,后又改行去了行政部门。但不管环境怎样改变,我与书的缘分始终是那样紧密,购书藏书的热情一直有增无减。在大抵藏齐了外国文学主要名著之后,我又将藏书的重点转向了中国文学名著,既包括古典的,也包括现代的;到宣传部门工作后,又将购书范围扩展到社会人文领域。这无疑是一个庞大的计划,我当然只能根据自身条件,择其精要,尽力而为。这期间,父母兄姐曾提醒我要开始存点钱,为将来成家做点准备,但买书藏书已成为我难以改变的习惯。我先后三次请木匠打过书橱,藏书规模一直在扩大,书房中的墨香也越来越浓郁。

我并非想要成为一个知名的藏书家,我清楚以我的经济实力和物质条件确实做不到。我只是喜欢书,喜欢阅读,喜欢收藏,喜欢书的那种清香,喜欢书房中的那种知识的氛围。这似乎是与生俱来难以摆脱的情愫,此生真的与书结下了不解之缘:从读书、借书,到购书、藏书,再到后来的写书、出书……

五十年人生精力的主要部分都倾注到"书"上了,生活中其他方面的乐趣似乎与我无缘,我没有玩牌的习惯,没有对弈的嗜好,也没有垂钓的同伴,更缺乏投资理财的能力和可供理财的积蓄。留下来的,只是那八大书橱近六千册的图书,还有出版社出版的几本个人作品集。这一切都是"书之缘"带来的效应。

不过,几十年来,我一直都很享受这样的生活,2014 年,我通过积极参评,荣获了"安徽省首届'书香之家'"称号,这是我获得的一项最有意义也最让我看重的荣誉!

沉迷于书香,虽然让我丢失了生活中某些方面的乐趣和收获,但给我带来的收益也很多很多,诚如我在向省"书香之家"组委会申报我参评理由时陈述的那样:读书增长了才干,使我在工作生活中的口头表达能力、文字组织能力、逻辑思维能力等都得以增强,从而增强了生存竞争能力;读书陶冶了情操,使我在获取知识的同时开阔了眼界、开阔了胸怀,个人修养和审美情趣得以持续提升,在生活习性养成、价值观取舍、社会现象判断、审美鉴赏诸方面均注入良性高雅的成分,提升了生活的品位;读书激发了创作,使我在欣赏、品味优秀精神食粮的同时,精神得到陶冶,同时激发出创作的动力和灵感,提升了创作的品位;读书优育了子女,在家庭书香的熏陶下,我的孩子也养成爱读书、爱学习的习惯,同时养成向善向上的良好品性,相信他会有美好的未来……

最后,我想引用安徽文艺出版社的这句话:阅读改变人生,文学照亮未来!

大家都来与书结缘吧!

2016 年 3 月

投稿的乐趣

现在，每每回想起二十世纪八九十年代，我所经历的那段胸怀文学梦想，沉迷于写作、热衷于投稿的日子，内心仍然还会生发诸多感慨。

我们这拨文学青年，是受到改革开放后出现的“文学光环”的吸引而走上文学之路的。那时，“文化大革命”结束不久，思想的禁锢刚刚打开，文学思潮汹涌澎湃，文学的社会关注度很高，带来了文学地位的提高，作家及文学作者广受社会敬重，文学作品影响力远超其他艺术门类作品，一篇力作或能改变一个作者的命运。青年人纷纷抢戴“文学的光环”，将“爱好文学”填在各种表格上，这一爱好几乎成了青年人有志向、有品位的象征。于是，文学作者队伍迅猛壮大，纯文学期刊也如雨后春笋般涌现，整个文学界一派繁荣景象。

不过，文学队伍的庞大，势必带来文学创作习作稿件的拥挤。尽管文学报刊数量不少，但发稿难问题依然严峻地摆在作者们面前。如何投稿，似乎也成了一门学问。

尽管如此，却并没有影响我的投稿热情，因为投稿毕竟是作者个体思想转化为社会成果的必经之路。每一次的投稿，都是一次希望的推动、激情的促动、精细的策动，并伴之以焦躁的等待，获得或喜或憾的结果。这一过程，既是艰苦的，又是快乐的。

是的，任何的拼搏和努力在伴随着艰辛的同时也都蕴含着快乐，投稿之于我也是如此。

投稿承载了我的创作之乐。我是在异乡的一所简陋的农村中学任教时开始我的创作实践的。我所写的每一篇稿子，都饱含心血，融入了我的思想感悟和人生体验。当一篇作品写好了初稿后，我会让它略作沉淀，然后再一笔一画在方格稿纸上誊清，这才算从内容到形式上全面完成了作品。这个时候的作品，好比是我一手拉扯大的孩子，我需要给它在社会上找个位置，并希望得到社会的认可乃至赞誉，这一切都需要通过投稿来实现。于是我把思想的结晶、劳动的结晶同时也是快乐的结晶交给了“投稿”，希望它能将我的思想我的快乐载给所有的人。为此，我高度重视对投稿的每一次设计，我会认真而慎重地思考报刊用稿特点、题材取向和栏目设置等，经反复推敲后才最终确定它的落脚地，努力让稿件采用的可能性达到最大。当这一切都决定之后，我还不忘给并不认识的编辑写封信，陈述自己的创作意图等，以期引导编辑的价值判断。将信夹在稿件中，一丝不苟地制作信封（那时的农村中学没有大信封），用规矩工整的字体书写地址，妥善地将稿子塞入封好并贴上邮票。完成这一切后，把待投的邮件放在书桌上，然后吸着烟，眯着眼望着它，内心涌动的是一种难以言传的快意。

投稿寄托了我的念想之乐。当我把书写工整、内装稿子的信件投入邮筒或者交给受理快件的邮局工作人员时，我的心情犹如父母送子女上学或参军一般，寄托了厚重的希望和美好的祝福，从此便拉开了一段又一段的念想。每日，我对邮递员的身影格外期待，总希望他那个绿色的大邮包里，装着一封或几封由编辑部寄给自己的邮件。那个时候，尽管文艺期刊来稿量大、不堪重负，但各编辑部还是坚持了通行的“来稿必回、不用稿必退”的人性化做法，所以投出去的稿件就像放飞的风筝，最后总能收回来，而牵连风筝的那根“线”，就是作者的那份扯不断的炽热的念想。有时，当这份念想过于强烈的时候，还时常忍不住跑到城镇的书刊亭里去翻看或购买所投的那种期刊——不管那几期刊物里有没有刊发我的作品。特别是到了二十世纪九十年代和二十一世纪初，多数报刊取消了退稿制后，牵连“风筝”的那根线断了，对投出稿件的那份念想便只能化作频繁的行动，去书店书亭书馆翻阅找寻，看自己的作品有没有发出来，或干脆长期订阅某几份报刊。到了后来，我的创作转向散文和短篇小说后，向报纸投稿渐多，每日等待报纸、翻阅副刊是必做之事，每每看到投出的作品见诸报刊，那种欣悦感是非常甜美的。所以，对作者而言，有投稿便存有念想，有念想便有希望，有希望便感快乐。

投稿带给了我交流切磋之乐。我至今仍感佩当年那些文学期刊编辑们的敬业精神和保护爱惜作者创作热情的态度。“来稿必回”这在当今恐怕是难以做到的,但在那个物质并不发达的年代他们却做到了,而且还做得很好。可是,那要付出多少精力啊！我曾去过几家省、市级文学期刊编辑部,了解到“每日用麻袋从邮局拉稿回来”这话并不夸张,编辑们每日埋头看稿、写回执信,承担着巨大的工作量。所以我每次在方格稿纸上誊写稿件时,总是尽量写得工整规范些,以期减轻一些他们的工作量。在我书房的书橱里,至今还保存着一大摞我当年与全国一些文学期刊编辑部交往交流的信函,其中有用稿通知、有改稿建议函,还有不少是退稿中附上的手写的或是铅印的退稿函。几次搬家时我都舍不得将它们处理掉,因为这些函件真实记录着我与各文学期刊真诚交流的历史;这些函件多数都是编辑手书的,现在我有时还带着浓厚的兴趣拿出来翻阅,从中能看到编辑们不同的风格和涵养。尤其令我难以忘怀的,是1982年我刚走上业余创作之路时与《清明》杂志社一位资深编辑的交流,他的以丰厚学识为支撑的职业精神以及对待毫无资历背景的青年作者表现出的惜才育才的热心深深令我钦佩,至今难忘。那时我不过是一位年方十八岁的青年教师,却有着勃勃雄心,一上来就写中篇小说,凭着我对老家皖南山区农村生活的一些了解,写改革开放大背景下农村的嬗变,题材是既大又深的;我以老家小山村发生的一个真实故事为原型,写出了一个八万字的中篇小说《家伤》,投给了全国知名的大型文学双月刊《清明》。稿件投出后,久无回音,我很是记挂,以为邮寄环节出了问题,还专程去邮局查询过。为了排遣失落的情绪,我只能又投入到另一个中篇《愈合》的写作中去。没想到,五个月之后,我收到了《清明》杂志社的大信件,里面除了有我那篇厚达数百页稿纸的《家伤》,还附有一封信。信长达四页纸,竖排,手写工整而美观,字体颇有书法味道,且无一处涂痕,语气充满着对作者的尊重,以说理的方式恰到好处地指出问题、提出建议,给人以温馨之感。现摘录一段如下:

何立杰同志:

你的中篇《家伤》我们进行了广泛的传阅。

这篇作品给我们一个启示,即如何反映十一届三中全会之后的农民生活？在幅员辽阔、历史悠久的我国农村，仅有物质文明是不够的，还必须建设现代的精神文明。否则，有了钱，发了家，还会沿着老祖宗走过的老路去思想、去办事、去做人——这应是这篇作品的主题，也是本刊今后重点组织的作品题材之一。

但作品在指导思想上，有一个根本性的失策：忽视了典型环境对情节和人物的制约。在中国，有大量的好人好事，如果单独把这些人和事集中起来说："这就是中国。"这没人相信，因为这是天堂，而天堂是不在人间的。反之，中国也有坏人坏事，如果把这些人和事集中起来说："这就是中国。"也没人相信，因为这是地狱，而地狱也不在人间。尽管这些坏人坏事的存在绝对是真实的。所以一部作品中的具体情节和具体人物的真实并不等于就是现实主义。必须首先认识我们这个社会、熟悉我们的国情，然后才能较准确地把握这块土地上的人和事。……

接下去，他针对我作品中一些情节细节过于晦暗暴露的问题提出了非常具体的修改意见，并希望我能尽快改好寄去。而仅仅过了八天，我又收到了他的另一封来信，信虽短，却是对我总体的一种评价和鼓励，我阅后很受鼓舞，顿觉信心倍增：

何立杰同志：

……

你的另一中篇《光晕》阅后，正在送审，意见待定。

你是一位很有才华的青年，作品用与不用都不应影响你的创作情绪，希望你在构思作品时力求再精炼一些，叙事时力求细腻而不繁琐，流畅而又要跳跃。

如有新作，可寄来一阅。

……

看到这样的来信，真的令我很感意外，也很感动。一个年方十八岁刚刚走上社会且是学理工科的大学毕业生，以初生牛犊不怕虎的盲目热情，写下了一些显然还很不成熟的习作，竟得到如此认真的对待！而且那之后，凡我投去的稿子，都由这位编辑审阅，并都能得到他那意见中肯、书写美观工整的回信。我从那些回信中，深切感受到他的敬业精神及培养青年作者的热情和胸怀。与此同时，通过信函交流，我也知道了自己的长处和短板所在，学到了提升自己创作的一些非常有益的东西。这的确是一个充满感激和乐趣的过程！之后的几年时间里，在他的鼓励指导下，我的创作热情高涨，经常写作到深夜，两三年时间竟写下八九个中篇小说，而这期间我只认识这位编辑老师的笔迹却并不知道他的姓名。直到后来，我通过打听才知道他叫孙叙伦，是一位资深编辑、文艺评论家、文物学家，同时还是一位有成就的作家……

像孙叙伦老师这样的热心扶掖文学青年的编辑，在我后来的投稿历程中还遇到过一些，如《北京文学》的高进贤，《短篇小说》主编丁辰和编辑部主任王立忱等。特别是丁辰老师，也如孙叙伦一样，每篇都给我提中肯意见，既有鼓励，又有鞭策。记得有一回，围绕我的一篇短篇小说《涅槃》，我与丁老师进行过一次实实在在的讨论商榷。可以说，正是在他们的热心指导下，我才一点点地获得进步也获得信心，才使我能够在文学创作之路上一直坚持走下去，从中获得人生的感悟和快乐。

诚然，投稿的确是一种快乐的人生体验，这快乐源于一种积极的人生态度。因为投稿是一种自信支持下的行动，是积极心态下开拓人生的行动，是对生活充满了美好愿景的行动。

2012 年 7 月

珍藏于心灵的经历

我很庆幸，在我人生中有段在异乡从事教书育人工作的经历，尽管只有四年短暂的时光，尽管那是一段艰难的岁月，但因我用真心去工作、用真情去对待，很好地扛起了责任，我所收获的是纯真且历久弥深的师生之情、同事之情。虽然至今已三十多年过去，虽然当年的那所简陋的学校——繁昌浮山中学——现已不复存在，但从那里走出来的学生和同事，依然与我保持着真诚的交往，保留着质朴纯真的情感。

当年的学生一直是以感恩的心态与我交流的，即使没有见面，我也仿佛能从那些尊敬的笑语中看到每张脸上洋溢的笑容。他们用真诚得令我感动的行动与我交往，多次邀我重访故地，为了我能方便成行，甚至派专车跑长途往返接送。而当我来到繁昌后，便沉浸在他们所营造的极度热情的氛围里，生活、走访、娱乐等各个环节的安排无不体现出难得的周到和热忱。记得首次重回故地是十多年前的一次偶然的机会，我陪同家乡一位老总前往繁昌县谈生意。没料到这趟因临时启程而事先未打招呼的旅行，竟引来数十位学生的探望。晚餐的热闹程度令人始料未及，席桌座位不够他们便站立一旁，分批次敬酒，那一餐，我和随行的两位均酩酊大醉。真的，每次我从繁昌返回，带回的不仅有礼品，更有沉甸甸的感动和温暖。

近两年，他们建起了浮中微信群，将我引到了群里。这便使得更多的当年浮中的学生与我建立了联系，他们在把自己的经历和思想带进群里的时候，也把对老师的尊重和热情带进群里，常常以暖融融的问候，激情的点赞，甚至赋诗的方式不断强化感情的纽带。有位名叫徐漩的学生，专门为我写了

首三十行的长律诗,发在微信群里:

赠何老师

吾师自幼志人杰,高考脱颖金榜中;
鸠兹古城来求学,知行合一陶公梦。
学成无私赴他乡,育才热情心中涌;
教室简陋侵风雨,食堂三餐难稳供。
初心不改来授业,循循善诱冰雪融;
光学力学磁力线,深入浅出茅塞通。
浮中雾散迎旭日,无字丰碑您有功!
重任之余难停歇,谋篇布局帷幄中;
寒来暑往睡半夜,心血凝就获殊荣。
学生私思欲效仿,力行垂范播文种;
青年才俊风华茂,女生暗恋藏心中。
孝敬父母回故里,师生惜别皆动容。
三十余载杳音讯,微信群中喜重逢;
阔别回乡有高就,主事宣传在奉公。
期盼马仁重团聚,浊酒难谢师恩重!

我读此诗后感慨良多,心情激动,也即兴填词一首,作为对徐漩赋诗的回应,发到了群里:

忆秦娥·感徐漩赠诗

浮山别,师生离久情难阕。情难阕,微信祝福,心真情切!徐漩诗意话情结,相邀举酒共望月。共望月,猴年重聚,同度春节!

诗和词在微信群里反响热烈。学生们除点赞、评论外,还抓住我这首《忆秦娥》中的最后一句做文章,纷纷要求我参加他们正在筹划的三十年浮山中学毕业生联谊会。我自然无法不答应他们的邀请。

于是,我就像词中说的那样,在猴年春节的大年初三,去参加了那个安排在繁昌县马仁山庄风景区的浮中聚会。

那是一次快乐之行,也是一次激动之旅。我将我的所有感受都放进了聚会时的发言中了,我大致是这样说的:

这是一次难得的聚会。难得体现在时间的长度上。离别已过三十载,思念拉得特别长,当年的豆蔻少年、青涩青年,而今均已年过半百、两鬓斑白,人的一生,能有几个这样的三十年?更何况这是黄金般的三十年啊!难得体现在空间的广度上。数十年斗转星移,世事变迁,我们各自走过了不同的人生历程,而今人各东西,分居异地,大家都珍惜这个机缘,重聚马仁山庄,是多么不易啊!难得体现在拨冗的难度上,经过几十年奋斗,大家在社会大家庭中都有了自己的位置、自己的事业,有的身居领导岗位,有的成为实体老总,有的成为岗位中坚,正是干事创业、拼搏图强的时候,值此新春刚至的大好时光赶赴同一地方来重叙旧情,要克服的困难之多可想而知。

这是一次厚重的聚会。每个人都带着丰富的经历,带着厚积的情感,带着满贮的渴望来到马仁山庄。有的为此准备了诗作和感言,有的准备了将要表演的文艺节目,有的带上了精心准备的礼品。各位畅述的每一份经历和人生感言,都带着沉甸甸的分量,为马仁聚会增加着厚重的内容。

这是一次温暖的聚会。今天的马仁山庄,处处洋溢着笑容,充满着笑声,涌动着笑语。我所听到和看到的,皆是感谢、感恩和感动。刚才,我在稿纸上匆忙写了几行诗,描写的就是这种温暖的感觉:"阔别三十载,猴年再重逢;天南地北来聚首,情稠丝巾红。醉心沐春风,酒酣笑颜浓,欢歌笑语满山庄,情托马仁峰!"

这是一次希望的聚会。我相信马仁聚会之后,我们的联系将会加强,感情将会加深,走动将会更频繁!

那天晚上,他们用热闹的聚餐和联欢来诠释我的发言,有的人几乎彻夜未眠。

聚会结束回到家乡之后，我心还久久沉浸在那种暖热的氛围里。心绪难平之下，我拿起笔又填了一首词：

鹧鸪天·浮中聚会

猴年春早气象清，师生聚会马仁行；情投无暇赏佳景，意暖巾红心满晴！夜难寐，畅梳情，欢歌美酒笑温馨；贺诗寄语翩跹致，佳日归来醉未醒！

人，能获得一份真情多么不易，这首先需要你付出真情。

人，能长期保持一份真情更不易，这需要你用一颗诚挚之心认真持久地对待过往。

我会一直珍藏这段经历、珍惜这份真情。

2016年12月

GANCHU · GANWU

感触·感悟

一棵在城市缝隙里挣扎的树

终于决定要伐去门前这棵苍老的苦楝树了。这是一个虽然痛苦但似乎明智的决定。我费了很多周折才找来这个据说有着高超技巧的三人伐树队，在建筑物拥挤、空间狭小的城区伐树，要保证不造成破坏，的确不是件容易的事。

我站在房门前，有点儿痴愣地望着他们玩杂耍般的伐树动作。这与在野外伐树不同，他们先得将树枝杈用绳索在几个不同方向牵扯着，然后一节节地放下来；待将枝杈除净了，才将树干一段段地用绳索吊下来。这个过程说起来容易，做起来可不简单，具体操作起来是既缓慢又繁琐的。然而，我一直望着它们，就如同为什么人送行似的。——这一切均缘自我对这棵衰老的苦楝树的感情。

自幼年时代，这棵苦楝树就一直伴随着我——它伴随着我成长，也日复一日地伴随着我的喜怒哀乐。当然，那个时候，它所拥有的空间还相当开阔。院子很宽敞，院子里仅有的这棵苦楝树便能够尽情地伸展开它茂密的肢体。而我们相邻的这帮小把戏，自然更加会利用这种资源了，在它的荫翳里成天儿不知疲倦地嬉戏玩耍，或围着它玩老鹰捉小鸡的游戏，或用爬上树摘下来的枝条打仗，再不然，就分成两个阵营，分别在树上和树下展开攀爬和反攀爬的战斗等等。总之，在苦楝树的荫翳里，我们留下过太多的欢笑和乐趣，它看着我们一天天长大，一天天走向成熟，同时也把一幕幕美好的情景留在了少年并不复杂的记忆之中。

后来我中学毕业了，考取了外地的一所师范大学。于是，我离开了家乡，自然也暂别了故乡的这棵一直矗立于我童年、少年生活之中的苦楝树了。待到八年之后，我重回故里时，我发现这棵树所拥有的生存空间已相当可怜了——它原先拥有的空间，已被陆续建起的房屋所蚕食。现在，留给它的空间，仅是一条狭窄的巷道，而且，阳光无论从哪个方向过来，都很难照到它的躯干，它因长期得不到充足的光照而开始腐朽了。渐渐地，它被风雨岁月掏空了身子，以令人难以想象的速度迈进了迟暮之年，使人不免担心它会在某个风雨交加的日子里轰然倒下。这种担心随着它的蛀空程度和在风雨中摇晃程度的加大而日趋强烈。于是，终于使我下了伐树的决心。因为与其让它悲惨地在城市的缝隙里痛苦地挣扎，不如让它体面地离开这个世界；这样既可避免出现有朝一日突然倒下的悲惨情形，又可避免因它的倒下而使周边的建筑遭到损坏——这的确是一个理性的决定，尽管这一决定也的确伴随着我痛苦的抉择。

我靠在门框上，无奈地望着它稀疏而又老态的枝杈一节节地离开它的躯体，内心涌动酸涩的情愫，就像自己突然间丢失了一段美好的珍藏。每一段树枝被拖走的时候，都拉长了我专注的目光。当最后的树干顺着巷道轰然倒下的时候，我才有种类似于腾空者落回地面的感觉。是呵，来者终会来，去者终会去，这是无法抗拒的事，更何况树毕竟没有空虚地去，它带走了那么多可资回味的生活以及主人对它的美好记忆和怀念。这一切难道不值得庆幸吗？难怪，它最后的倒地，也显得那样的果断和豪迈，仿佛一位英雄。

是呵，从某种意义上说，它是快乐地离去的，就像病入膏肓者突然间撒手人寰获得解脱，从此它无需再在狭小得令它窒息的空间里挣扎了。的确，既然没有可供它快乐生存的必要条件，又何苦再继续坚持着无意义的挣扎呢？

然而，生命毕竟还是生命，生命对世间的思念似乎是永恒的。翌年春天，这棵树的树根竟然多处都冒出了嫩芽，并一个个顽强地展开生存赛跑——尽管它们因为缺乏光照而明显地露出发黄的病态。我不忍心让它们进一步品尝生存条件缺乏的痛苦，将它们一一掐掉了。然而，它们又会迅速地在某个早晨露出尖芽。如此反复多次。与其让它畸形生长，莫若让它作别的好。因为我始终认为，生命应当是美好而快乐的，起码不应该始终是挣扎着的！

我以为,这逝去的苦楝树并不悲哀,因为它曾经美好过,曾经拥有过那么多值得回味的时光……

2011 年 7 月

回味孤独

孤独似乎也是值得回味的,有时甚至是美好的。

即使现在想来,多年前的那些个恬静的乡间夜晚,于我依然弥足珍贵,并时时牵动我飞扬的心绪。

那些普通的夜晚,属于三十多年前我在异乡一间农村中学工作的时候。那是一间偏僻简陋的农村学校,而我又是初入世道、年轻单薄且孤身只影,异乡的月色在我的心目中清纯又清冷,融入我浓浓的乡愁。

学校规模小,教师多是当地人,且"半边户"居多,自然"走教"者也多。于是,每当残阳沉落,夜色降临之后,乡间的这所远离城镇的学校便陷入无边的宁静之中了。

乡校的夜晚,带着几分温馨和神秘。我独自沉浸在夜色里,为排遣孤独而做些合乎自己性情的事,诸如沐浴晚霞散步,伴着暮色歌唱,埋头静心写作等等。

沐浴晚霞散步是进入一个恬静乡夜的舒缓的引子。学校坐落在一个大的圩子里,走出校园便是大片的田地。江南水乡的田园平坦而又开阔,置身旷阔的原野,默默于阡陌上蹀躞,感觉自身就像是一株绿禾,不知不觉就融入了这连片的绿意之中了。正当晚霞消退之时,眼前依旧是醉心的绿而远处却为落霞浸染,原野由近及远显出丰富的色彩层次;放眼远处,雾岚略起,模糊了天地的界线,但视线依然没什么阻隔,凸起的小丘和孤独的村落均被浓荫包裹,显示出含蓄的神秘;一两棵树木以天色为背景兀自伫立,画一般绘在多彩的天幕上。在这里,人踽踽踱步,自然而然地会放开胸中的郁结、排开心头的孤寂，让思想和自然进行无声的交流，让心绪与色彩进行充分的交融……

最令我沉迷的还是那月明星稀之夜，受月色诱惑，我大抵什么事都不去做，独自躺在那张只能容下我一人的简易床上，默默品味着、享受着这宁静清纯的夜晚。溶溶的梦一般的月光透过窗棂，将树叶的影子投在蚊帐上，犹如一幅写意的国画。窗外，风吹树叶发出沙沙的声响，叶影也随之在蚊帐上颤动。我有点痴然地望着那些叶影，闲适地躺着，任天籁拨动思绪，悄悄于诗意的宁静里展开遐思，感受着这孤独之美、恬静之美。

后来，我因受了某种牵引，执着要走出这种孤独。人就是这样，眼前的痛苦常被夸大，而眼前所拥有的，似乎又不及遥远的景象那样诱人。持久的努力，使我终于回到了故乡这座小城，成了家，有了孩子。

小城在改革开放的大潮中发展了，楼多，人也稠，却几乎寻不到什么绿色；草木的馨香尽被混凝土的气息所取代。楼挤楼，人挤人，车挤车；无法独自于绚丽的黄昏与自然静谧地交流了，无法再见到斜射而入的清淡的月光了，无法再听到宁静之中的沙沙叶响了；人声无处不在，噪音无处不在，欲望无处不在。经历过乡校之夜洗濯的我，至今似乎仍难以在这里融入世俗之流。于是，在这人稠之域，我似乎又陷入了另一种孤独。这孤独较之于前似乎更刻骨铭心，且难以走出。处在这样的孤独之中，自会更多地想起十多年前的那些清纯的夜晚了……

2000 年 8 月

旅　　行

那是一次很普通的旅行。

一个炎热的季节,为赴一个笔会,我被车船载着去了遥远的地方。返回途中,因买了些许书籍和文化用品,囊中竟羞涩起来,及至在省城车站下车,兜里仅剩下购一张车票的钱了。

其时,已是深夜一点钟。我无钱住店,又耐不住候车厅内的闷热,只得于厅外寻一地点坐下,无遮无掩暴露着自己的寒碜。夜的车站仍不宁静:周边,赴外打工者就地而卧、鼾声起伏,揽客的“面的”和摩托车的嚎叫拨动人的神经,此外还有闲杂人等杂沓的脚步声甚或粗鲁的呼喊。嘈杂使睡意遁去,疲劳袭来,头颅益发沉重。一种关于生存景况及人生旅行的伤感悄然而生。

渐渐便有了一种饥饿感,见不远处还有小吃摊,便拖着行李挪步过去。摊主是一瘦弱妇人,上衣大半被汗水打湿,散乱的头发粘在额上,憔悴的面容里,似蕴含着某种难以猜度的内容。小锅里的热气寂然飘出又瞬息即逝。一小男孩立在她浓重的阴影里,扯着她的衣角反复道:“妈,回家吧?”摊主狠狠地打掉男孩纠缠的手,将我要的馄饨端上来。

小男孩在哭。泪在肮脏的小脸上流淌。这时,我发现男孩生有满头的疖子。摊主这才放下手中的活,拉过孩子哄道:“妈马上就收摊!山儿,别哭了……等你爸回来就好了,你爸他总是要回来的,他不会总在外面……”言语充满悲壮感。

当我离开时,忍不住回望了片刻。

重新择一地点坐下,恹恹地靠在行李包上,仰望着被楼群挤得很窄的天空。渐渐地，神情便有点恍惚，过往的时光回闪于眼前。

猛然想起车票难买，便决定提早去排队。但售票窗口前，已有捷足先登者。最显眼的，莫过于那位抱着孩子的男人了。他打着赤膊，怀中婴儿才三四个月大，猫似的蜷缩着，像个肉疙瘩。看得出他来自农村，却不知被什么牵引着要抱着不宜远行的婴儿做长途旅行。婴儿不时地啼哭，汉子只知拿一根棒状橙汁生硬地喂，看得出，他并不熟练。汉子异常地执着，一直坚守着他在购票队伍中占有的位次。我虽猜不透他心中的那份期冀，但我似乎已明白，他的远行，定有充足的理由。

似乎是受了感染，我也坚定地占领我的位次。长久立着，腿有点颤。

旅行累呵！我不禁叹道。

不过，旅行总归是不易的，我又转过来想。人自降生之日起，不一直是在旅行吗？尽管伴随着艰辛，终了还是得为之设法——只要希望不泯，便不管征程如何、结果怎样，不管汗水是否打湿了胸膛，牢握自己的一份拥有，穿行于人世的风雨里，将挪过的每一步，都当作生命的延续。

拂晓时分，售票窗口突然推出“票已售完”的牌子。与此同时，票贩子出现了。我下意识地将手伸进衣袋，不知剩余的钱是否买得起一张高价票。

但有一点我深信，我会完成我的旅行。

1995 年 3 月

秋　月

秋月是最美好最富诗意的夜景。

澄碧幽邃的秋的夜空里，明月有时像一条小船，在没有风浪的天河里漂渡；有时又像一个多愁善感的仙女，踽踽游移在寂寥的天宇；而当你注视并欣赏她的时候，她又是你心中一个浑圆的念想，温暖地升起，温柔地漂移，温馨地传递笑意般的银光。

因而，朗空中那澄莹的秋月，总能勾起人的遐想，撩动人的情思，激发浪漫情怀。

我至今仍能记得，异乡的秋月曾给予我的慰藉。那是在二十世纪八十年代初，我从高校毕业分配到异乡的一所偏僻的农村初级中学任教。学校坐落在远离城镇的乡野，规模小，住校老师少。每到夜晚便显得异常的冷清寂寥。那时我才十七八岁的年纪，一直在城里长大，第一次接触农村，第一次感受乡野的宁静，心中不免生发某种孤独感，常拉开一片难耐的空白。中秋时节，天高气爽，夜空澄明，秋月挂在我宿舍前的那幢青砖老瓦屋的脊角上或者老屋背后那两棵椿树的枝梢上，像亲人的笑脸，用柔纱般的月光送来含蓄的问候。我被她牵引着走出校园，在乡村小道上踯躅，欣赏月光里的乡野风景，吸纳月光下的乡土气息，同时也默念着家乡、默念着父母，常常走得很久、走得很远；内心的那份空漠，渐渐被某种温馨的感受所填充。待我返回学校时，感觉孤寂落寞的情绪已被秋月皎洁的柔光洗去了，同时也将我的浮躁洗去了。我的心沉静下来，开始学会在清冷的环境和清淡的生活中安排自己的日程。

于是，这秋月秋景，渐渐让我沉迷了。也许正是从那时开始，我自然而然开始关注秋月，喜欢在月夜里散步了。

我现在还常常回味，老家的秋月曾给予我的温馨。老家在皖南山区，在大山的皱褶里。旺龙山的半山腰上，三四户人家在祖先于竹林之中开辟的一小片平坦之地上繁衍生息，一载载的日子堆积起来，压实了小山村的人文基础。所以，村虽小，但徽风徽韵依然浸润着这个山村。

父亲是从那里起步，一步步走出大山，走到现今的水乡泽国落脚的。父亲每隔一两年便带着儿子去故土省亲，常常是在天气较好的秋天，这便使我有机会去老家欣赏山区美丽的秋景和秋月。

山区的秋月在大山的衬托下，更显得冷艳、澄莹，每回在老家的夜晚，当父亲和叔叔一家子谈心的时候，我常常一个人走出去，独自立在屋外的平地上或踝躞于窄曲的山道上，看山区秋月清冷明亮的孤独身影，看她在黛蓝深邃的夜空中漂渡或在碎云中穿梭的样子。有时，我干脆就坐在一块大石上，看澄莹皎洁的秋月在对面那叫弯下的山坳里孤寂地逗留。月朦胧，夜也朦胧，月光悄然流泻，映出山峦朦胧的轮廓，也映着大山的宁静。我沉浸于这种意境中，神思有些恍惚，仿佛觉得那明亮的秋月就是祖母的笑脸，带着温馨的微笑；祖母看到我来到了老家——恍惚中我在心里这样想——她老人家可能忆起了在雷阳古城生活的那些日子，所以她笑了，她的笑带给我满心的温馨。

我如今还常常想到，堤上的秋月曾给予我的抚慰。那是在一些年份的防汛日子里，我作为县下派干部驻扎在圩口，历经了两三个月的艰辛努力，身心俱疲的我们还要完成江闸开启前最后的坚守！这时，疲惫的心理又加入了思亲的情绪，显得格外难耐和沉重。于是，在秋后的夜晚，我不知不觉便走上了堤坝，既为巡堤，也兼去看看堤上的秋月。

堤坝上的秋月别有一番风味。水乡秋之夜空是旷阔而又清朗的，秋月就挂在瓦蓝幽邃的天幕上，静察尘世百态。如有晚风轻拂，则秋月在水中瑟瑟颤动，月光飘泻到水面，带出粼粼波光；如若风平浪静，则月光将岸边的房屋和树木的影子投到水面上，秋月便倚在水中的屋脊或树梢上。而空中的秋月，则依然一副和蔼可亲的容颜，勾起人思亲的遐想。

在那样的夜晚，我往往是一人独自上堤。湖水清新的气息融入朦胧的月色里，浸润人的心脾，仿若置身于梦境，让疲惫的身心得以放松、得到抚慰。

而今，我久居小城，已经很少置身乡野的秋夜了。虽然，在秋高气爽的夜晚，我也常常在小城的街道上散步，但看到的皆是街面的灯火、店堂的亮光、车灯的耀眼和人影的交错，并伴之以市井的喧哗。已经很久没能静下心来去欣赏和感受一轮秋月了。不过，每到中秋时节，过往日子里的那些美好的秋月，还时常会浮现于脑际，让我在回味之余还有兴味去寻觅属于小城的宁静的秋月。

在我居所的附近，有条张家坝，尽管它不能与江堤和大河大湖的圩堤相比，但却是小城里相对安静之处。我常常牵着那条名叫"托尼"的漂亮小博美犬在坝上散步，一边承受秋风温柔的抚摸，一边欣赏美丽的秋月，并不时联想起往日那些美好秋月的倩影。

不过，现在，"托尼"已经不在了，它因病离世了，而我依然保持了在夜晚的秋堤上漫步的习惯。我在悄然望月的时候，每每就能想到"托尼"的样子，我甚至幻想，满身纯白长毛的小"托尼"的灵魂，是否随风飘到那秋月之上去与玉兔为伴了呢？

无论如何，秋月始终是伴我人生的一道最美好的风景。

2017 年 9 月

桃　　红

少时读陶渊明的《桃花源记》,对陶翁笔下的那个世外桃源很是歆羡,心想,现世若也有那样一个艳丽怡人无丝毫纤尘的桃园,让渴慕者身临其境,体味一番“夹岸数百步,中无杂树,芳草鲜美,落英缤纷”的自然之美,那一定是件愉悦心灵的事。

那一年仲春,我随父去老家探亲,在老家所在村及其周边村落走亲访友的时候,偶然闻得对面山坳子里有个叫桃庄的村落,自忖那里一定有很美的桃园,而且可能桃树满山,桃红氤氲,便不辞辛劳,独自沿一条入山小道前往探寻。然而行走半日,分别经过了弯下、溪头等几个小小村落,却一直没找到桃庄,也没见到一棵桃树。后来,在一个仅有十来户人家、坐落于半山腰的村庄,我终于停下了脚步,不打算再走,因为实在太疲倦。我看到一位头发花白的老人手持一把小镐,背着一个藤条篓子正往背后的山上去。我喊住他,并加快步子跟了上去。我客气地递给老人一根烟,而后问他可知道桃庄在哪里。老人看了我半晌,似乎认定我是个善良的书生,便解除了戒备,沉吟良久,开口问道:“你找桃庄做么事？找人还是…”

“我只是想看看桃园,看桃树、桃花。”

老人有点好奇地望着我:“这儿以前就叫桃庄,后来改叫寨园了。”

“为什么要改？是不是桃树没有了,才……”

“那倒不是,”老人马上否定道,“以前这儿有不少桃园,村名也是这么来的。后来强调‘以粮为纲’,全国学大寨,全改成大寨田了。”

老人没再细说,我也能听懂老人介绍的情况。那个年代,就是这么个情形。我想象着当年这里桃红映山的艳美景象，不禁也随老人一同喟叹。老人见我如此表情，像找到知音似的，竟坐到一块石头上，和我谈起过往的事情。我给他把烟点上，以此引导他把话匣子打开。老人说：他从小就随其父学习种桃技术。新中国成立后进了专门的林校学习，毕业后到县农林局工作。为了兴盛家乡的桃园，二十世纪六十年代初搞责任田的时候，他舍弃城里舒适的生活回到家乡，一面帮家人侍弄田地完成包产到户的生产任务，一面以所学技术帮各户开发自留山种桃，自己还带人开发几处荒坡，使之成为桃园，使得家乡的桃园一度远近闻名，很是红火。可好景不长，没多久这些做法就被批作是在走资本主义道路，路子偏了，要纠正，不久便开始了"割资本主义尾巴"运动。他当时没有想通透，思想一时没跟上，为挽救势头正旺的桃园，他与公社派来的工作队发生了从语言到肢体上的激烈冲突。之后，他的下场当然很惨，被当作走资本主义道路的"坏分子"四处游斗……

"桃已经没了，村名后来也改了。"老人低沉地说，眼睛红红的好像已经湿润了。

我静静听他诉说，能感觉到他内心的伤痛。

"那时我真不该辞职回乡来，要不我现在也在城里过着养尊处优的日子了。"

"不能这么想呵，你是为了家乡的发展才回来的！不管结果如何，愿望是好的！"我安慰他道，"现在政策变了，国家正在实施退耕还林，您老还可以施展抱负呵。"

"不行了，人都老了，没那个身体也没那个精力了！"老人伤感地说，"年轻人的思想也都变了，不想到乡下待，且对搞农林开发都没得兴趣，毕竟投入多、见效慢啊！"

"你子女呢？有没有这方面的想法？"

"两个女儿都远嫁了，有一个儿子，去沿海发达地区务工去了，一年回不了一趟家。"

我没有再追问下去，毕竟萍水相逢，怕触了老人的伤疤。老人也问了我的情况，我告诉他我的根也在本地，并告诉他我父亲的名字。他脸上立刻泛出笑意来，说知道我父亲，还说我们家在这一带是有名望的。我说，希望再看到这里桃花灿烂的景象，也希望这个村改回原名。他找我要了联系方式，并认真记下了我的姓名和地址，说村子要是真的变得像我希望的那样了，一定写信跟我联系。

光阴荏苒，一晃十余年过去了。这些年，各种事务缠身，似水的流年渐渐洗褪了过往的记忆，以至于某一日，突然接到一封陌生的来信，竟忆不起来信者究竟是谁。读完信，仔细追忆，才从字里行间寻出那位老者的神情。老人信中告诉我，他的儿子返乡创业，在家乡投资开发桃园，同时发展经果业和乡村旅游业，村子变得比我希望的还要美了，希望我能抽空过去看一看……

老人是个认真的人，他还牢记十多年前的那次邂逅谈话，更牢记心中贯穿一生的美好事业。他的邀请是不容推诿的，他眼下已临人生的尾声，唱着事业的晚歌，需要有人在其构想的事业之树上缀一道彩带。这是一个夙愿，一种慰藉，一道对人生的精彩注脚！

于是，我去了，揣着那封沉甸甸的信。然而，我却没有见到他——他携着被桃红染红的梦安详地辞世了。他的儿子介绍了他最后的情况。我的眼鼻有点发酸。

我跟着老人的儿子缓步而行，寻觅老人的足迹和梦想。展现在我眼前的，是一个崭新的美好山村的美丽景象，徽派风格的房屋整齐排列粉刷一新，屋场整理得如同花园一般，散布各色苗圃，接待乡村游客的标志随处可见。周边是一片片绚丽宛若彤云的桃红，错落有致浮于山坡之上，山峦和村庄都绽放出醉心的红颜，似在与霞色比美了。

我尽情地让心绪和视线同时放飞。那绚丽的桃红，已抹去了心中的晦暗。眼前那棵棵桃树仿佛幻化成了老人的笑脸，我从那笑容里，似乎也汲取到了一种人生奋进的力量！

“我是在阿爸一再要求下才回来的！我回来之后，他真是倾其所有来支持我，没有他就没有今日的桃庄！”老人之子感慨道，“爸说是受你启发他才重树了信心。可惜他走了！如果阿爸在，看到你也来了，那该多好！”

“其实他老人家一直在这里。”我安慰道，“瞧眼前的这一遍桃红，不正是他老人家希望的吗？他会安心地扎入泥土的！桃花凋谢了，落入深厚的泥土，然而那沉甸甸的果子，便会坠满繁枝，这才真正是价值的体现呐！”

令我欣悦的是，少时的愿望，今日竟得以实现，此地不正是我所要寻觅的桃花源么？不过，陶翁描写的是理想，而此处却是现实的佳境！

2003 年 5 月

蓝色风衣

秋叶在飒飒的冷风中凋零了,零星飘落到这条宽阔的柏油马路上,又很快被突起的风或各种疾驰的车轮扫出路面,归到树脚下或一旁的沟渠里。

我心头的那朵模糊、虚幻的希望之花也在她冰冷而又不无伤悲的告别声里,在我那悱恻的叹息中凋零了。失去了色彩与光泽的花瓣四散开来,飘洒一地,被我沉重的车轮狠狠地辗过、辗过,静静的,不发出任何声响。

她走了,离开了冰冷的我,走到她认为是温暖的日子里去,再也不会返回了。她很注重现实,一如我耽于幻想一样。"也该想想今后的日子! 你长年累月地两头跑,往后的日子会过成什么样子?"她阴郁地说,深深地忧虑着,叫人惭愧极了,"像你这样在城里寄居,总也不是个办法;既然调不进城,那也只好……"

幻想一旦破灭,脑中便空空如也。眼下属于我的,便只有这条冰冷的洒落枯叶的公路了。这十几里路,看来我是永远也骑行不完了,它不知什么时候搭在了我的车轮下,一直延伸到我那不知情状的归宿地。

车是越骑越重了,就像我的心越来越沉一样。风如梦般吹拂,空气愈来愈浓稠。

反应似乎迟钝了许多。那天,车后架上的一双新买的鞋掉了,半晌我才反应过来。回头去找,见一妇人拿着那双鞋往路旁的家里走。我赶上去说明缘由,妇人反问:凭什么说这鞋是你的? 有什么能证明? 之后她说这鞋是她刚买来的,而四周并无商店。但我有口难辩。

哦,这世界上有太多的注重实际的人! 那么我,为什么有太多的清高和幻想？是谁教会了我幻想？是我那一堆又一堆的书籍还是我那远离市井的生活方式？现实已越来越冷漠，而冷漠的世界是容不得清高和幻想的，这里需要的是实在，实在了还要实在——就像她拖着叹息离我而去一样，我苦苦思索，思绪杂沓，头脑晕眩。

前面，那位身着天蓝色风衣的漂亮姑娘又骑车迎面而来了。这姑娘曾多次吸引过我的目光——没有别的企图，只因她那潇洒姣好的风采和人的爱美的本能。——她与我所行正好相反，可能她在城里工作而住在乡镇。因为频繁相遇，我们终于能够在交错的瞬间里微笑相视，然而终究不知她的一切。她依旧骑那辆轻便"飞鸽"，那件天蓝色风衣依然那样潇洒地扬动。她清秀的脸上照例浮着几丝笑意，似乎无意，又像是有意。而我的脸仿佛已被冻结，再也不能绽出笑容来了。

是呀，为什么非得相视而笑呢？为什么非得以那虚假的微笑来掩饰内心赤裸裸的实在？她也有她实际的生活准则，也有她实实在在的日子。她固然也有自己色彩艳丽的故事，然而我这么一个虚脱者，为什么非得去探寻她那故事的内涵？

于是，我多次匆忙地错过了那蓝色风衣，埋头行我自己的路。然而，头脑昏沉，终究要出点小事。那天我匆匆往回赶路，后架上的包不知什么时候掉下了，待我发现了停车往回看时，已见不到包的踪影。我不由得想起不久前我那双新买的鞋的命运，便对那不幸的包不存幻想了。可是，那包里有我新领的一个月工资，还有一些很重要的证件、材料。于是还是怀着侥幸心理骑车往回寻找，骑了很长一段路，仍不见包的踪影，我失望了。蓦地，我又看到了那蓝色风衣，它没有飘扬，而是闲适地垂着，罩着一个姣好的身躯。姑娘手中拿着我的那只包。她用微笑引导我过去，好像早已知晓那包的主人是我似的。"我知道那个粗心人一定会回来寻的，嘻嘻。"她笑道，笑声比言语更加悦耳。"说说包里有些什么东西吧，以证明这包确实是你的。"我不知自己到底说了些什么，只觉得自己的身躯完全消融在她温馨的笑意之中了，有点机械地按她的指引作回答。"你太马虎了，这么一大件东西掉了都没察觉！往后可得小心点喽！"她说完便骑车而去了。而我却痴愣在那儿像根木桩。

我委实太马虎了！我失落了很多，只得经常地去寻找！而且，我只知寻找，竟不知从中去发现、去领悟！是的，我委实太马虎，我仍不知她的一切，我居然什么都没问，我到底怎么了？

我目送着她远去，那蓝色风衣在我视觉中飘动，幻为一团迷人的柔纱似的雾，氤氲在我心田。又宛如一条蓝色丝带从我视际中划过——那是一条什么样的丝带？那一头紧系着那辆“飞鸽”，而这头却始终在我眼前飘荡，于不经意间牵动我恍惚的神思。我心头渐渐热了起来，对生活的深层意义似乎又有所觉察了，面前似有一轮太阳在混沌中升起……

我似乎有了某种意念，隐约感到，她的笑声是温暖的，我暗想，自己是否可以尝试着伸手抓住蓝色丝带的这一头？

两个月以后，我参加了一位高中同学的婚礼。我这位同学是县中学的知名教师，平昔也不怎么来往，但婚礼毕竟是人生大事，我随了一班人凑份子去了。当我来到婚宴现场，惊讶地看到了身披婚纱的她——那只曾身披蓝色风衣的“飞鸽”！我愣在那里，竟有些不知所措。但很快又恢复了平静，我以通常的方式招呼了他们。她依然那样含蓄地微笑，就像她骑着那辆“飞鸽”时的神情一样，依旧是那般的从容和自信。

那神情此刻也感染了我，我感到眼前已不再混沌，内心也似乎清朗了起来。我若有所失但也若有所悟。我用潮湿的眼波祝福了她。

生活其实并非那样晦涩难懂，只要你有一颗清朗的心。

1989 年 6 月

纤夫之履

一曲《纤夫的爱》曾红红火火唱遍全国，炙热的旋律携着“哥哥”和“妹妹”的感情在各色屏幕上欢快地跳荡，渲染着一种浪漫的情调。纤夫的生活，因了此种艺术的处理，而有了某种诱人的魅力，甚或令人向往了。然而照直说，我的情绪却始终无法随之而“在纤绳上荡悠悠”，这恐怕缘于孩提时代烙入记忆的那些关于纤夫的深刻印象吧。

那似乎是条悠久的河流，多少年来一成不变地从我置身的这座小城蜿蜒而过，悠悠地与我的记忆缠织在一起，缠绕着我的童年、少年；潮湿的河湄上曾经有我游玩嬉戏时留下的单纯的足印。那时的河流，河水清澈、河道宽阔、河滩平缓，常有形态各异的帆船或乌篷船从远方驶来。其中最惹人注目的，当是那靠着纤绳的牵引而行驶的大木船了，而那拖船前行的纤夫，给人的视觉冲击，尤为强烈！

依稀还能忆起那些汉子的形象。在昏沉或澄莹的天幕下，他们袒露着汗淋淋的胸脯，粗实的绳索深深抠进古铜色的肌肤。紧绷如弓的身躯极度前倾，几乎贴着地面前行；眼睛艰难地向上翻起，努力让视线投放得高远，以探视前方的路途；青筋暴突的双脚，踏着众口呼出的号子，在难以下脚的浅滩上硬是踩出了道路……肩负重轭，步履沉沉，生存的艰辛已融入深沉粗犷的号子。然而，那刚劲的动作和庄严的神态里仍透着源自血液、植根心田的执着和刚毅。

印象最深的，当属那个晦暝的黄昏。风在河面撩起层层波澜，一条陈旧的帆船在纤夫们激越的“杭育”声里徐徐驶来。我被那仿佛与大地一同震颤的摄人心魄的号子所吸引，先是驻足眺望，继而一阵小跑靠近前去，好奇地随背纤的队伍一同行走。不谙世事的孩子竟然也被纤夫们的艰辛及其精神所打动,恍惚间,身心陡然也紧张了起来,仿佛自身也投入到一个平凡而又伟大的律动里,不由自主顺应着某种难以抗拒的召唤。孩子的天真行为引起了最前面一位年轻纤夫的注意,他好像冲我笑了笑。这善意的表示给了我胆量和勇气,我靠近他,问道:

"叔叔,很多船靠帆来推动,你们的船上不是也有帆吗?"

"伢呀,顺风时才用得上帆呢!"他笑道。

"那么顺风时你们就可以坐在船上看风景了?"

"……"年轻人点点头。

"哈,你们好快活,可以经常坐在船上看风景!"

"伢耶,你还小,不晓得事,赶路的人,总是遇到逆风逆水的时候多呵!"他严肃地说。

我似懂非懂,感到他话语里有某种更深的东西。我眨眨眼幼稚地望着他,发现他年轻的额头上竟然有了与其年龄不相称的皱纹。

"伢呀,你还小,莫问许多,长大你就明白了。"他亲昵地摸摸我的头。

这时,后面有位大胡子长者指责了年轻人,长者的威严使他立刻警觉了,他朝我挥了挥手。

"他干吗要骂你?"我顽皮地问,"你又没干坏事。"

"他怪我分神了,"年轻人压低了声音说道,"因为背纤要齐心,谁要是开小差或者偷懒,整个队就要松垮掉的!"

"……"

我伫立河滩,目送着他们或扬或抑的身影缓缓融入薄暮里,幼小的心灵竟也感觉到了某种沉重。

多少年过去,那形象、那身影仍不时在脑际浮动,并激起很多的联想。尤其那年轻纤夫的话语,时时叩击心扉,给人以激励,使我无论面对怎样的挫折都不致疲软或坍塌。

是呵,在纷繁且充满艰难的现实生活里,我不过也是一名背负重轭步履沉沉的纤夫。

2002 年 9 月

升　　华

她站在堆满鲜花的报告台前，面对千百张敬仰的面孔，如泣如诉地报告她丈夫王红卫烈士的事迹，讲述她和丈夫牵手十余载里的点点滴滴。串串感人事，句句动情言，随着她话语和情感的起伏，台上台下已是热泪如雨。我坐在主席台一侧，望着她全心投入的侧面，心中有段悲壮的旋律在回旋。

这种思想和感情的洗礼，对我来说已不止这一场报告会，在一个多月的筹备日子里，作为"王红卫英雄事迹报告会"组织者之一，我已多次聆听这样的声音，每次都有种触及灵魂般的感受。思绪的浪卷重重叠叠、翻卷起伏，就像思想不断地翻开新的一页！我生发出诸多的感慨。

记得当初我提议让英雄的妻子参与报告团时，很多人都心存疑虑：一个刚刚痛失夫君、沉浸在巨大悲痛之中的女人，她有那么坚强的意志，能够控制住刻骨铭心的悲情站立在公众面前吗？她有那么开阔的胸襟，能够袒露深藏于心的情怀去做教育人激励人的事情吗？但事实上这一切的担心都是多余的，第一次邀请，她就同意了，我们无不感叹英雄的妻子所具有的襟怀和气度。

首次试讲她便一下子打开了情感的闸门，似乎无法控制。我们只能感受到她的那种揪心的伤痛，而听不清具体的内容。我们不免又有了怀疑，以这样的方式面对听众，感情显然得不到升华。但事后，凭直觉，我却隐隐地感到，她的报告笃定能够获得成功，因为她的真情实感无法替代，是报告成功的坚实基础，只是在运用上需要加以引导。果然，在报告团成员们的建议下，她表现出了极强的接受能力和自控力，第二次试讲，就将感情和内容恰到好处地有机地融合在了一起，使她报告的感染力和境界得到很大提升。于是，从那一回开始，我们便开始了一次比一次更深入的倾听——从试讲到正式上台，从乡镇到县城，从百人小会场到今天的千人大会场。渐渐地我们都确信，即便她说上一百遍，她的听众也会有一百种新的感动和感慨。

现在，她站在聚光灯下，强烈的灯光映着她憔悴的面庞和泪痕，映着她的伤痛和坚毅。而她展现出来的，是一个既钟情又坚强的女性形象；她并没有被悲伤所压倒，相反却在悲伤中令人起敬地挺立着，人们因为她的坚毅而更增添了一份对她的敬意。与此同时，通过报告，她也更全面、深入、清晰地懂得了她的丈夫，懂得了与她相濡以沫的那个人何以可敬、可爱、可学，何以成为一名烈士、一个英雄。

一个人的情感，如果封闭于心，哪怕它再真挚、再深沉、再高尚，也仅仅只是一己的情怀，只有将这份情感与社会联系在一起并融会到一种崇高的精神之中，才能得到升华、走向博大！王红卫的妻子似乎一开始就懂得这一点，她那深沉的情感，经由她的报告、她的深情的倾诉，已不再仅仅属于她个人，而是成为全县人民共同拥有的、激励人向前向上的情感了。这种升华，不仅是她个人所需要的，更是这个社会所需要的！它让高尚者愈加高尚，让平庸者感受着并憧憬着高尚，让悲观者看到了，在这个被他们视为"世风日下"的社会里，的确存在着这样的人："他心里装着家庭、装着同事，更装着工作，在工作和家庭都需要他时，他会毫不犹豫地选择工作，并在完成工作之后，尽己所能，把做丈夫、做儿子、做兄长、做父亲的责任和义务履行得让所有的人都为之感动。"在面对飞驰而来的凶猛的盗贼时，他奋不顾身地迎击搏斗、救护战友，并敢于献出宝贵的生命！

"你用生命写就的辉煌，是我今生永远的骄傲！"英雄的妻子，将她的感情升华到了一个令人仰视的高度！

2003 年 9 月

一种感受

如今，整理衣橱衣柜，恐怕是多数城镇家庭都感头痛的一件事了。原因大致有二，其一是衣物确实太多太杂，其二是陈旧过时衣物积压严重。时下，衣服款式、色彩等的翻新速度极快，不断兴起的各种服饰潮流令人眼花缭乱，不可避免地加快了每个家庭陈旧、过时衣物的堆积速度。衣物的无节制增多、堆积，造成衣柜空间的紧张。于是，每当季节更替，清理衣柜，大抵便成了现今多数城镇家庭不可或缺的一项重要工作了。

然而，清理工作的确不是件省心的事。将各类衣物从柜橱的多个隔层内取出本已不易，还要逐件取舍更令人头痛。有些衣物要从做工、面料、款式、色彩、新旧等多个角度进行综合分析评判，并经过一番思想斗争之后才能决定其弃留。每次，面对那些成堆的、大多还很新的废弃衣物，经历过贫困日子的我，常常有一些感慨，有一些悠然的回顾与联想。

最常想起的，是我考取大学那年的情形。记得那是一九八〇年，改革开放的春风刚在神州吹起。在家排行第五的我，在准备赴校就读时，竟寒碜得凑不齐四季所需的没有破损的衣物。从那个年代过来者大都很清楚，那时因家境困难，家中排行靠后的孩子一般很难穿上新衣，往往都是穿哥哥姐姐们穿小了而淘汰下来的旧衣。为维护脸面，我只得去信给在外地工作的大哥，请他火速寄些他能挤出的衣物来，因为他已经工作多年了，境况总归是要好些的。大哥的及时帮助（寄来的也是旧衣物）虽然使我摆脱了窘迫局面，但那尴尬的一幕，却深深地烙在我记忆的深处，每每想起，总免不了一番感叹，特别是在今天面对一堆堆比当年哥哥寄给我的衣物还要好的废弃衣物时。

是的，日子总是在变化着。这变化总令我们有所鼓舞，有所兴奋！少年的时候，通过学校开展的“忆苦思甜”活动，我知道了我们的生活比新中国成立前处在水深火热之中的国民要好上千百倍，幼小的我便暗暗为自己能生长在新社会而庆幸，尽管那时我们还不得不将穿自己想穿的衣裳视为梦想。如今，当我常不免为清理衣橱衣柜发愁的时候，成年的我，又暗暗为自己迎来了改革开放的年代而庆幸。因为，我在家庭的殷实中感受到的是国家的发展，在国家的发展中感受到的是国民精神的振奋！这种感受，是一种多么美好的感受啊！

1999年(建国五十周年获奖征文)

闲话煤油炉

提到“煤油炉”，现在的年轻人恐怕都不知为何物了。然而在我们年轻时，煤油炉却是一件常见生活用品，尤其在一些单身人士或成员不多的家庭，几乎成了必备的生活用具。因为这物件最大的特点或者说最大的好处就是使用方便，一点火就着，省去了引火、加煤或添柴等一系列麻烦。有优点，自然也有缺点，最明显的不足就是燃料金贵，煤油那时是要凭票供应的，既要满足照明之需，又要满足经常性烧火需要，的确很不容易，因而煤油炉通常只是炊事的补充用具。

煤油炉子的构造和使用原理其实很简单，没什么文化的人都很容易掌握，因而一般小厂乃至家庭作坊都能够生产。型号大小也有多种，可根据不同需求而制、而买。虽然制作工艺不复杂，但任何生活用具都由人发明，自然也都是由人操纵的，人可以把一件用品做得很简单，以满足最低需求，也可以把一件物品做得很考究，在用料、工艺、外观造型、上漆等环节都要求精美。因而当时，也有一些制作讲究的精制煤油炉出现在一些国营百货商店里，被一些条件好的人家购置使用。常常，通过看煤油炉子也能略知一个人家经济条件的优劣。

我与煤油炉子建立难舍关系和特殊感情，还是在我刚走上社会工作的那段日子。那是在国家改革开放之初，我从师专毕业，被分配到异乡的一所农村中学当教师。那是一间简陋的农村中学，离城镇很远，有点孤独地落在一个地势低矮的圩子里，没有院墙，自然也没有门楼，两三幢青砖老瓦屋平行站立在黑色土质的场地上。一个多数为土坯房的小村与之相伴，与外界连通的小道也弯曲狭窄,勉强铺上一些碎石。学校规模不大,学生都是走读。住在学校的教师也不多,大都是有家室的,其家属大抵都在学校简陋食堂里兼做校工。学校食堂因为需求不足而呈间歇性运行状况:节假日便停业,开学时也只是中午为师生蒸饭,兼卖点小菜,而晚餐供应的大都是中餐剩下的菜或简易制作的汤水。像我这样的外地单身教师指望学校食堂供餐,其实是很有问题的,产生矛盾,似乎也在所难免。终于有一天,矛盾被激化了,包括我在内的三名家在外地的单身教师,因未能打到饭菜而怒火中烧,砸了食堂的锅这其实是长期积累的怒气的集中爆发。这当然是不被允许的,学校将此事件上报到县文教局,最终给予我们三人严肃处理,责令停课检查。三人愤而走出学校,去县城反映问题。

几天之后,我们才垂头丧气地回到学校。我走到宿舍门口时,吃惊地看到有两名女生蹲在门前,身边摆放着一只煤油炉子。我认出了那两名个头不高的女生,一个叫朝阳,一个叫小芳,都是平常勤于找老师问题目、成绩很好的学生。见我回来,她们立刻兴奋地站起身,高兴地说:“老师,我们都来好几回了,今天您总算回来了!”

“找我有事?”我诧异地问,“还是问题目吗?”

“我们给您送煤油炉子来了。学校食堂条件差,老师吃不好饭,哪能安心教书呢,我们心里都很难受!老师往后就用这煤油炉子自己烧了吃,学校食堂就那条件,不能指望。”

“这怎么可以!”我被学生们的真情感动了,头脑也似乎清醒了许多,感到自己一时冲动可能做了件影响不好、有损形象的傻事,“你们哪来钱买炉子?家里供你们念书本就不容易了……”

“是我们两个从爸妈给的伙食费和零用钱里抽的,”她俩进一步解释道,“没关系的,我们平时节省点就可以了;只要老师吃得好,能安心教我们,就是自己苦一点我们也乐意,也能扛得住!”

我被她们的真情感动了,眼睛都湿润了。我费了很大劲才劝动她们把煤油炉子带回去退掉。我说接受她们的一片好心和好的建议,我们三个老师都有工资,明天就去镇上各买一个煤油炉回来用,一只煤油炉子不够三人同时用的……

不久，我母亲来看望我时，给我带来了一个煤油炉子。这只煤油炉，帮助我在异乡度过了四年艰难的日子。

诚然，煤油炉、煤油灯等这些生活用具，是那个经济不发达年代的特殊产品，它的广泛使用是有其社会条件的。虽然现在，随着经济社会快速发展和人民生活水平的迅速提升，煤油炉已退出了我们的生活，但在当年，这个小物件所带给我们的帮助和温暖，恐怕是我们这一年龄层次的人难以忘怀的！而围绕这小小用具所产生的交集、发生的故事和生发的感慨，恐怕还有很多、很多，有的还会长久萦绕我们的记忆，经过咀嚼还能从中获得某种启迪和感悟。

2010 年 10 月

冰窗花

不知是不是气候变暖的原因，抑或是因为楼房不断增多增高而产生了热岛效应，而今在我们这个纬度的城市，冬季里的冰窗花已不容易见到了。然而多年以前，美丽的冰窗花却经常盛开在冬日的玻璃窗上，成为严寒季节上苍送给我们的一份精美的慰藉。

是的，冰窗花一直留在我童年的记忆里，也一直留在我对祖母的怀想里，它就像祖母的笑容一般，时常浮现于我的脑际。

那还是个欠发达的年代，即便是在县城里，居住条件也是很差的，我们一家八口人，挤在一间不足三十平米的老平房里过活。房里摆着两张大床，靠里的那张床，是祖母带着年幼的我和小姐姐睡，斜对面靠门边的床，是另外两个姐姐睡。一张没有上漆的长方形木桌摆在房子中央，既是一家人的饭桌，也是来人靠坐、孩子做作业的地方。这样，屋子里便被填得满满当当，幸好父母在机关尚有一间房，大哥上了外地的技校，否则便实难容纳这一大家子人了。

冬季来临时，祖母在屋里生了炉火，将一把不知换过多少次底的铝壶盛满了水放在炉子上，炉火舔着水壶，在给壶水加热的同时，也让室内升温。此时屋外也许正寒气逼人，但屋内却暖意融融。祖母一边纳着鞋底，一边给我们讲些老家的往事和故事，那带着浓重徽州口音的话语，也如同这炉火一般，给我们带来绵绵不断的温情和暖意。有时，祖母还像变戏法似的，拿几个山芋放到炉上烤，并不断地用火钳翻弄，浓浓的香味飘满整间屋子，也将我们的感觉完全带离了寒冷，食欲大开，并觉得冬天同样也很美好。于是，一天的时光，就悄悄地在祖母营造的温馨氛围里流走了。

到了晚上，寒冷更凌厉地袭来，我们只能待在屋里——不像白天，我们或许还能时不时地去院子里活动——蜷在祖母身旁。祖母用热水为我们洗过，然后拉着我坐到火桶里，将我生冻疮的手放在手炉上取暖，并时不时抚着我的手告知我防冻疮的方法……北风在屋外呼啸着，我们的房子虽小，但屋外的院子却很大，足有三百多平米，四周是低矮的青砖院墙，几乎没有什么遮挡，冬日的寒冷便更容易侵袭。但因我每晚在祖母身边，并未感觉到严寒的威力，不知不觉中就在祖母温暖的话语里悄悄睡去了。

第二天早晨，当我们陆续地醒来，突然看到窗玻璃上盛开着美丽的冰窗花。我大呼小叫地呼着："奶奶！奶奶！快来看！窗子上长出花了！"

祖母却抚着我的头说："那是你昨晚的梦结成了花……"

我望着祖母笑得如冰花似的脸，好开心！

后来，我真的一直觉得，那盛开在窗上的冰窗花就是祖母的笑容。她一直暖着我的童年，暖着我的少年，现在时常重温，还暖着我的人生。

现实中的冰窗花虽不常见，但是——

冰窗花仍盛开在我的记忆里！

冰窗花仍存留在我对祖母的怀念里！

2011 年 12 月

乘　凉

"乘凉"这个词,恐怕现在多数年轻人已不能准确理解其含义了,因为现在几乎已见不到真正意义上的乘凉场景了。"热天在凉快透风的地方休息。"这是官方给出的书面解释。然而现在,当热天来到时,人们都习惯于急切前往空调房间里避暑,这与传统意义上的"乘凉"已经不是一回事了。

以往人们的乘凉场景,恐怕只能从记忆中去寻找了。不过,我孩提时代所经历的那些乘凉的情景,现在还记忆犹新,每每想来仍能给我带来温馨之感。

那还是计划经济的年代。城镇住房都是公有的,基本上以集体为单位给居民分配住房,所以,以院落群居为多。那时候,物质生活还很贫乏,居民家中别说是空调,就连电风扇都还是稀罕物,少数经济条件好的人家才会有,大多数人家到了热天,都只是靠手摇扇子驱热。好在那年月平房居多,冬暖夏凉,气候似乎也不似现今这般酷热,白天阳光烈气温高时,大家都待在室内摇扇避暑;而到了晚间,日头落山,室外渐凉,人们大抵都选择走出房屋,到户外自然中去乘凉。

我记得盛夏时节,每当夕阳西下的时候,家家户户便开始为晚间乘凉做准备了。先是往门前院子的地面上泼一遍或数遍凉水,借水的蒸发带走白天烈日投下的热量。待吃过晚饭,各家各户便陆续开始将竹床、竹椅等搬到院子里那已泼过水的平地上。这些竹床、竹椅大抵都是有年头的,有的年代久了,被磨得锃亮并呈现红润色泽;年头越长,竹床竹椅便越发光滑红润,也就越感凉快。

那时候，我家所居的那个院落，总共住有四户人家；院子有三四米宽，三十来米长，四户共有，每户门前都有一两棵泡桐树，各户竹床竹椅等一般都置于树荫下。吃过晚饭、洗过澡之后，大家便陆续在竹椅凳和竹床上坐下、躺着，点上蚊烟，摇起芭蕉叶扇，一边说说笑笑，一边拍打蚊虫，个个都显出闲适惬意的样子。此时，大人们一般都彼此谈心、交流，谈时事、谈见闻、谈逸事，或者谈家务、谈子女、谈教育，在看似漫不经心的交谈中，于不知不觉间增进了彼此的了解，融洽了彼此的感情。孩子们则是最为活泼也最能给乘凉的院落带来活跃气氛的因素，他们缠着大人讲故事，或者天真无邪地展示自己演唱、模仿等方面的才艺，或没完没了提出一大堆让大人们难以回答的问题……

青纱帐里，荫翳之下，常常是一片其乐融融的情景，生活中的酸甜苦辣，在这乘凉的环境里都变成大家淡而化之的谈笑。于是，这个院落里的几户人家，因了这种每日都上演的交流，几近成了一家人了。

当然，这里我所回忆的，是当年城镇居民热天乘凉的情景。至于农村的情况，自然有其不同之处，但效果恐怕也是相近的。

我常常想，那个年代的乘凉，其实也就是一个以天热为客观条件的促人交流的平台。这个平台，是那个欠发达年代无意间造就的产物。然而，尽管这种形式很简单、很朴实，但是有其积极的生活意义的。

再联想当今社会，人们的物质生活条件已经得到了极大的改善，纷纷住进了高楼大厦，甚至住进了别墅，家家户户靠空调来调节室内温度，人们无须再聚集乘凉了。现在邻里之间的直接交流也减少了，即便是住在一个单元楼的人家竟然也有互不认识的。我曾写过一篇题为《一只喜欢串门的狗》的小说，讲了这么个故事：住在一个单元楼里的几户人家互相都不认识，当然更缺乏了解，后来因为其中一户寻找他的那只“喜欢串门的宠物狗”才陆续和其他几户相识了，而后这几户为了给这只狗过生日又都聚到餐桌上来。看上去这似乎是一个喜剧故事，但描述的却是现代城市社会的某种病态，细读之后是难以轻松起来的。

每当联想到这些，我对当年那些乘凉的情景便有点怀念了。我想，我们原本是善于交流的——善于把生活中的各种交集很自然地转化为交流的平台，为什么在物质生活获得极大丰富之后反而变得不善于此了呢？我们已经减少了书信交流、节日拜会等很多传统的直接交流方式，那么未来，我们还能为自己搭建起能够广泛应用的真诚交流的平台吗？

2013 年 7 月

看 电 影

如今,人们若想看电影,是很容易实现的事,打开电视机或者电脑,随时都能欣赏到自己喜欢的电影作品。如果想要更舒适、更优质的观影效果,花不多的钱走进装潢豪华的影院,便能够得到了。

可是,回想我们的孩提时代——改革开放前的二十世纪六七十年代——想常看电影、看内容不同的电影,却并非容易的事。那年月,不仅经济欠发达,文化生活也很贫瘠。整个县城里只有一间大约能容纳两百人的小影院,坐落在三米来宽的铺着麻石条的小北门街上。门厅检票口都很狭小,检票进门时常显得拥挤不堪,墙壁上的售票洞深且小,看不清也看不全对方的人脸。每到新片上映时,聚集的人便拥塞了街口。好在那时小城人口少,且手头都不宽裕,花钱看电影便不能做到经常和随心。于是,这一处小小影院倒也能勉强对付小城人的文娱生活需求了。可是,不幸的是,二十世纪七十年代初一场大火烧塌了影院的屋顶,暂时无力再建新影院的县府,只能将大火残留下的设施改成露天影院,里面一律砌成水泥凳。这样,小城人便只能在晴天才能看电影了。小城本来就很清淡的文娱生活,因此更显清冷了。不过,那时影片品种少,大抵也就耳熟能详的那几部:《列宁在 1918》《地道战》《地雷战》《野火春风斗古城》《英雄儿女》《小兵张嘎》和样板戏系列等。经常是隔段时间就轮回放映,除了我们这群爱热闹的孩子总也看不厌外,大人们对在露天影院重复看电影似乎也不怎么上心。

这样的日子持续了多年,直到二十世纪七十年代中后期,小城中的税务岭被掘开,在钵盂山下新开辟的场地上新建起了电影院,这种状况才有了改变。而那时,一批新拍的讲述“阶级斗争”故事的新电影陆续推出了,如《艳阳天》《春苗》《青松岭》《决裂》等。此时,因观影条件的改善,加之政治的推动,又把人们越来越多地引进了电影院。然而由于将故事生拉硬拽到“阶级斗争”上,使影片内容过于程式化,人物形象过于脸谱化,影响了艺术效果,使人们看电影更多地是为了完成政治任务而少了艺术欣赏的自觉。

几年之后,改革开放之风也吹到雷池故地。思想解放的洪流推动中国文艺——自然也推动电影艺术——打破思想禁锢逐步走向繁荣。一批引进的国外电影和中国电影人新拍的电影带来观影的热潮,至今我还记得前南斯拉夫《瓦尔特保卫萨拉热窝》、日本电影《追捕》等带来的观众如潮的情景,也记得新时期中国电影《牧马人》《被爱情遗忘的角落》等所带来的感伤和思考。

改革开放,让电影银屏日益丰富,也将越来越多的人吸引到电影院里来了。于是,渐渐地,看电影成了小城人最喜欢也最时尚的业余生活,人们的交流因电影而增多了,常常围绕某一部新公映的电影而展开热烈的讨论,思想也因电影的影响而日趋活跃。年轻人谈恋爱的最好去处之一也是电影院,“一起看电影了”往往成为那时确立正式恋爱关系的标志。诚然,去影院看电影让人们变得热情了,就像改革开放之初国人工作生活的总体氛围一样。

后来,随着改革开放的推进,经济社会发展日新月异,科技进步也在不断加快,看电影的渠道和方法也变得多样了。近年来,各地电影院又都在升级改造,在增强服务功能、努力增加观众舒适度的同时,又在不断增加科技含量,吸引更多人走进影院。但无论人们在哪里或用什么方法看电影,人们欣赏电影、享受精神文化生活确实越来越方便、容易了,其质量和层次也越来越高了。这是改革开放释放了艺术生产力而带来的欣喜,也是改革开放带给国人的越来越丰富的精神文化生活。

2009年(纪念改革开放三十周年获奖征文)

口 琴

妻在整理房间时,从旧橱的抽屉里翻出一个旧口琴,她打量了几下,似乎想扔掉,但还是转过身来征求了我的意见:

"这东西多年没见你用过,已经老旧了,扔了算啦。"

"哦,不不!"我马上从她手中拿过口琴道,"不要扔,留个想念也好,它可是我的'老朋友'了!"

是的,这个口琴的确伴我多年了。买来它,还是我上大学的时候。那时,改革开放才刚开始,人们还在为温饱奔忙着,物质生活条件还很艰苦,我是通过省吃俭用,才从家中寄来的少许生活费中抠出钱来买的。

那个时候,我还是个十六七岁的小青年,与同时代其他年轻大学生一样,怀揣理想又血气方刚,沐浴着改革开放的春风,唱着《年轻的朋友来相会》这样朝气蓬勃的歌曲,如饥似渴地吸收开放大潮席卷而来的新鲜事物和文化思潮,尤其是那些带着新潮文化气息和浓郁情感色彩的流行歌曲,更常激起年轻人的青春激情,不仅如痴如醉跟风学唱,还想通过其他方式来传递和释放滚热的心情。而我,立足自己的实际和能力,选择了使用口琴。

口琴在现在,使用得已经非常少了,说实在的,我已经很长时间没看见过有人吹口琴了。然而在三十多年前,口琴还是很受欢迎的,因为它既便于使用,价格又不高,一般人都能负担得起。那时的口琴分单音和重音两种,重音口琴稍贵一点。我当时选择的是上海产的"国光牌"(当时的名牌)重音口琴。

有了口琴,我的校园生活不再单调,每到节假日或课余休息时间,常拿出来吹奏几曲。于是,在寝室或校园里,乃至在校园外田埂地头散步时,常能听到我吹奏的《年轻的朋友来相会》《军港之夜》《在那桃花盛开的地方》《拉兹之歌》《啊,朋友再见》等流行歌曲以及台湾校园歌曲的旋律。而我的内心,仿佛也一下子充实了许多、阳光了许多,自我感觉时尚、浪漫了许多。记得每年过阳历年时,班上组织文娱晚会,我的口琴独奏都会被列入表演节目。

大学毕业了,我被分配到一所简陋的农村中学教书。这只口琴更是成为我充实生活、排解寂寥的工具之一。在晴好的日子里,每当夕阳西下,或在节假日,我大抵都会走出校园,在阡陌或河堤上散步,且随身带着这个口琴。坐在草地上,面对田园,面对河流,独自吹奏几曲,在把大自然的清新美景装进心胸的同时,也向广阔的天地传送诗意的音律。于是,一切的孤独和失意,一切的晦暗与阴霾,都随口琴奏出的音符飘散而去了。

后来,我调回家乡了,随着年龄的增大和肩负责任的加重,我不得不面对愈加繁忙的工作和越来越繁复的生活,恋爱、结婚、育子、建房等一系列人生必须完成的事务也接踵而来。于是,生活已不再轻松、单纯,也渐渐失去了纯真和烂漫,繁杂的生活事务一步步挤掉了口琴的位置。到后来,这只口琴,便孤独寂寞地躺在了一个旧橱的抽屉里与一堆废弃的杂物为伍了,直到多年后的今天被妻当作废物揪出来扔到我的手里。

也许今天,我还能用这只口琴吹奏出几首当年吹奏过的曲子来,然而,当年的那种诗意情绪和纯真烂漫的感觉还能再找回来吗?

不过,人生便是这样,有轻松烂漫的时候,也有负重前行的时候,人生不可能总处于一种轻松纯真的状态。我们都是平凡的人,都有各自平凡而又实在的生活。人生有时需要放松,但更多的时候是肩负使命需要埋头拼搏,当青春逝去的时候,会收获成熟;当成果积累的时候,会走向迟暮——人生的意义也正在于此。

只是,我们无论何时,都应该在心灵的深处保留一份纯真,并腾出一块地方存放那些曾经有过的美好和烂漫,让它为我们人生的记忆增添精神上的亮色,使我们不至于怀疑人生,失去对生活美好的肯定。

所以,从这个意义上看,我的确应该收留起这只老旧的口琴,不管还用不用这只口琴去吹奏乐曲。

2011 年 10 月

拥　　有

其实,几乎每个人都有被别人羡慕之处,都拥有别人所不具有的珍贵的东西。只是因为拥有的时间长久了、拥有的形式简单了或拥有的方式容易了,才在流水般的岁月冲洗下,忽视了其价值所在,并逐渐放弃了对它的珍惜。

在婚姻生活中,似乎也存有这种缺少发现、耽于羡慕的情况。很多人总是喜欢羡慕别人的婚姻或伴侣,而疏于发现自己姻缘的美好之处以及配偶的优点。于是,在漫长的婚姻生活中,便常有争吵、打闹等情况出现,有的甚至走向分离。

人的本性是求变的,都希望现实生活中不断出现新的变化,而婚姻却是求稳的,排斥变化,这就需要双方对婚姻良好的价值判断来维护。从某种程度上说,婚姻的稳定度,取决于对对方优点认同的积累,因为这决定了你对自己所在婚姻的价值判断。

我曾发表过一篇题为《离婚》的小小说,现录如下:

离婚率在上升。

某对夫妻,往日清贫,为养育儿女,费尽心思和精力,无暇顾及其他,日子倒也过得安稳。如今子女都大了,日子殷实了,也有了谈心或抬杠的闲暇,竟时常为一些小事争吵不休。

一日,两人为修屋之事争吵起来,且火气越来越烈,旁人劝阻亦无济于事。结果,男的发了大火,愤然喊出一句时下越来越时髦的话:"离婚吧！这日子我受不了啦！”女的惊得瞪大眼朝男的呆望。若在往日遇到这情形，她准会蔫了。然而当今，是讲究个性解放，完善自我的年代，她那自尊感大大增强了，再也不似先前那样忍辱负重了。她一咬牙也喊出了同样的话。

于是，两人愤愤地走进了法院。然而当男的得知离婚要先缴纳五十元钱诉讼费和手续费时，他惊得张大了嘴，半晌才清醒过来。他一拉女人的手愤愤地喊道：“走吧走吧，这婚不离了！花五十元钱离婚太不划算，去掉我半个月的工资！”

“是的，这年头做什么事儿都要钱，五十元钱能给你买件纯毛毛衣！……”女人撇撇嘴说。

这个故事中闹离婚的两个老人，表面上看好像是怕花钱才不愿离婚，其实是以此为借口找台阶下，因为他们骨子里并不真想离婚。他们已经携手走过了充满风雨的艰难的日子，在这一漫长而又艰辛的过程中，彼此早已相濡以沫，在接纳了对方缺点的同时，也对彼此的优点有着厚实的认同积累，并因此建立了深厚情感，一件小事的争吵是无法撼动这幢“感情建筑”的。我借这个幽默小故事是想表达：当婚姻生活出现矛盾时，夫妻间在长久生活中积累的情感和基于此而形成的价值判断，是克服危机的最坚实的基础；而感情的积累，又依赖于一方对另一方优点不断的发现和激励。是不断挖掘对方的不足，还是努力记住对方的优点，决定了婚姻的长久度和牢固度。

然而，实际生活中，我们却每每不善于此，常常忽视了很多、苛求了很多。

这里，我还想讲我的一个经历。那是在五年前，我的一个在外谋事的文友老A来我家造访，我与他多年未见，交谈甚欢。而此时，在厨房准备饭菜的妻子不断地扯着嗓子喊我去帮忙做事，我正与远道来的老朋友谈得投机，妻那刺耳的喊叫，真是败我兴致！我没有理会她，固执地将谈心进行下去。

见我没过去，妻又加大了音量。“我一个人忙不过来嘛！你过来帮忙，早点把饭菜做出来，吃了再谈，不更好吗！”她执拗地喊，没有商量的余地。

“你去吧，去吧，她一个人确实忙不开……”老A笑着劝我。

我顿时觉得面子上很不好看，但还是悻悻地去了，不过满肚子的怨气在汹涌,且一直持续到饭后。

老 A 饭后没坐一会儿便告辞了,说是有急事要办。老 A 是我的老朋友,多年未曾谋面,今日难得一见,却玩不尽兴、谈不深入,叫我感到实在惭愧。我怀疑可能是老 A 怕打搅我们的生活而借口离开的。于是,心中的怨气便化为怒火,难以压抑。于是我发火了,用的是火药味极浓的语言。妻自然不会沉默。那次我决意不让她,将平时的怨气集中起来,很快便将争吵推向了高潮。妻最后哭着跑出了房门……

之后,我们便开始了"冷战",一连一个星期都互不理睬,吃饭也是各自解决。这个时候,我们可能都在想对方的"坏"处,至少我觉得她这些年变得唠叨、多疑、缺少温柔,越来越令我难以忍受了。我反复地想:刚结婚那段时间她多好啊,话儿不多又轻言细语,脸上成天荡着微笑;而现在,她却变得像个市井中的俗妇人,成天埋怨这、埋怨那,唠唠叨叨地发号施令,诸如回家晚了、货忘买了、酒喝多了等等,均要受到她的指责。男人都是要自由的,受不得这许多的约束!

又过去数日,冷战还在持续,连衣服都只能自己洗了。于是,心头的怨气越发浓了。那个朦胧的念头渐渐地滋生了。放弃吧,省得受这份罪!——一个人过或许还快活些,这样下去,可能会疯的,还不如一个人过……

正当这个念头越来越强时,我突然收到了来自老 A 的一封信。我默念着那信,内心渐渐不平静起来:

> ……那天因有急事不得不提前离开你们,我也深感遗憾!……你的生活令我向往,你拥有一个多么美好的家庭呵!我觉得你这辈子最大的幸运应该是拥有嫂子这样一个妻子!我虽初次接触,但觉得她美丽、贤惠又达理,便是她的唠叨也极富生活趣味。我若有像嫂子这样的妻子,一生也就满足了。可我没你那福分,寻找多年仍一无所获,我只有羡慕你……

看完信,我陷入久久的沉思之中。我很快就向妻认了错,主动结束了冷战。而且,那以后,我对她的思维方式发生了根本的改变:不论什么时候,我总是首先想到她的好处或她的难处,哪怕她对我的责难,我也以为肯定是事出有因——我首先想她这样说这样做是不是有其道理,这使得我们的关系变得越来越和谐了。从此,我们很少再争吵,更没有打过冷战了。从这个意义上说,我十分感谢老 A 的那封来信。

是啊,自己所拥有的,常常被忽略,而别人所拥有的,往往被放大。于是很多的家庭,走向了分离,而分离之后,又有太多的喟叹、懊悔和回望。

善于发现自己的拥有,认真对待自己的拥有,用心把握自己的拥有,我们的家庭就会多一份幸福和安宁,我们的人生也会多一些愉悦和光彩。

1998 年 9 月

海边偶得

初秋时节,我应邀去山东蓬莱参加了一个短篇小说研讨会。能够有机会赴这么一个据说是人间仙境的地方参加文学活动,令我非常兴奋。而更令我兴奋的是,在那里,从未见过真实大海的我终于能够与大海亲密接触了。于是,带着一颗焦渴、激动之心,我匆匆来到了蓬莱仙阁。照直说,对大海仙境的向往,已然胜过对学术探讨的兴趣。记得那几日,只要稍得空闲,我便会不由自主地走向大海,让情丝及身躯与大海尽情交融。

大海的壮美诚然令我陶醉,而大海的气势却令我这位“旱鸭子”惊骇。伫立海滩,极目远眺,满目的烟波,满目的碧蓝,泱泱大水,浩渺无垠,肆意霸占着眼前的一切,凝眸亦无法穷其尽,使恍惚的我,不知到底是海大还是天阔。更有那阵阵浪涛,推洁白的浪花奔涌而来,大有吞噬一切的气派,使我不禁感到个人的渺小和无能,引发诸多的感慨、联想。

是的,海边的一切都让我这位初识大海者感到新奇,而新奇的感受又能牵引人的思绪,尤其面对层层推进的波浪和浩浩涌来的海潮时,思绪的浪卷也常随之翻滚。难怪很多思想困顿者常到海边寻求灵感,遭遇挫折者,也常借大海平抑心情。所以,来蓬莱数日,除去开会座谈,我一有闲暇便喜欢面对大海静观海浪和海潮。还有那一趟趟驶向远处海岛的海轮,也常牵动我的视线和思绪,我甚至联想,海轮的航线是不是传说中八仙过海的路线呢?

终于在会议结束的前一天,由组委会安排去了蓬莱对面的长岛观光游览。长山列岛地处渤海黄海之间,横跨三八线,是候鸟迁徙必经之地,因而有候鸟旅站之称,是久负盛名的鸟岛。长岛也是著名的海景旅游胜地,其月牙湾海滩长达两千米且满布精美圆润的砾石。我们饶有兴致地参观了岛上独具特色的鸟展馆，为其展示的一千余种鸟而感到震撼，又参观了海产品、海生物展馆，大饱了眼福也大开了眼界。最后，落脚于半月湾作为主游点，在这里与净美的砂石和碧蓝的海水亲密接触，仿佛真的置身于仙境一般。

长岛月牙海滩是国内罕见的砾石滩，景色奇美又怡人，来此的作家编辑们似乎都陶醉在美景之中，颇有点流连忘返的味道。我和辽宁籍作家老臣、吴作人等一起，在放开身心与海水海滩亲密接触的同时，还结合眼前景观讨论一些问题。

“这些碎石，为何都这么圆润呢？”我手捧一小堆被海浪冲上来的特圆的卵石问道，“个个都像珍禽的卵一般，而且内藏的暗纹也都不同，真的很精美啊！”

“是被海水长期冲磨的结果。”老臣喜欢创作儿童文学作品，知识积累很厚，“据考证，这片海滩上遍布的精美圆润大小不一的球石，是由于地壳运动地表隆起后造成附近山峦的岩石脱落于弧形的海滩，经过海浪长期无休止的冲刷而形成的。”

一旁的老吴接过话茬道：“是的是的，这岸上的碎石，无论是什么形状，只要被海浪带进大海，经海水长年冲磨，渐渐地便被磨去所有的棱角，最终肯定会变得像眼前这些卵石一般的溜圆了……”

他们的话把我的兴趣从这些卵石上移开了，竟联想起现实生活中的诸多情形。我惊异于大海具有如此神奇的力量，不仅能侵蚀坚硬的岩石，还能将那些零碎的岩石磨得不存一点棱角！我甚至为眼前这些圆滑溜光的卵石感到悲哀了。

“看来，变得圆润光滑，是适应风浪适应恶劣环境最普遍最有效的生存方式，”老吴故作高深地将思想往其他方面引导，“你们说是吗？现实生活不也这样吗？”

“是的，人也和这些卵石一样！看起来个个都成熟精到，其实都在委曲求全！——现实生活就是一个风浪不断的海洋啊！”我有点阴沉地说，“我们现在还年轻，如你们手中的那块毛石，未知将来是否会变得像这卵石一样。”

老臣听了我和老吴的话，竟哈哈大笑起来：“没想到你们竟如此多思善感！这是个好习惯，但现在是出来玩，搞得那么沉重干吗？何不往其他方面联想？譬如，写小说散文……”

“写小说散文？”我诧异地望着他。

“是呀，你这次不正是为如何写好短篇小说而来的吗？为什么不多往这方面想？”老臣又莞尔一笑，随手抓起一把卵石，“你瞧这些卵石，多么精美呀，一个个都这么小巧、圆润，没有破绽，没有任何人为的粗糙的痕迹！而更令人惊叹的是，小小的体积上，竟有这么多色彩形态各异的花纹，有的像鸟，有的像仙，有的像夕照下的水波，朦朦胧胧，妙在似与不似之间。每一粒卵石都是一件精美的艺术品——是大自然的鬼斧神工造出的艺术品！”

我的思维又被老臣的这段抒情言语牵引了过去。

“我认为，好的短篇小说，就应该像这些卵石。”老臣又接着说，“思想力度上，应该像这卵石一般坚硬；形式上，应像这卵石一般精巧；艺术技巧上，应像这卵石一般自然、圆润，不留任何斧凿的痕迹，而且要在有限的篇幅内探索着运用各种艺术手法使内容丰富多彩，一如这些小小卵石上的花纹。”

“没想到，你比我还要多思！”我玩笑道。

“这是职业病，我在市文联当过文学编辑，”老臣笑道，将手中的那块不规则的石头抛入海中，“让它被大海冲磨一番吧！陆地上，这样的石头到处都能捡到，但小巧精美的卵石却是不容易获得的。这也像写小说一样，素材到处都有，但要经过精心的艺术加工，才能成为文学作品。”

“你的这番联想，还真有点特色，”我说，“这无疑又给我上了一堂写作课。”

“哪里呀，交流一下思想吧，随意的联想，也没什么深度。”老臣说，“光说话忘记拣石了，你瞧别人都拣到不少了！”

于是，我便跟着老臣和老吴拣起卵石来，很认真很专注。

可是，经过多次比较，我总觉得我拣的不如他们拣的精美。于是，暗下决心，定要拣到比别人更精美、更有留存欣赏价值的卵石！

我埋头努力着。

1992 年 8 月

家中有兰

今春，家中的几盆兰花纷纷盛开吐芳了。这令我欣悦、兴奋，这意味着，经过数年不懈地摸索，我总算初步掌握了兰花的栽培方法，今后便可以更多更好地培植兰花，为我这小小院落带来更多清雅之色和清香之气了。

自从搬入新的住宅小区、有了自己的院子之后，我便尝试着在院中培植一些花草，因为这个小区的名字就叫“碧秀花苑”，院中无花草，总觉得在这里生活似乎缺失点什么，也好像少了些许情调。又因为平常多涉文学书籍，对梅、兰、菊、牡丹等花卉的相关诗文读得较多，对这几种花卉便特别喜欢，尤其偏爱有着“花中君子”之誉的兰花。

兰花是我国名贵花卉之一，已有两千多年的栽培历史，自古就深受人们喜爱。兰花气质高洁、清雅，其叶、花、香独具四清，即气清、色清、神清和韵清，素有“香祖”“王者香”之誉，古今文人名士对其评价极高。两千多年前的爱国诗人屈原就有很多咏“兰、蕙”的诗句，如：“秋兰兮青青，绿叶兮紫茎”“余以兰为可恃兮，羌无实而容长”等，借讴兰比拟自己独立高洁之性情。宋代大诗人黄庭坚曾云：“兰似君子，蕙似士大夫，大概山林十蕙而一兰也。”谓兰之可贵！宋代诗人杨万里也有诗赞兰：“健碧缤缤叶，斑红浅浅芳；幽香空自秘，风肯秘幽香。”元代诗人余同麓的《咏兰》亦颇有意境：“手培兰蕊两三载，日暖风和次第开；坐久不知香在室，推窗时有蝶飞来。”生动描绘了一幅优雅的家居兰香图。

老一辈无产阶级革命家中也多有酷爱兰花者。朱德同志曾写过如下诗句：“越秀公园花木林，百花齐放各争春。唯有兰花香正好，一时名贵五羊城。”陈毅同志也曾题诗赞美过兰花:“幽兰在山谷,本自无人识。只为馨香重,求者遍山隅。”

是以,千百年来,兰一直以其清雅高洁的品性而广受人们喜爱。然而,正因兰之高贵,其培植却也是颇有一番讲究的。它对土壤和水分,对空间的环境,对空气的洁度等都有一定的要求;板结的土壤、不洁的空气、拥塞而沉闷的空间、恶寒燥热的天气乃至落于其叶片上的灰尘等,都不宜于它的生长。因而,培养兰花光有心愿和热情还不够,必须了解它的习性,力求为它营造适宜的环境,才有可能培植出优美的兰花。

所以开始的那几年,我虽满怀兴趣和热情去培植兰花,一盆接着一盆,但都没有成功。有时情之所切,干脆从花店里端来已经盛开的盆栽花置于屋内院内,虽获取了一时之美的感受,但翌年却委顿不发,甚至走向衰亡。之后,我便买来一些植兰的书籍资料用心学习,并向有经验的养花人讨教,终于能够在今春捧出几盆完全自己栽培管理的蕙兰、墨兰和兰草了。于是,客厅里、院子里,一时都弥漫起淡淡的幽香,为整个家居环境带来清雅的氛围。

家中有兰,让我通过亲手培植兰花而对兰有了更直接更真切的感受,更真实地品知了兰之品性,对兰的各方面习性的了解日渐深入;同时,也使兰自然而然地融入主人营造的生活环境中去,达到某种和谐的相知。

家中有兰,让我能够时时在欣赏兰的同时更深入地感知并理解兰,而这之中,其实也伴随着一次次心灵净化的过程,滤去了不断滋生的浮躁心态和时常泛起的世俗势利的念想,让性情总能如兰一般归于清雅和清净。

家中有兰,使我在一次次的与兰的感官交流中,不忘提醒自己要努力去学习兰的品性、兰的气质。古代文人把美的诗文喻为“兰章”,作为一名基层作家,我当不断提升自己的素质境界,努力写出更多的“兰章”;古人还把真挚的友谊喻为“兰交”、把良友喻为“兰客”,我时常提醒自己做人要更率真一些,交友要更真诚一些,努力在实际生活中多一些“兰交”之友,多一些常交“兰客”……

家中有兰,诚然让我生活的品位获得了提升。

2016年3月

借景抒情、乘物游心

——刘崇镇风景画印象

让感受指导我们，艺术中的美就是我们从大自然感受到的美。

——〔法〕柯罗

被誉为“世界生态文学和大自然文学先驱”的俄国作家普里什文曾说过：“大自然中确实存在着同人的血缘关系。”

了解刘崇镇及其绘画作品的人，也会产生这样的感觉：画家刘崇镇与大自然也存有深厚的血缘关系。他的画作，总是那样钟情于大自然，总能够将自然生活景观中最美的瞬间，用凝练的绘画语言诗意地呈现在你面前。没有对大自然高度的敏感和热爱，没有对自然景观细致入微的观察和思考，没有千万次身临其境的描摹和提炼，是无法做到这种“呈现”的。

“风景画的兴起，首先源于热爱乡土的民族意识。”刘崇镇与大自然的这种亲密关系，源自他纯朴的品性和对雷池故地的热爱，也源于他对绘画艺术的勤奋与执着。一直以来，无论是在日常生活中还是在艺术活动中，无论是外部形象还是内在气质，他都显得那样朴实无华，处处展现出真诚务实的风格。他的作品也如他的人品，务实而不浮华，他相信好作品一定来自扎实的功力，因而不屑于走捷径玩形式。他遵循国画大师黄宾虹“师古人不若师造化”的思想，坚持紧贴自然，寻求“山水之助”。他告诫他的学生，师法古人描绘自然无捷径可走，不光要大量临摹练习，还要有大量的户外写生练习，而他自己更是身体力行，脚步不仅走遍雷池故地的山水田园、村落人家和城镇街巷，还完成了无数次的古徽州之旅。多少年来，他就一直这样心无旁骛专注于写生与创作，几乎将所有的业余时间和精力都投入其中，至今连手机都未配备。他的勤奋让我联想起十九世纪英国风景画大师透纳，这位大师一生只专注于写生与作画，留下了大约三万件油画和写生稿。刘崇镇的生活方式也与透纳相似，几十年如一日持之以恒地不懈努力，其国画、钢笔画成作和写生手稿恐怕也已累成可观的数目。我曾多次去过他的画室"墨烟堂"，看到四处都放着、摞着、挂着他的画作和手稿。正因为这一切都来自自然生活最鲜活的素材，他的所有成作和手稿，才总是透着自然和乡土生活本真的味道。

我的身边，有两本刘崇镇钢笔风景画册，我时常禁不住拿出来翻阅欣赏。这两本由知名出版社推出的精美画册，收录了画家多年来潜心创作的三百多幅钢笔风景画。这些画作，运用中西合璧的娴熟技法，将自然风景和乡土风情真实而诗意地呈现出来，像大自然一样深邃而纯美，像乡土生活一样清新而淳厚。松杉密立的静谧山林中，溪水潺潺流过，艾草茂盛生长；浓荫掩映的村庄屋场上，几只悠然的土鸡啄食着乡野的宁静；紧挨老屋的草垛旁，孤独食草的老牛咀嚼着它的寂寞；小桥流水的两侧，古砖旧瓦的老屋错落排列、枕河而居，孤独的乌篷船静漂于水面；狭窄杂挤的老街上，几个悠闲市民围坐闲聊，交流着日子的味道……刘崇镇的钢笔画作，总能够抓住最能牵动人情感的东西加以表现，并辅之以自然景色的衬托，营造出打动人的情境；每一幅画作，都营造了幽深的意境，闪烁着自然的露珠，蒸腾着乡土的气息。其所传递的动人心神的魅力，常带给我丰富多维的联想。

是的，每次看过画册，总让我自然而然联想起我非常喜爱的几位西方风景画大师的作品。十九世纪俄国风景画大师列维坦对俄罗斯辽阔又深邃的自然之美的凝重表现每每撩动我的心弦。他在对自然美表现的同时，还常常抒发出浓厚的情感和深沉的思考，让人陶醉又激动。这一切的效果，来自他对大自然高度的敏感和热爱。据载，他曾经一个人独自在悬崖上，看到美丽的海景而感动得放声大哭。十九世纪英国杰出的风景画家康斯泰布尔被喻为云天碧海滋养出来的艺术家，他不图名利，不因循守旧，一生专注于描绘故乡风光，把优美的自然风景与淳朴的风土人情融合在一起加以表现，既饱含情感，又奔放有力，从而把荷兰画家优良的写实传统推向了一个更接近自然、更带有普通人情感的高度。我以为，刘崇镇与上述几位画家似有相近的气质

每一幅画作，都营造了幽深的意境，闪烁着自然的露珠，蒸腾着乡土的气息。

和风格，他的画作让我不仅感受到其所传递的美感，还能让我感受到一种扑面而来的自然清新的气息和浓郁的生活气息，以及深藏于画面之中的对自然对乡土对生活的深情和思考。

有抱负的艺术家都是卓尔不群的。要想形成自己的艺术风格，就需要基于扎实功底上的独辟蹊径的探索。刘崇镇深谙其中三昧，自从选择美术事业那日起，就没有停止过他探索的脚步。他有两副笔墨，一是国画，另一便是钢笔画。他这两副笔墨并非孤立使用的，而是互有借鉴、交互使用的，这便使他的所有作品都带有自己独特的印记和风格。

我觉得，刘崇镇的中国画是受到黄宾虹大师影响的。黄宾虹是用墨大师，能将历代大家的运笔和用墨经验融会贯通，做到“七墨”（浓墨、淡墨、破墨、积墨、泼墨、焦墨、宿墨）并用，既能浓墨渴笔，繁而不乱，又能有枯有湿，精洁不污，这是用墨笔法的炉火纯青的境界。刘崇镇师法黄宾虹，其实是知难而进，因为这无捷径可走，须有扎实功底，方可融入境界。刘崇镇送给我的那幅“山林春色图”，在我看来，便颇有黄宾虹山水画作的灵动之气。此图山峦叠翠，林木扶疏，山水相映，气韵生动；远景高山耸峙，峭壁巉岩，耸入云霄；近景山色葱茏，古松苍郁，山水融会，水雾氤氲。整幅画笔墨密致，却虚实精巧，繁而不乱，光影效果处理到位，显得意境幽邃，颇有黄宾虹山水画“峰峦浑厚，草木华滋”的味道。而更让人称道的是，他能够将这种国画用墨笔法，有机融入以西画技法构架起来的钢笔画中，不仅大大增强了钢笔画的立体感，增强了画面造型的光影效果和空间透视效果，也大大增强了钢笔画的厚重感和整体意境，使钢笔画同时兼具了油画一般的凝重效果和中国画的灵动神韵。这种融合创新，在他的第二本画册中表现得最为成熟，有时，当我看到画册中几幅森林山水风景图时，竟有一种恍若看见列维坦、康斯泰布尔、透纳等大师的油画的激动。这种探索，使刘崇镇的绘画具有了自己鲜明的不可替代的特色，也使他的画作在中国美术界争得一席之地成为可能。

总之，刘崇镇的绘画，既工于写实，又长于传情。将中西绘画手法融合，只是为达至这一目的的手段；而为了达到“借物以移情，乘物以游心”这一先秦老庄美学思想之境界，才是他致力于绘画实践和探索的根本目的所在。

2017 年 8 月

真情容若

喜爱中国古典诗词的人，很多都喜欢纳兰词。这首先因为纳兰词凄美隽秀、“哀感顽艳”，既文采斐然，又情真意切，撩动人的心扉；另一原因，可能也是大家为纳兰容若率真笃诚的人格魅力所吸引，人文并赏，越发牵引了人们求真求美的性情。

我很敬佩纳兰容若的做人品格。他出生在清朝初年满族八大姓氏家族里最风光、最有权势的“叶赫那拉氏”家族，隶属满洲正黄旗。其父纳兰明珠为朝中重臣，曾掌内务府，其母被封一品诰命夫人。容若一出生就已经拥有令天下男人仰慕的财富与门第。然而，出身高贵的容若却没有贵族的傲慢和骄横，相反倒有一颗平民之心，同情弱者，敬重志者，交友不论出身门第，唯有才有志是取，所交“皆一时俊异，于世所称落落难合者”。他无心功名利禄，只想自由无束地生活；虽然，为了家族的荣誉，他不得已步入了仕途，并得到康熙皇帝重用，被擢为一品御前侍卫，紧随皇帝身边，常随康熙南巡北狩，但他内心深处却厌恶官场的庸俗现象，厌倦被别人看来是难得机遇的侍从生活。这一情绪和心态，也反映在他的一些随君出巡时创作的词作里。下面这首《长相思》便很有代表性：

山一程，水一程，身向榆关那畔行，夜深千帐灯。　风一更，雪一更，聒碎乡心梦不成，故园无此声。

这首词所表现的便是扈跸巡狩中感伤消沉的情绪。词的上片展示的是空间的旷阔和苍茫,尤以那句“夜深千帐灯”,不仅从独特角度生动描绘出了这种宏大气派,同时又不失其凄婉的基调。下片用风雪声扰碎思乡梦和故园可没有这样凄厉的风雪声等语句,将思乡之情含蓄托出,令人动容。

护君巡狩本是件荣耀之事,是令人羡慕的可能获得皇帝常识的绝佳机会,但心地质朴的容若却“益觉疲顿”,无意阿谀奉承讨君欢心,更无心也不会玩弄心术往上攀附。他出身于上流社会,却一生都在躲避上流社会。这是一个真君子的超然性情,也是一个真文人的清高心态。

我很钦佩纳兰容若的学风修养。作为一个满族人,容若对汉文化却表现出浓厚兴趣和学习自觉,从小就孜孜不倦勤读诗书,为汉文化与满族文化融会贯通打下了坚实的基础;后又在名师徐乾指导下勤学深研,终于成就了很深的造诣,不仅养成深厚的诗词功力,还主持编纂了《通志堂经解》《渌水亭杂识》等融入了多学科知识的典籍,体现了他的学博才高。尤其他短暂一生中创作的三百多首词,更是达到让人仰视的境界,人们常将纳兰词与南后主李煜词并提,并将二人词作誉为“天籁”。清代词人周之琦说:“予谓重光天籁也,恐非人力所能及。”他以为,纳兰小令格高韵远,虽极缠绵婉约之致,却清新脱俗。用现在的话说,容若词作,既有汉文化的深厚底蕴,又融入了满族人落拓不羁的性情,这给纳兰词带来清新自由、不拘一格之新意。下面这首《菩萨蛮》或能体现纳兰词不落俗套的新意:

新寒中酒敲窗雨,残香细袅秋情绪。才道莫伤神,青衫有泪痕。相思不是醉,闷拥孤衾睡。记得别伊时,桃花柳万丝。

这是一首思离人咏心愁之作,写法上颇有特色。上阕借悲秋抒怀,用浓稠笔墨渲染冷清凄戚的情绪,极尽表达思念之苦,但到了最后两句,突然峰回路转、豁然开朗,忆起了离别时的桃红柳绿。这里,词人以“别伊时”的明媚春光,象征与伊人相处的美好时光及温馨爱情,恰与前面的悲思情绪形成强烈对照,更加重了词作凄清惨淡的情境,从而形成纳兰词特有的凄艳之美,难怪很多人都说纳兰性德(容若)的词是“十九世纪下半叶中国艺苑上一朵绽放凄艳异彩的奇花”了。

我很感佩纳兰容若的真挚情怀。他对待朋友是真挚的,而且十分执着,只要有才有志,与自己志同道合,无论其地位身份如何,他都可接纳为朋友,视为知己。对朋友,他从无虚言更无假意,从不小看低视他们;为朋友,他不仅能仗义疏财,而且愿为之两肋插刀,救其于危难。这种挚诚待友的态度,自然引来朋友无数,许多名士才子、文人骚客皆甘愿追随于这位年纪轻轻的满人,他当时的居所“渌水亭”,曾因文人雅士多聚而名闻天下,这客观上也促进了康乾盛世的文化繁荣。

他抒发心声是真挚的,他留给后世的《纳兰词》,尽管抑郁、哀伤、凄婉是盘旋其中的情感基调,但并无矫揉造作、无病呻吟之感,所录三百四十余首词作,每一首都情稠、旖旎、挚诚,处处皆见真性情、真感伤、真喟叹,具有摄人心魄的力量,常引读者沉浸其中,无法自拔。诚如近代著名学者王国维所言:“纳兰容若以自然之眼观物,以自然之舌言情。此由初入中原未染汉人风气,故能真切如此。北宋以来,一人而已。”

他思咏爱人是真挚的。爱妻卢氏离世,曾使他悲痛欲绝,很长时间都无法从离痛的阴影中走出,并为之写下了大量的伤感之词。其情真真,意切切,让人常常不忍卒读。如下面这首《浣溪沙》便是范例:

谁念西风独自凉,萧萧黄叶闭疏窗,沉思往事立残阳。　被酒莫惊春睡重,赌书消得泼茶香,当时只道是寻常。

此词为悼念其亡妻卢氏而作。上阕从时节变易牵出丧偶后的孤寂悲凉的感受,尤其第一句中的“谁念”,既是对亡妻的追念,又寓有无限往事旧情:天凉了,往日有妻关照冷暖,而今还有谁念及自己呢?只能独守冷凉了!萧萧黄叶、疏窗紧闭又进一步映衬了这种悲凉情境,此时孤独之人除了久立沉思、追忆往事,又能怎样呢?下阕便是他所沉思追忆的往事,前两句作者通过“被酒”(即醉酒)不惊睡等几个典型细节,形象地描写夫妻间欢乐的生活,特别是借用李清照与赵明诚夫妇“赌书”“泼茶”的趣事佳话来比喻,更显得往日的夫妻生活是多么温馨清雅、令人怀想。最打动人心的是最后一句,“只道”二字蕴含深义,意即当时以为是很平常的生活,现在想来是那么值得怀念和珍惜,此句看似轻淡,实则其情味极为酸苦,与前面词句连读,产生动人心旌、催人泪下的效果。是以,我们不仅能感受容若情真意切的挚诚情怀,也不难读出纳兰词“不加修饰而国色难掩”的异彩。

2015 年 5 月

童心（三题）

童年的风筝

至今，我还常想起我童年时的那些风筝，那是我童年时的一个个彩色的愿望！

在我人生的早春季节，我——一个青涩懵懂的孩子，常在那湿润而蓬松的沙渚上奔跑，将那些五彩的风筝送上蔚蓝的天空。我跳跃着、欢呼着，仰望着我那些精美的在蓝天上摆动的风筝，企望它能带着我那彩色的愿景，漂向远空中的那个太阳……

然而，每次、每次，那些风筝最终都没挣断牵连它们的线，驰向湛蓝的远方，变为灿烂的太阳。于是，我时常静静地躺在那湿漉漉的沙渚上，为之隐隐地忧伤——在那还不懂得忧伤、还不应该忧伤的懵懂的童年。

而今，我已不再为那些风筝哭泣了，因为那些风筝已经腐烂，且在岁月老人的揉捏下，渐渐地、渐渐地变成了一颗失去了甘美和色彩的种子，落进我心灵的土壤中去。期待着春光，期待着萌芽，期待着来年结一树成熟的、实实在在的果子。

入学

挣断妈妈绵绵的唠叨，背一书包翠嫩的希望，走进笑容荡逸的教室，融入被热望烤红的梦。

小手相牵，拉起欢跳的友谊；横线格上，托着沉思的腮帮。老师的笑脸，幻为七彩答卷；教鞭挑起的云霓，抹开了紧锁的眉宇！

一笔一画，搭起摇摇晃晃的脚手架，托起一颗幼稚的心，去摘那轮，蜡笔画就的，炫目的太阳……

村童的眼睛

爷爷的皱纹那么深，田沟那么浅。

老脸上那深褐色的皱纹，是爷爷用犁犁出来的吗？里面积下的泥水，能浇灌爸爸用地改成的果园吗？

老朽的纺车前，奶奶的手笨拙地摇动，纺着那一头的银丝，纺着那一脸的皱纹，纺着手臂上突起的筋脉，纺着常挂在她嘴上的童谣，纺着夜深时莫名的叹息……

妈妈开着崭新的拖拉机回来了，载着一大车事前的争吵；那满身的油渍，可是墙角里那些被磨损的铁犁上的锈？可是爸爸脚上常有的泥？

姐姐的手就是一把剪子！

剪着新茶和春光，剪着后生们浪气的调笑，剪着夜晚难耐的游思和长叹，剪着那特大特大的红双喜字……

1986 年 5 月

黄昏情绪(二题)

长长的胡须

日子一层层叠起来,堆积成陡峭的山。

冰寒的崖上,那僵硬的灵魂枯木般矗立。目光悠悠,纺织着波动的心绪,花白的胡须,似枯木的残叶,在朔风中瑟瑟战栗。

霞色如血。

斑斓的鸟,衔来久远的恋歌,追逐疲惫的残日,于幽邃的天幕,划过胡须般的亮弧,闪烁了那依然灼热的眺望。最后的酒力,携炫目的忠诚,执着驰向远方的空寂……

胡须长长,是缕缕灰色的情丝,在夕照中熠熠生辉;

胡须长长,是她身上的条条曲线,随风随视线飘动,飘过记忆中的大海和大海中阵阵波浪……

胡须长长,串起数十年滞重的相思,串起数十年各色的梦幻与泪容,延伸着、延伸着,那不愿带进坟墓的苍老的觊觎……

黄昏情绪

残阳疲惫的笑容浸透西边那一方天空,为黑夜写了一篇精彩的序言。凝重而又绚丽的文采,引来些许寻觅色彩的心,读瞬息的浪漫,读炫目的忧郁,听一曲悲壮而又静谧的挽歌……

脚步轻柔怕踩破一种心境。抬手挽挽额头上的情绪，为享受更多色彩的沐浴，濯去白日里积下的倦意。哦，那彩绸似的彤云能扯下来揩拭眼角边的泪吗？能抹去躯体劳累的汗渍甚或心灵上殷红的血迹吗？真想让胸中淤积的抑郁随急促的喘息喷出，逸展开能融入霞色的一片！不为闲适者欣赏，只为抖落某些重负，并让平凡又艰难的日子闪出一些光芒。

风梦一般吹拂，拂去蒸腾的尘世的欲念，尽情地让心沉浸在这迷离的抚慰中。

悄悄翻开记忆的扉页，寻找祖母留下的童话，鲜红的文字映入眼帘，在心的屏幕上漫开桃红一片。终于觉得那并非幼稚的梦，或许是另一种洒脱的生活态度，抑或对尘世的另一种理解。

残阳似乎在微笑颔首，恍惚中幻为纪伯伦那颗睿智的头颅。红色声浪款款飘来："生和死是同一的……"

一只艳鸟从残阳里飞过来。随手扯来一根青草与其对话：

"生是艰难的，亡又当如何？"

"假如你真要瞻望死的灵魂，你应当对生的肉体大大地展开你的心。"鸟音婉转如歌唱。

"害怕走到夕阳处，又每每企盼迎夕阳归去；夕阳无限好，只是近黄昏！"

"只在你们到达山巅时，你们才开始攀缘！"清脆的鸟音在霞光里飘荡。

"……"

将青草夹入祖母留下的童话里。遥想它能开花结果，侍奉更多的饥渴者。

1990年10月

雄健的鹰

翱翔的鹰

天，湛蓝幽远。

晴空诱惑着苍鹰。面对太阳，鹰振翅而起，刚健的羽翼闪烁着七彩的阳光。

旷阔无垠的幽蓝里，苍鹰背负青天，或扶摇直上，或展翅滑翔，双翼扑动着雄浑的格律。天空温暖，心胸也温暖；鹰展开身体，也放飞畅然的心绪……

大自然的色彩赏心悦目！鹰以潇洒的滑翔和搏击长空的气势，把笑傲一切的气概挥洒自如地写进深邃的天幕，成为一幅生动的风景。

大地景色尽收眼底。鹰看到，碧绿的层林里，一些鸟儿在懒散地闲聊，杂雀在无聊地打闹——为一时的温暖而沉醉。鹰犀利的目光里透着不屑，滚热的胸中只涌动一个信念——练就一双任何时候都不致疲惫乃至折断的刚强的羽翼！

因此，鹰是孤独的，它的孤独同太阳、月亮的孤独一样永恒与伟大！

俯瞰大地，鹰的心胸里渐渐有了君临一切的豪情！它感到，持续而充满激情的翱翔终会使自己获得一双钢铁般的击空之翅，这双翅能载它抵达期待已久的理想。

于是，鹰自由地在自己灿烂如阳光的梦中展示多变的姿态，特别是那扶摇直上冲向太阳的姿态！

它相信，心有多高就能到达多高；

它相信，总有一天会摘得那枚灿烂的太阳。

搏击的鹰

起风了。

阴冷的风带来了猖狂的雨云。鹰感受到了寒意和强力的冲击，也感受到了大自然的变化无常。

鹰毫无惧色，环眼暴睁，迎风振翅，目光冷峻而刚毅，它坚信，搏击才能带来生路，怯弱只会被风云卷去。

风云依其巨大的能量翻卷呼号，唤起了鹰征服的欲望，信念和能量同时从头脑向翅膀传递。鹰左冲右突、上下翻转，疾如流星，追赶着闪电，带电的黑翅一次次划破云层！——伴之以亢奋的鸣叫，伴之以激越的和声！鹰又一次听到了空气被撕裂的声音，又一次体验到搏击的艰辛和乐趣……

茫茫大野中，鹰看到苍生惊惶地躲藏，寻找庇护。机警的鹰感到了机遇和挑战的来临，因而突然间有了饥饿感和强烈的捕获欲望！它快速锁定了目标，鹰虽然知道此时猎食充满危险，却依然蜷爪振翅，对准仓皇奔逃的一只野兔俯冲下去。霎时，草木狂舞，惊鸟飞蹿……

转瞬间，鹰的利爪已深入兔的体内。狡兔并未回头，忍着剧痛朝前狂奔，因为前方不远就是一大片灌木林。

危险突然来临！鹰明白，必须迅速上升提起这只兔，这是搏击、奋争的紧要关头！

灌木丛就在眼前，鹰知道此刻该如何摆脱危机。它拼尽全力，在最后一刻腾空而起，伴之以撕裂般的惊天长鸣……

挺立的鹰

云岩之上，苍鹰双翼隆起，默默伫立，叼一缕血色阳光，似在远眺，又似在小憩。

是翱翔的梦尚未苏醒，还是搏击的翅仍感沉重？

夕阳如血，暮霭绚烂，悄然擦过嶙峋的悬崖。

神秘的丛林里，传出鸟儿零碎的细语，像纷纷扬扬秋之落叶，亦如星星点点春之花蕾。

一切皆归于平静，时间和历史，仿佛也停止了行进的脚步。然而此时，夕阳美丽的晕晖，映衬了一对魅力四射的眼睛！

那是一对敏锐的眼睛，透着果敢和坚定；那是一对犀利的眼睛，迸射热切与机警；那是一对深邃的眼睛，传递诚挚与宽宏……

那是鹰的眼睛！只有鹰，才有这样的眼睛！

呵，鹰其实并未倦怠！

它在想象、在回忆、在沉思、在诘问、在憧憬；

它在注视风和云的起伏涌动，在预想新一轮日出的崭新姿态，在酝酿灵魂深处新的风暴……

不知何时，猎人的枪响了！子弹挟带危及生命的信号呼啸而上。鹰依然镇定伫立，犀利的眼神嘲弄着渐渐飘散的硝烟。

——它知道，自己的高度和气度足以消解任何威胁所携带的能量；

——它以独特的姿态泰然挺立于这充满着玄机的世界，悄然积蓄着拼搏的力量，热切追寻生命的再一次升华……

呵，挺立的鹰！雄健的鹰！

1988 年 6 月

寓言一组

野花与稻禾

田塍一侧，低矮而零乱的野花们，在春风的吹拂下沾沾自喜、得意扬扬地摇曳着。它们压抑不住涌动的豪情，你一言我一语奚落被它们围住的稻秧：

“你们这群稻秧也真够呆板的，机械地挨排站着，完全由人操纵，没有一丝灵活性，也没有半点民主气氛。这样的生活，有什么意思?”

“是呀，它们简直就像坐牢！哪像我们这样自由自在，高兴在哪生长就在哪生长，高兴长成什么样就长成什么样，嘻嘻……”

稻秧不作理睬，而是在各自的位置上忙碌着。

“瞧它们那丑样，”野花们继续调笑道，“全都一个呆样子、一种死颜色，没一丁点儿的变化。”

“是呀，是呀，它们哪像我们这样艳丽、这样斑斓，嘻嘻……”

稻秧依然不加理睬，仍只是静静地吸收阳光，将精力全用在生长上。

稻禾渐渐长大、长高了，又渐渐地成熟了，终于棵棵都挂上了金灿灿的谷穗。秋风吹来，稻田里滚动层层金浪。而野花们，匆匆度过了空虚的一生，带着各自的遗憾和苍凉，纷纷凋谢了。收获时节，农人担着沉甸甸的稻子从它们枯萎的躯体旁走过，它们也无力再发出什么悲叹了。

然而，第二年春风又吹时，它们竟然忘了祖先的悲哀，重又演着那套无聊的节目。

稻谷与稻草

打谷场上，离开了稻茎的谷子骄傲地聚在一起，以同情又不乏轻蔑的目光望着那些它们曾赖以生长的已枯黄了的稻茎。

"我说稻草，你们也真叫可怜，"谷子自豪地说，"一生都为我们服务，到头来却不被人看重！人们鄙夷地把你们称作稻草，当作不值钱的东西随意处置。而我们谷子却被人珍视，不仅小心翼翼地把我们收藏起来，而且还生怕我们受潮、受热，为我们盖很大的仓库——我们看到的尽是人的笑脸和喜悦的目光！"

听了稻谷的话，稻草并没有悲哀。它们不屑于与谷子对话，就像饱经沧桑的长者不屑于某些轻浮的年轻人的轻视、调侃一样。它们似乎参透了生的要义，明了自己生存的价值，坦然仰天微笑，同时为自己晚年还能有所奉献而欣慰。

"不过，也难怪人轻视你们，"谷子依然自豪地说，"你们现在还有什么价值呢？——除了供人搓草绳、编草鞋、盖屋顶、烧锅灶这些苦差事之外，你们还能有什么价值呢？而我们却能维持人的生存！是呵，是呵，这就是命！我们谷子生来就是享受的、贵重的命，你们稻草生来就是辛苦的、低贱的命，这有什么办法呢！"

谷子正得意地抒发豪情时，一场大雨骤然降临，农人急忙拿稻草往谷堆上盖。

稻草并没有因为稻谷的话而拒绝谷和人共同的要求，它们联合起来，组成宽阔的胸怀，掩罩着它们曾经哺育过的谷子，就像母亲掩护受惊的孩子那样——

不求有什么报答！

月亮和蜡烛

静夜里，一根蜡烛在默默燃烧，传播它所能提供的光明。

一轮满月骄傲地悬在星稀的高空，鸟瞰尘世的一切。透过窗棂，它看到了那根燃烧的蜡烛，鄙夷地冷笑几声，萌生出调侃一下蜡烛的念头。

“嘿嘿，你提供的那点光亮，真是太可怜了，连一间小屋子都不能完全照亮，有什么意思。真不如自己灭掉的好，省得丢人现眼！”月亮非常得意，优越感越发强烈了，“你永远也起不到我这种作用！你瞧，这广袤大地上，到处都是我的光亮——你恐怕根本想象不到月光的覆盖面吧？”

蜡烛听到了月亮的讥笑，并未自惭形秽，一面平静地、执着地燃烧，一面回应月亮的嘲讽：“我的光亮尽管微弱、有限，但毕竟是自己发出的——是燃烧自身的奉献。而你仅仅依靠天然的优势，靠传递太阳的光而获取声名，自己却并没有消耗，没有真实的付出。再者，我的照明范围虽然有限，但我附近光线较强，人们能秉烛夜读——能照亮哪怕一小片区域，只要有所贡献，为人所重视，这就够了；你的光覆盖虽广，却普遍柔弱。我们的境界不同，作用也不同，何苦相互嘲弄呢？”

听了蜡烛的回话，月亮反倒没趣了，于是不再言语。

烟与烟囱

烟总是不满烟囱束缚它们的自由，让它们不能随意飘散，于是经常埋怨，甚至对烟囱提出抗议。

一日，某户的柴烟通过烟囱时就很不客气地骂道：“你真无聊啊！为什么非让我们按你的路线走？你这不是多管闲事，存心和我们过不去吗？你真是个无赖！”

烟囱并不气恼，耐心劝说道：“世上哪有随心所欲的自由？——要想在文明之域生存，就得遵循必要的规则规范，否则，文明也就不成其为文明了。”

“你别尽说大话，”烟继续抗议道，“你的用意我们都很清楚，你是靠限制我们的行动才显出价值得以生存的——离开这一点，你就完蛋啦！你这无赖，害得我们好惨呐！”

“你们只说对了一半，”烟囱反驳道，“你们也是靠了我才得以在这文明之域生存的，离开了我，你们也将被人们逐出这文明之域——这一点，你们必须清楚!”

烟们不信劝告,依然怀恨在心,咒烟囱早日倒掉。

烟的愿望终于实现了:该户的烟囱由于年久失修,一场大雨过后终于倒了。解除了束缚的烟们欢欣鼓舞、兴高采烈地四处乱窜,呛得户主咳嗽不止、泪溢眼帘。户主遂下定决心,废弃柴灶,投资办起液化气灶。烟被判了“死刑”,应验了烟囱生前所言。

两只母鸡

某户养有两只母鸡。甲鸡常下蛋,然而下过蛋后从不出声,就像什么事儿都没发生过一样。乙鸡不下蛋,但每遇甲鸡下过蛋出窝,便乖巧地前去向主人报喜、请功,常能获得主人丰厚的奖励。久而久之,主人便喜欢乙鸡而厌恶甲鸡了,撒食时,主要撒向乙鸡,甲鸡前来争食常遭主人恶毒的咒骂甚至驱赶。

一日,甲鸡下过蛋后不抱希望地自己觅食去了,乙鸡趁机歌唱起来。此时适逢主人迎客,须杀鸡款待。主人早就厌恶甲鸡,认为甲鸡光吃食不下蛋,养着没用,便趁甲鸡不备,擒住开刀。临刑前,甲鸡竟高亢地悲鸣起来,似乎将往日的声音集于一时,且以一种复杂的眼光望着主人,为自己亦为主人悲哀。然而主人读不懂它的悲鸣和目光……

甲鸡命丧,当主人剪开它的胸骨时,吃惊地发现了成团的蛋花,其中有几颗已很大,不久即能成蛋。主人始知自己犯了什么错误,然而后悔晚矣!

锁与钥匙

锁和钥匙经常碰面,每次都有对话,发出一些特殊的声音。

有一回,钥匙对锁说:“请问,对于人而言,我俩谁更重要?”

锁答曰:“当然是我! 因为有我的存在,人们的财产才更安全,正因为发明、制造并广泛使用了我,才使千家万户更安心放心,人们才能没有顾虑地去工作或外出活动! 毫无疑问,我在人们心目中是最重要的!”

钥匙却不赞同："那未必，如果没有我钥匙，你锁的存在也就毫无意义；如果没有我钥匙，人们外出还有什么心思？千家万户也会愁断肠子！而且，如果我被丢了，或折断了，你锁也就没命了，主人会毫不留情将你撬掉换掉！"

锁似乎接受了钥匙的说法："是呵，很多事都有两面，只有共同存在时，才会都显出价值，否则双方都失去价值。"

钥匙也跟上说："所以，我们同等重要，一荣俱荣，一损俱损！"

锁附和道："是的，是这样！你今天这个问题很好，很有意义！"

"那么，我再问你一个问题，"钥匙又说道，"你说我俩谁更得人喜欢？"

锁回答道："这个问题与上面的问题是同样性质的问题，答案因此也应该是一样的。"

钥匙却说："那就不一定了。人，无论谁，恐怕都喜欢我；而对你来说，只有主人是喜欢你的，希望你健康结实牢靠，而主人以外的造访者可能就讨厌你了，如果是小偷还会恨你的！"

锁说："可能是这样，但这是我职责所系，否则我将没有生存的价值！"

钥匙又接着说："就与主人的关系而言，对你是信任，对我才是喜欢，我比你与他更亲近，他将我随时带在身边。所以，我是温暖的，而你是冰冷的！"

锁沉思了片刻，回答道："没有我的冰冷，哪来你的温暖呢？正因我扮了冷面，你才有条件享受了暖意；这个世界上，总得有人去扮铁面、冷面，如果都不愿像我一样忍受孤独、寂寞，不愿去扮冷面、铁面，哪来温情和暖意呢？"

钥匙不再言语了，之后与锁更默契地配合，维护它们共同的价值。

笼中笼外鸟

某户养有一只宠物鸟，关在笼中。每日，主人在上班前，分别在笼中的食筒和水筒内加入谷物和水，放在院子里的一个大花盆边，逗过一阵子乐才放心而去。鸟儿的羽毛艳丽，也很活泼聪明，属鹦鹉变种，学名叫牡丹玄凤鹦鹉，那艳美的长尾真的如同凤尾。这只鸟连同关它的笼子处于布满花草的空落落的院内，它独自上下蹦跳嬉戏，独自婉转鸣叫歌唱，常引来一些野鸟，一同营造着热闹氛围。

一日，一只白头鹎被笼中鸟婉转的啁啾所吸引，飞到它鸟笼旁边的茶花枝条上，与它对起话来。

“你这家伙，日子过得多滋润呐！”白头鹎羡慕地望着笼中的牡丹鹦鹉道，“每天有人专门为你放好吃好喝的，不用像我们一样为生计奔波，多好哇！”

牡丹鹦鹉冲白头鹎发出一阵不满的叫声，而后做痛苦状道：“你是不晓得我的苦处啊！你只看到我有吃有喝，就没在意我身陷这个小小笼子，一点都没有自由，简直就是坐牢！我还真羡慕你们，无拘无束的，想到哪就飞到哪，多好呵！”

“我看你真是身在福中不知福！”白头鹎说，“我们天天飞这飞那，多累呵！为了什么？不就为个肚子吗？有时飞了半天，累得半死，还填不饱肚子！真是苦哇！你呢？不愁吃、不愁喝，还这样不知足！没自由算什么？肚子有保障才是最主要的，连人都说‘人为财死，鸟为食亡’嘛！”

“你真是不晓得我的痛苦哇！”牡丹鹦鹉进一步解释说，“像我这样想飞飞不了，想动受限制，要这双翅膀有何用？羽毛再漂亮又有何用？我这还能叫鸟的生活吗？简直就是人的玩物嘛！真是没办法，要不我真希望我俩换换，你进来，我出去……”

“我又没你这么漂亮的羽毛，也没你那脆亮的嗓子，更没你那娇媚的身段；我就是想跟你换，你家主人也不会要我的！”白头鹎忧郁地说，“这就是命！我俩都认命吧！”

两只鸟实在说不到一起去，毕竟处境不同，感受也就很难为对方所理解。

“过这样孤独的生活，经常连个说话的都找不到，要我这亮嗓子又有什么用？就只为了唱给人听讨他的欢心？真的不如死了的好！”牡丹鹦鹉悲哀地说。

“别说这丧气的话，”白头鹎安慰道，“你看这样行不：我天天来这里陪你说话，为你解闷，你把那筒子里的小米衔点出来给我吃，省得我到处飞，找食吃，省下时间来陪你。怎么样？”

牡丹鹦鹉开心地答应了。

之后，每日，这只白头鹎都飞临这个院子，与笼中的牡丹鹦鹉制造共同的欢乐。

多日之后，主人发现筒中食物消耗量增大，便起了疑心，通过多次隐蔽观察，终于弄清了原因。某日，主人躲在一暗处，趁白头鹎不备，用弹弓射杀了那只白头鹎。

这之后，牡丹鹦鹉便日渐消沉了，到后来竟不吃不喝，数日之后便死去了。

主人始终不明白，这到底是为什么。

千年之罐

在一个古墓考古发掘现场，一只瓷罐经考古人员长时间细心持刷扫土，终于重见天日。

这只瓷罐在这个黑暗的墓地里沉睡了一千多年，当覆盖它的黄土被一层层扫开之后，它似乎一时还难以适应新环境，其底座还牢牢粘在土地上，罐内填满了带有铁锈的褐色泥土，看上去好像很是沉重。这使得小心翼翼的考古人员一时停了手，未敢强行将它剥离地面端出墓地，而是静静观察它重遇空气的情形。

瓷罐显得很深沉，就像一个神情恍惚、行动迟疑的老人，胸怀之中似有很多的感慨。是呵，它穿越了这么漫长的时光，见到新的时代，新人的面貌，新鲜的空气，怎能不感慨万千呢？此外，它还背负着过往沉重的历史记忆啊！所以，它的底部还粘着这块它沉睡了千余年的土地，它还在寻找它的伙伴……

令瓷罐印象最深的，是与它同来的那只铁罐。记得在被人放入墓中之前，它与那只铁罐还有段谈话——那是一段千年之前的对话。

那是在入墓的前一天，有人不慎让铁罐和这只瓷罐的姊妹罐一同掉落在地。瓷罐当场打碎了，而铁罐完好无损。结果铁罐被人重新放回原处，而打碎的瓷罐被当作垃圾扫走倒掉了。

铁罐是趾高气扬地回到殉葬物品群里的，同时还用轻视的目光望着身边的瓷罐，用骄傲的语气说道：“我说要你们这些瓷罐有什么用呢？稍微碰碰就损了，落在地上就碎了，如果我是人，我就干脆不用你们！”

“我们也有自己的长处嘛!”瓷罐有点气虚地说,“瞧我们的造型、身段还有颜色,多漂亮多艺术呵,很有观赏价值,所以主人喜欢我们呐！在房间很多处都摆放我们作装饰,还把我们当作艺术礼品送人……”

“光好看有什么用?”铁罐不以为然,“那么容易损坏,中看不中用！想想看,烧制你们的时候花了那么多精力和成本,结果碰一碰就没用了,太划不来！我建议人们以后把更多精力和资源都用在制铁罐上！其实铁罐也能制出多种花样来的,照样十分美观。”

“我们也还有别的长处呵,”瓷罐进一步辩驳道,“瓷罐不光有欣赏价值,也有实用价值;不管盛什么东西,都不会被腐蚀,不会变色变样,清洗起来也很方便,洗干净后就像新的一样。”

“容易打破的东西,说得再好也没用!”铁罐依然自豪地说,“存放东西牢靠、密实还必须是我们铁罐！说实在的,明天我还真为你们担心,把你们放进墓穴陪葬,打打碰碰是难免的,再加上土石的堆压,你们还能有几个保存完好呢？人也不知怎么想的,何不都换成铁罐,多好啊!”

“人们是喜欢瓷罐的,所以瓷罐多于铁罐,这说明瓷罐有它的好处……”瓷罐仍在辩解,不服但也说不出其他更有力的理由。

“我相信,今后铁器一定会取代瓷器！再过几百年,最长不过千年,你看吧……”

“……”

现在,穿越千年时空的瓷罐,想起了千年前的这段对话。瓷罐在四处寻找铁罐,却什么也没看到,它只感到罐中的泥土因为铁锈的融入而变得很沉重。它已经知道,不可能找到铁罐了,因为铁罐已转变成铁锈融入了泥土。它怀抱着这些铁锈泥土,并没有感到多欣喜多快意,而是多了不少沉重和感慨……

瓷罐感到,自己与铁罐千年前的对话,太匆忙,也太肤浅！很多东西,在时间面前都显得那么苍白无力;很多价值,在时间面前,似乎都要重新衡量。

瓷罐最终被人请到博物馆里去了。在这里,它发现比自己历史更久的东西还有很多、很多！它觉得自己没有什么值得骄傲的,因而它始终保持一种深沉的低姿态。

1988—2005 年

XIESHENG · XIESHI

写生·写实

最后的货郎客

最近，我看见了一个“货郎客”！

如果三十年前我说这句话，肯定不会引起别人什么兴趣，因为那年月，见到“货郎客”并不是件新奇的事。然而，在经历了三十多年改革开放、商品经济和市场条件如此发达的今天，我说又见到了“货郎客”，或许就会引起人们好奇的关注了。

我是在一次偶然的机会、在一个特别的环境里见到那个货郎客的。那日，天气晴好，我参与了县老年大学组织的“开门办学活动”。近两百名城里的老年人，带着他们自编的歌舞节目和自己添置的鲜艳的演出服饰，来到有着诗一样美名的省级美丽乡村示范点：太慈镇桃岭村。那里的省级农民文化乐园建设得如同城市里的公园一般，而乐园之中的那个大舞台，飞檐翘角、气势恢宏，舞台前那四根大红立柱上的楹联，也尽展桃岭村人的豪迈气概和自豪情怀：

好雨绽桃岭花絮簇拥金碧舞台

惠风拂乡村山岚荡漾锦绣琼楼

舞台前的广场也很开阔，可容数百人落座观看节目。舞台口对面，约莫三四十米开外，临近村道的地方，有假山石衬托的旗杆台。起先，我并未注意那旗杆台的红色台阶上坐着什么人，而是被桃岭大舞台所吸引，看三五成群簇拥舞台的老年大学学员们兴奋的姿态和欢乐的表情。而当我靠近了旗杆台，看见一副与环境不相协调的破旧货郎担时，才看见坐在红色台阶上的货郎担的主人。

那是一个普通的乡下老头，七十开外的年纪，头发所剩无几，穿一身褪了色的不知是什么式样的蓝底粗布衣裤，脚下穿一双早已过时粘有泥土的黄色球鞋。他两手抱着膝盖，稳稳当当地坐在旗杆台的第二级台阶上，圆圆的略显虚胖的脸上，浮着憨态的仿佛已经凝固了的笑意。无论身边人如何流动，他都保持一种姿势、一种面容：眯着眼，略带憨笑地望着眼前的人影浮动以及眼前那副与他差不多一样陈旧古老、着色很深的货郎担子，残留着稀疏花发的头颅反射着从身后斜射而来的阳光，从正面看过去，那模样甚至还有点像现实版的弥勒佛了。

他不吆喝，也不说话，不知道的还以为他不是那副货郎担的主人，而是前来看热闹暂在此小憩的村民。很显然，他对于自己货担中的小商品能否卖掉不抱急切的愿望，抑或是今天来到这里也并非仅仅为了卖他的那些不值钱的小货物。

但是，从这边看过去，让人感到，他的心湖似乎是平静的，他对日子的企求就像他的笑意一样，憨憨的，一如这春日里漫洒而下的阳光。

他的神态，就像野藤缠住了树枝，越来越紧地抓住了我，我不禁在心里发问：对于生活，他有怎样的企望呢？带着探究的心理，我靠近他，与他交流起来。

交谈是不困难的，就像所有生意人一样，愿意且能够交流是他们必须具备的素质。他告诉我，他今年七十好几了，做了一辈子货郎客，做小伙子的时候就挑着货郎担走村串户，靠这副担子一直把艰难的日子挨到今天。他的言语很随和很淡定也很简洁，好像数十年挑担生活就这样自然而然地延续到了今天，而对于这其中的艰辛与酸楚，他似乎没有热情去诉说，到底是困苦的磨砺破坏了他的记忆，还是艰难的生活让其心灵变得迟钝了？

“我是个‘五保户’，”他说，“政府给的钱让我能生活。”

“你的子女呢？”我接着问，“他们都在哪里？能给你照料吗？”

“我没有子女，”他还是那样憨笑，“我没结过婚，年轻时家里穷，讲不起亲、讨不起老婆。”

我有点惊诧地望着他，良久才又问道：“那么，家里的田地呢？你这么大年纪了，还能自己种吗？”

“我已经没有田地了，”他淡淡地说，“我家原来在新的镇政府大院旁边，我的田地镇政府搞开发时都被征收了，我没有田地了。”

“哦，那么你，如何生活？”

“我是五保户呵，”他轻轻说，“还可以卖点小货。”

“……”

至此，我的心情变得有点沉重起来了。我从一侧久久地望着他，看到他那虚胖的面颊上有几块殷红的浮肿，还有几处不易察觉的粗糙的破损，我不是医生，我不知道这是不是某种生理疾病的征兆。

我退下台阶，隔着陈旧的货郎担子为他照了张相，我想留下这个瞬间。一个苍老的货郎客，一个差不多快要成为某种历史记忆的民间职业者，来到代表了当今新农村建设成果的美好乡村示范点，在颇具时代气息的省级农民文化乐园里，面对一群城里来的与他年纪相仿的老年人，做着一种古老的生意！这难道不是一个颇有意味的瞬间吗？

我买了货郎客货框里的几样小东西，算作对他“事业”的支持。而他依旧那样憨憨地微笑，眯起眼平静地看着周边这班城里来的时尚的快乐的老人。从他的表情上，的确看不出他是为卖货而来还是为看城里老年人演出而来，或者二者兼而有之？

我揣着一堆沉重的问号离开了他，但视线仍不时往旗杆台那边瞥过去，脑子里仍不时闪现关于他的一些问号。

之后，我时常有意无意翻看手机相册，去看我为他照的那张相，每每看到这老货郎客憨笑的神态，内心都会生发一种莫名的伤感，一连串相关的问题连续地蹦出来：

他没有土地，没有儿女，只有一副陈旧的货郎担子；当然，也还拥有可自己摆布的自由的生活！他对自己当下的老年生活有没有设计？还有没有别的企求？他将伴随着他的货郎担走完一生吗？

他看到这班城里来的与自己年纪相仿的老年人如此快乐地生活，会有怎样的想法？他将自己的日子与城里老人的日子做过比较吗？他从城里这班老人身上得到了某种启示吗?

他现在身处美好乡村示范点,他头脑里有过什么时候也能站上这个乡村大舞台唱上几句的想法吗?他有过什么时候抛了那陈旧的货郎担也加入老年大学欢跳的队伍的想法吗?

……

不过,这只是我的一些想象,我回过头来,看到的仍是老货郎客憨憨的执着的笑,那面容,那神情,早已打上了属于他生活特质的烙印。

2017 年 5 月

车　站

车站有点乱,因为狭小,还显得有点拥挤和嘈杂。我默默地坐在一条长椅上,没人与我聊天,我也没心思看报,独自想着我的那有些凄凉的心思;精神似乎有点恍惚,鼎沸的人声也消不去我内心的孤寂。看来,今年的调动又成了泡影!母亲呵,您又得拖着一个病身子,在遥远的故乡再苦候一年了……

当我的思想进入空明之境时,一个声音把我喊回到现实中来:

“同志,这是你的包吗?”

我向上望去,见一个装扮入时的姑娘在朝我微笑。那姑娘虽不漂亮,却有一双明媚的大眼睛。我没有回答那姑娘的问话,将包提起放到地上。那姑娘便在我身旁坐下来。

“上哪去?”她妩媚地朝我笑笑。

我立刻警觉起来。因为我一直觉得,车站这种地方,历来是信任缺失的杂乱之域,一些人口拐骗、诈骗偷盗之类的恶劣现象常在这里上演的。而且我还有前车之鉴,上回,也是在这杂乱的车站,因为等车无聊,我与身边一位自称是工人其实是本县某校教师的男士谈起了心,无意中我谈及了调动工作的艰难,有时还不得不昧着良心去送礼等等,之后不久,这位男士也许是为达自己目的,以我跑调动的事为例,写人民来信到纪委,告了县教育部门的状!弄得我非常被动,至今未能成功调动恐与此事不无关系!我追悔莫及,怪自己单纯,无防人之心。我恨这车站,也怕这车站,担心再次搭错了车子。

“说不准,出差的。”我信口胡诌,“刚下轮船,这会儿又来赶火车。”

“哦，出差的。”她莫名其妙地笑起来，看样子是下了决心要和我聊聊天，借以填补这候车时特有的精神空虚。

我于是又瞥了她一眼，见她最多不过二十岁，料想她不至于那么奸诈，便问：“那么，你上哪儿去呢？”

“去看我爸爸，”她脸上显出忧郁之色，“他其实是我的养父，我妈在我三岁的时候才和他结婚。他后来又和我妈离婚了，到A市去了。”

“既然这样，你还去看他？你妈没有看法吗？”我好奇地问。

“为什么不能去呢？他毕竟抚养了我。”她睁大眼睛，不解地望着我。

“现在他又结婚了？”

“又结了婚。”她答道，脸上的忧郁之色又加深了，“我一直想去看他，可我妈不让，妈把他说得很坏，她说我如果去看他就不认我做女儿，可我还是憋不住。他把我从三岁抚养到十六岁，待我如亲生女儿，不容易呀，我没感觉他坏啊……”她的眼睛似乎有点湿润了。

“那么，”我又问，“你现在在哪儿工作？”

“在一家小店当营业员。”她淡然一笑，很惭愧的样子，“我很小的时候，父亲就把我送进了市杂技团，父亲当我的教练。后来，我在一次练功中摔伤了腰，险些残废了，现在回来，只能做些轻松的事。就为这事，我妈和他吵翻了脸，说他不喜欢、不爱护她的孩子！这真是冤枉了他呀！我当时……嗨……我当时应该……”她用手捂住了脸。

我望着她，渐渐为之动容。她将这一切都告诉了一个萍水相逢的陌生人。而这一切，于一般矜持的姑娘，即便遇上熟人也是不肯说的。我有点为我刚才的言行汗颜了，欺骗这个姑娘是有罪的！

“怎么对你说呢？”待她重新抬起头来，我尴尬地说，“我刚才骗了你，我其实不是出差的，我就在附近一所农村中学任教。这次为调动之事外出，眼下正回校去。”

“真的？”她惊愕得瞪大了眼。

“是的。因为现在缺乏真诚，所以见陌生人我一般不吐真情。”

“你是教师，怎么会撒谎？我长这么大都从没骗过人的——父亲一直这么教导我。”她抬起头来，用那双单纯的眼看着我，“其实，十六岁那年，我扭伤了腰回家时是应该撒谎的，我该对妈说是骑车子摔伤的。如果那样，如果那样……”

我低下头去，害怕与这双眼睛对视。这双眼睛就是两面镜子，能照出人心灵上的瑕疵。我原先也是有着那么一双眼的，但在现实中被蒙上了灰尘。

火车进站了，她要走了。我说："留下地址吧，以纪念这短暂的邂逅。"然而竟找不到笔。最后她拿出口红来，我和她都在对方的纸上写下了几个粗糙的字。

她走了，带着对养父深深的眷恋和荡漾于心房内的忧愁。柔情的小姑娘，但愿你能在你仁慈的养父那里得到你应得的抚慰！

我依旧坐在这条长椅上，环视这杂乱的车站。呵，这小小车站，曾包容过多少繁复的生活制造出的杂沓的故事啊！这一条条陈旧的长椅，又曾承载过多少悲情离意？

生活中有许多这样的车站。

有许多人在车站上搭对了或搭错了车。

我不禁又想起远在故土的父母，仿佛又听到远方亲人的叹息声，一阕忧伤的旋律在胸中回旋。亲情是甜美的，然而亲情有时也是难耐的。

汽笛鸣叫了，拉断了若干段故事的情节。我不由得潸然泪下了……

1985 年 9 月

乡村女子(四题)

山妮

很小很小的时候,她就曾梦想过,哪天沿着那条飘带似的山道,走出这阻隔着山里人视线的重重青山,到山外那座让山民们歆慕的城里去逛逛。

可是,门前那棵梨树的叶子不知青了多少遍,她还一直守在日夜劳累的母亲身边。——那向往的情丝,犹如那羊肠山道,蜿蜒、迤逦——直到她长成山村里的漂亮的大姑娘!

要嫁人了,母亲揩着泪对她说,如今日子好过了,妮儿,你还想要点什么?她只说了那藏在她心里多年的两个字……

挑着满满一担山货,让脚底板尽情地亲吻着山道,一如一只饥饿的野鹿,急躁地去寻找解馋的食物!

桑扁担在肩上唱着一支欢快的歌,思绪却沿着山道一直延伸到前方那缤纷的生活中去。

——妈妈,别怪我太轻狂。您晓得吗,常听人说城里热闹极了,那里姑娘都穿戴时髦,娇嫩得像仙人!我要用卖山货的钱也去买一身城里的衣穿穿……

——妈妈,我不会出事的;您等着吧,我会穿着用山货换来的衣裳,像鸟一样飞回来!您见了,定会笑着说:妮儿果真漂亮多了!

味美的早餐

她醒来之后，就再也没睡去。

她起床的时候，未知名的星星还在山巅上闪烁，黎明前那将逝未逝的夜的气息还严严实实裹着山村，昨夜为她忙乎了一夜的婆婆还在酣睡。

她轻轻地挪动脚步——为了不打断婆婆的好梦——走至婆婆跟前，望着婆婆那慈祥的面孔，一股暖流在胸中回旋，一缕眷恋之情油然而生。

这实在是个慈祥的老人，实在是她的好婆婆呵！自打她被接进这个家门后，她与这老人就一直处得很融洽。十几年来，老人待她一直是疼爱的，她们相依着，一齐熬过了艰难的日子。可是，当日子刚刚好过的时候，老人唯一的儿子、她那诚实勤劳的男人离世了！那以后，这个家便只有两个女人了。她本想守着这个好老人过完剩下的还很长的日子，然而，精神和生理上的要求——过日子的需要却又使她生出了再嫁的念头。她一直没勇气将心思向婆婆吐露，她不忍看到那张慈祥的脸上带上阴郁的神色！但婆婆毕竟是个知情知理的好老人，含着泪默默地为她准备好了行装。

就要离别了！她决计要在离别之际，为婆婆做顿早餐。她要拿出她最好的手艺，使这顿早餐既丰盛又味美。她要通过这顿味美的早餐告诉婆婆，她不会忘了婆婆，往后、往后，她还会常来这儿，为她老人家驱散内心的孤寂。

她挪动身子离开了那张床，走进了厨房。她于灶前坐下，点燃了柴火。火舌从灶口喷吐出来，将她那苍白的面庞涂染得红红的。那专注的凝眸分明在向往着美好的去处、甜蜜的境界……

水妹子

她呆立在那条陈旧的小木船上，沐浴着残阳柔弱而又绚丽的辉光，满怀期望地朝那条能通往城里的狭窄公路张望，企望他那瘦削的身子出现——不管是骑着车还是徒步走来。

那天，他就是打这条路上来的，带着那股子城里人与众不同的时髦劲儿，留着长发，蓄着胡子，穿着没有领子的薄衫和褪了色的牛仔裤，骑一辆崭新的凤凰轻便自行车，还背着一个很大的画匣子。他从公路拐上沿河的堤坝，一路唱着歌骑过来，终于在她的船边停下了。他扶着车站在堤坝上朝她及她的船看了半晌，过后干脆将车子放倒在堤坝一侧的草皮上，并支起了他的画匣子，然后朝她喊道：姑娘你好，能否帮我一个忙，在你的船上摆个姿势并尽量保持不动，怎么样？她问为什么要她这样，他说要把她画到画里去，这里的风景配上她和船真的很美！她笑着回道，会有什么好处呢？他说会给她报酬的。她说不要报酬，只要画。他耍了个滑头，说了句模棱两可的话……

于是，一个水乡的土妹子，与一个城里来的小伙子，邂逅于这清丽的水边，沐浴和煦的乡风和阳光，展开了一次没有契约的高雅的合作。

合作完成，她跳上岸来，找小伙子要画架上散发油墨香味的画稿，小伙子说画还没最终完成，还要带回去再作润修。她嘟起嘴说他骗人，害得她白站了半天的船；小伙子笑嘻嘻地安慰她，说画润色完成好就送到省城参赛，肯定能获奖，之后就带来给她，同时承诺再给她画张特写肖像。她将信将疑，但也没有更好的办法，只一再要求他一定守信。她目送小伙骑车离开，并一个劲相互摇手，算作没有保障的约定。

然而，一年过去，仍未再见小伙子的身影！她内心的空白越拉越开！

向晚的圆日，渐向缤纷的暮岚中沉去，而像以往一样，他的身影仍没有出现。他不会来了吗？一丝莫名的惆怅如那西天暮霭，渐渐地凝重起来。

不过，一种崭新的念头已在她头脑中产生：哪天，她也要像他那样骑车沿着这条窄路驰过去——就像那天他骑车迎着夕阳归去那样——去寻他，寻他承诺给她的画，寻找可能属于自己的另一种样式的生活。

她眯起眼，顺着那条路一直望向西天那绚丽的彩霞，那儿好像有她新的希望。

私房钱

积攒了几年，她终于有了一笔私房钱！这些私房钱呵，曾代表她的一个质朴而又迷人的希望。每到夜阑人静时，她都要将它从箱底拿出来，一遍遍地清点，一遍比一遍有味，一遍比一遍更富联想，一遍比一遍更叫她激动、兴奋。那令她神往的日子的图景，一次次从缥缈的境界里飘来，在她脑子里构成一幅幅生动的立体的图像，使她脸红、心跳。即使在梦中，她还在盘算，如何更有效、更经济地使用这笔钱，去点缀自己那套嫁妆，使之更体面、别致、招眼，让村上的姑娘们羡慕乃至嫉妒，为未来的日子，带来一个好兆头！

然而，后来，在她随着村里的几位能人出去转过几趟之后，她的想法却变化了。她承包了村里的一大片荒坡地，用这笔私房钱连同从信用社贷来的款子买来了一批花种和青苗，开始了她艰苦的创业。她精心地护理着她新开辟的苗圃园地，将她先前为个人筹划构想的美好愿景完全转为了青绿色的梦。她像一只辛勤的林鸟不知疲倦地飞进飞出，构建这个已经郁郁葱葱的绿巢。终于，这一片荒冈泛出的醉心的绿色，成了她生命的底色，并推高了她人生的目标和幸福的指数。于是，那张秀气的脸就像她新开的苗圃园一样，充满精气神及诱人的笑意。

1986—1988 年

又见柳叶青

春潮带雨晚来急
野渡无人舟自横
——古诗

又见柳叶青。又见了初春的雨，那上苍缠绵的情丝，缜密、柔润，静谧地延续春的温情，悠悠传递春的浪漫，于无声无息中染绿了自然——也会染绿人心吗？

清水河畔的垂柳又被春意染绿了，像丰姿绰约的少妇，羞赧地朝荡漾着涟漪的河面微笑。细雨中的柳堤，真就是一首朦胧的长诗，逶迤地写在水乡青雾迷离的土地上。

村里那独家炕坊的女主人又在柳堤上蹀躞，撑一把粗油布伞，脚步轻柔似乎怕踩坏了嫩黄的草，忧郁的眼光投向河道远方。远方空蒙，隐隐约约只见得一只空荡荡的渡船泊于混沌中。

徘徊！多少次青雾弥漫的时候，她都在这儿徘徊，为着期盼在外寻财路的丈夫归来，她在这里默默将苦酸的泪水咽进肚里，又将一个个希冀沿迷蒙的河道延伸……

呵，又见柳叶青了！要对他讲的话比这走不尽的柳堤还长、还逶逦，比这沛然而至的不安的春潮还湍急。然而，鸿雁捎去的信息总无回音，只得将寸断柔肠寄于点缀寂夜的玉兔与繁星。难道他真的不知我已不似先前那般土气、脆弱了吗？你的眼光素来看得很远，你看看我吧：烫了头、描了眉，有了时髦的装扮,开起了独家炕坊,夜里也时常走进乡办的扫盲班。看看我,看看我这失色的眼和这颗春潮荡漾的心,看看这阴郁的柳堤,看看我这在绿荫中踝躞的女人！是啊,看看吧,春荣夏旺的欢愉,掩不去秋雨潇潇的愁云,光华初涨的季节驱不散落叶花谢的伤怀……

春雨绘织的网,网不回一颗飘逸的心?绿荫悠悠绵延,连不起今昔之间缱绻的情意?期待的日子里,心腔贮满春愁,犹如这初春的雨丝一般无奈。溟蒙的境界依旧溟蒙,一如缠绵的雨丝依旧缠绵。不过,她还记得丈夫说过的话:待到柳叶泛青的时节,或许就能回来。

也许在今日,抑或在明日——在每一个叫人无奈却又令人神迷的日子里……

1992 年 4 月

霜　　晨

一夜的寒冷，结成了皎洁晶莹的霜粒，竟赶在晨曦之前，装饰了世间万物。于是眼前这广袤的田野，便披上了素雅的薄纱。远山隐约空灵，树杈写在天幕，大地似一张意境幽邃的水墨画，展在寥廓的苍穹之下。

生的气息尚未展开，村庄与原野一同沉静；那无数清冷而又洁净的小小颗粒，悄然罩着若干凡人的梦。

村外那条迤逦窄曲的村路亦披霜向小镇蜿蜒。早起的一个农夫，领两个幼鹿般欢跳的女孩，踏着霜地，沿小道匆匆而行，脚踏沙石路的声响此时格外清脆。农夫脸面清癯黧黑，神色复杂若有所思，步履稳健却又迅疾，常与身后的女孩拉开距离。女孩一路跨踔，容颜灿烂。跟不上时则带着笑大喊，无意间喊破了乡村清晨的宁静。

大一点的女孩紧跑几步跟上来，仰着一张嫩生生的圆脸问："爸，我们这是去镇上吗？"

"嗯。"农夫凝眸于前方的某一处，神思逸飘。

"去镇上做么事呢？"小女孩也跟上来，甜润脆嫩的语音被一团"白气"包裹着。

农夫咬咬牙，脸似有些抽搐："去车站接你妈！"

"妈要回来了吗？——妈真的要回来了？"两女孩欢腾雀跃，如两朵山花在春风中摇曳。良久才略有平静。尔后又像两只觅食的小羊，绕于农夫周围，盘问有关母亲的情况："妈长得什么样？"

"长得和你们一个样，真的和你们一样……"农夫的脸上终于绽出些微的笑意，步子不知不觉已放慢。透过渐暖的神色，隐约能见出，其心似乎沉湎于某种温馨的回忆中。

东方次第变得明亮，在霜地的反衬之下，苍穹愈益清明，相应了农夫脸上的神色。没有风，远村的炊烟袅袅直升，渐融入无一丝纤尘的幽蓝。

霜地在三双大小各异的脚板下发出微微的颤音，悄然掠过心灵，于这恬静的清晨，竟也似天籁一般美妙。

“妈怎么会丢下我们走了呢？——她不喜欢我们？”大女孩疑惑地问。

这话似一根利箭，戳在农夫心口。他微微战栗了一下，回道：“妈是和爸赌气才走的！”

“妈干吗要和爸赌气呢？”小女孩茫然睁大眼睛。

农夫沉吟半晌道：“全因为你这两个丫头，谁让你们都扎着辫子呢……”

女孩们愈加茫然，见识未深的眼瞪得更圆了。

“都是我不好，都怪你爸，都怪我……”

杲杲旭日终于欣然探出头来，寒冷已久的大地突然间银光熠熠，红彤彤的霞光经由无数霜粒，折射出含蓄的紫色。于是，村庄田野，顷刻间为霞色、银光、紫影所覆盖，就连父与女的对话，亦被涂上了斑斓的色彩。

“妈回来后，还会走吗？”

“不晓得，恐怕不会吧。”

“到底会不会呢？”

“别磨蹭了，快去接你妈去！”

“怎么，天又要变吗？”

“怎么会，瞧这满地的霜……”

是呵，这满地的晨霜，不是已昭示了希望？它正以晶莹的冷，报知希望的晴呢！

1991年11月

被搅乱的脚印

雪，纷纷扬扬，飘落于皑皑山峦。世界被粉饰了，原来的色调大抵都被掩去，无论是美的还是丑的，无论是狰狞的还是柔和的，都被遮蔽了起来；即便那傲然的松枝，也被积雪压得弯曲了。风已不凄厉，天地间平和地弥漫着轻柔的白色碎片，格外宁静。

半山坡上那个孤独的低矮如坟墓的草屋，此刻也浮肿了，肿得仿佛一个小小山丘，看不出人居的迹象。小门开着，犹如某巨兽的穴。门前的土地上的雪被人为清除了，一个小雪人有鼻有脸地立在那，竟然能看出笑意来。

不知什么时候，小门里窜出一串笑声来，一个男孩追着一个妇人嬉戏着跑了出来，妇人围着雪人转圈，脸上的笑意仿佛能融了这山野的雪。那稚童因总也追不上她而急得直叫喊。蓦地，妇人一个趔趄跌倒了，并将雪人也带毁了一半，却笑得更加欢畅了，小男孩并没有去拉她，而是扑进她怀里撒娇。稚嫩的笑声与鲜美的笑容缠织在一起。

妇人紧搂着孩子，用全身心的爱浸润怀里的那颗童心。半晌才站起身来。

“来，把雪人再搭起来吧。”妇人说着，就到门边拿来了小铲，开始铲雪搭雪人，孩子也用手捧雪往雪人上拍打，两只小手冻得通红。

雪人又搭好了，孩子拣来黑炭粒嵌进雪人脸部，造出了五官。看上去，还真形象生动。

“妈，你给他起个名吧！”

“就叫小雪吧，怎样？”

“像女伢名字。”

“女伢就女伢吧。”

“……”

雪还在下。细小的雪花仍充满激情地漫天飘扬，天地间一片溟蒙。

“妈，你看，树都肿了！”

“他们像人一样都穿上了棉衣。”

“妈，天为什么会下雪？”

“因为天太冷了，老天爷过意不去，就用这些白白的碎片安慰天下的生灵。”

“城里也在下雪吗？”

“肯定也在下。”

“妈，我们还回城里吗？”一阵风吹走了孩子脸上的笑意。

“这里不好吗？”

“好，可没伢玩哟。”

“过两年送你上学去，让你住外婆家。”

“妈不回城里了吗？”

“妈在这里包了很多山地，要在这待很长很长时间。”

“那我就在这陪妈。”

“你得去念书啊！”

“……”

妇人有点痴愣地望着孩子，脸上的笑意仿佛冻结了。她抬袖揩了揩眼睛，而后将视线移开，投向铅板一般的天空。

“妈，你看那儿——会不会是野兽？”

妇人顺着孩子手指的方向望过去，只见山脚下有一黑点在移动，渐渐地向她这边挪过来，妇人眯起眼盯着那个渐大的黑点，努力让视线穿越溟蒙的空间。那黑点大了，又大了。终于能看清是位健壮的男人，脸面刀削一般的陡峭，透着某种威严的力量。

男人走近了，积雪在他脚下纷扬，身后拖着一串深深的脚印。蓦地，他停下了，默望着那妇人，神思亦随目光而去。妇人那张还年轻的脸沉静得犹如一洼死水，不见一丝涟漪，在一派银光中越发显得阴郁，雪花飘落上去立刻便化了，满脸的液体，不知是泪还是水。男人的嘴角略有些抽搐，目光立刻便黯了。将妇人的头望低下后，又将视线移向那男孩，似有某种期待。男孩缠住母亲的腿，怯惧地探过头去，惊愕地望他，也没出声。

良久，男人从旧大衣里掏出一个包裹递过去道："这是带给你的——这里太艰苦……"

"你还是带回去吧，我这里什么都不缺！"妇人单手将包裹抵了回去。

"你别这样绝情，"男人说，"我可是费了很多神才找到这儿的！"

"是你绝情在先！"妇人坚毅地说，"别跟我提'情'这个字，你不配！"

男人愣在那里。雪花安静地落在他们身上。

"那么，你说，什么时候能回？"半晌，男人又说。

"三十年后你再来看看，看我有没有改变，"妇人说，"这片山我承包了三十年……"

"你还是那个性子！"男人摇摇头，将手中的包袱扔尸一般扔在妇人脚下，转身迈着打夯似的步子走了，沿着来时的那条道，积雪仍在他的脚下纷扬。母子嬉戏的印迹及他来时的脚印均被他沉重的双脚给搅乱了。走过一阵他又回身吼了一句："三十天后我再来！"这才转身大步离去。

零乱的脚印连成一条扭曲的轨迹，但终归会被雪覆盖。

苍茫中，母子俩呆立着，浑身都已白。身后的草屋益发显得孤独。

雪，仍在散漫地飘……

1995 年 2 月

萌　芽

你失眠了，在这潮湿而又透着生机的春夜里。黑暗中，你睁大了眼睛，细听窗外淅淅沥沥的春雨，心中有种欲望在萌动。

隔壁，父亲的咳嗽声断断续续，那艰难喷出的声音在这静夜里格外撩人。父亲上了年纪，病魔也已经缠上了他，可他还在硬撑着，为了这个家，也为了心头的那个夙愿——他已经能够看到那堆埋人的黄土了，却还没有看到延续这个家庭希望的“香火”！于是，黑夜里那艰难的咳嗽，常伴着如焚的忧思，使得那张破旧的床，整夜的吱吱嘎嘎。父亲委实可怜。

“兰儿，你听我说，你哥好大年纪了，该讨亲了！”父亲枯瘦的脸以及阴沉的声音又一次从昏暗中飘来。

“爸倒是托人给他说了个人家，可人家要礼要得重呵！你想想，就我们这个穷家，就我眼下这个样子，能把肚子弄饱就不易了，我还能拿得出什么呢？”父亲的话，依然带着隆冬的寒气，刺人心骨。

“那人家也有个好大年纪的儿子，身强体壮的，只是头脑愚钝些；人家说了，只要你能嫁过去，两边的婚事都可以简办……”那股寒风吹进心田里，入春的雨水都未能融了那里的封冰。

雨点的声音敲打着你脆弱的神经。泪，终于溢出的眼眶。你在父亲的咳嗽声里默泣起来，为自己的命运，亦为自己置身的这个家。但很快，痛苦的思绪便被夜雨声扯断。眼前又浮现出一张小伙子的脸，那脸上的笑容，曾如和煦的春阳，暖着你那刚从隆冬里走出的冰冷的身心。

那是一个进城赶集的日子。那天你特地起得很早，你决意要到热闹的城里去,将一篮子鸡蛋卖出比在镇上更好的价钱。你挽着盛有鸡蛋的篮子,走了七八里路,来到县里的农贸市场;你找到了一处适合于自己的散摊点,很快就将一篮子鸡蛋卖完了。你心情很好,因而没有马上往回赶,而是兴致勃勃地逛起市场来。市场好大,分成很多的区域,每个区域的交易内容都不同。你走出了菜市,参观似的在各个区域里转悠,被市场的丰富多彩打动着。最后,你被展现在眼前的一抹艳色吸引了——一簇簇鲜花排成矮矮的一方艳墙,煞是好看!

“这些花,都是卖的吗?”你好奇地问花摊的主人,却惊奇地发现小伙子竟然是你初中时的同学张晓!张晓也认出了你。于是,免不了有一番相互询问式的长谈。

“怎么想起做这事呢?”你羡慕地问。

“是在南方打工时学的,回来后就尝试着做,把家里的坡地都改成了花园了,人手不够,还请了帮工……”

“花好卖吗?”你又问。

“一开始不行,小县城的人还不像城里人那样有送鲜花的习惯;现在不同了,县里的人也慢慢开始喜欢鲜花了,行情一天比一天好。”小伙子说。

“价钱呢?”

“价钱也不错,鲜花贵呀,每天都有两三百元进项……”

“真的吗?”你惊愕了,兴致迅速地被提了起来。

你蹲下身去,仔细观赏着那些花苗,似从中看出了朦胧的希望,脸上堆起兴奋之色。你站起身来,注视着小伙子的面容,又仔细询问了有关花苗培植的细节。而后你叹道:“我要是有你这本事,该有多好!”

小伙子并不愚钝,他看出了姑娘的心思。他对你笑笑说:“你要真心想干这事,可以上我那儿看看,学习一段时间。我眼下正想着扩大种植规模,准备还招些人手呢!”

“我能行吗?”你说。

“怎么不行呢?你会比我干得还好,因为你本身就是一朵花嘛!”小伙子调皮地说,随即将地址和电话号码给了你。

那以后,你内心便时常有种欲望在萌动。可是,每当遇到父亲的那张固执又可怜的脸，那种欲念便迅速逃走了。

今夜，在春雨的撩拨下，那欲望有如逢春的花种，又在萌芽。

心绪飘荡起来了。你再也按捺不住激动的情怀了。你穿好衣服轻巧地下得床来，拿上你白天已经悄然打点好的行装，小心翼翼地拉开房门。

你有些迟疑。父亲的咳嗽声好像在告诫你什么。你在心底里祈求父亲的原谅。你在心里说：爸，我这不是在逃婚，真的不是！我还会回来的，我将用我学得的手艺挣钱，为我哥讨亲，为我爸治病，把日子过得好好的，再不委屈自己、作践自己！爸，相信我，我会有出息的，我会回来的，别为我着急。

你毅然走出门去，背着简单的行李，撑一把粗油布伞儿。雨和泪一齐落下来，注入脚下的土地。眼前一片黑暗，脚下一片泥泞。深一脚浅一脚，失去平衡又恢复平衡。好在心中有盏灯在闪耀，使你能辨得清方向……

倏然闻得一种声音。是一种什么声音？那般的悦耳又撩拨人的情丝！是细雨击树的声响还是雨点敲伞的碎音？不，你听出来了，那是花种破土萌芽的声音，恰似一曲美妙的音乐。你仿佛看到一朵朵艳美的花含苞怒放，映亮整个季节，将红的希望、绿的憧憬染遍复苏的大地……

你把一条五彩的花毯铺在了这风雨之夜。你踏着自己的地毯往前行。前方，始终有一张小伙子的笑脸做你的向导。

1993 年 6 月

暮秋之夜

庄稼人将黄灿灿的秋之收获欣悦地收至各自的房舍里之后，刘净的田野便如冬眠的生灵一般沉静了，一任寒光漫照，朔风劲吹，愈显得辽阔。

乡夜岑寂。村庄瘦瘠下去，呈出粗糙的轮廓。白日里，摇曳的树梢扫净了苍天的灰云，夜之秋空便更显深邃空灵。繁星如夜的眼，静察尘世。远处，黛色的山峦拥梦而卧，似一道屏障，阻隔人的视线。

乡场上也沉静。风歇了，打谷场的地面板结而又洁净，洁净得坐下去再站起来都无须用手去拍屁股。一群小把戏如一群不眠的野雀，携脆亮的笑拥至这苍白洁净的空地上。衣着居然都很新、很时髦，展示着他们家庭的富足和殷实。由此可联想到，村里那一间间房舍，定然充溢着欢愉的情绪和爽朗的笑声，这是秋赋予的丰富内涵。领头的那个稍大一点的女孩看来是孩子王，颇有组织力和号召力，她领着那群幼娃在乡场上开展各种游戏，笑声如利箭，频频刺向夜空。

月近于圆。夜空被月光洗濯，清澄明朗，如一块剔透的碧玉高悬于头顶。月光慷慨倾泻，地面如洒玉屑。乡夜因有了童音萦逸，陡然变得生动起来。

小把戏们玩得正欢时，又走来一个脸面邋遢的小男孩。未等他靠近，那领头的女孩便厉声道："你们别理他，他妈是破鞋！"小把戏们聚在那大一点的女孩子身边，虽不明白"破鞋"为何意，但都认为"破鞋"肯定不是好东西。于是，均以冷漠甚至仇恨的目光盯着那邋遢男孩。

"你妈才是破鞋呢！"小男孩似有点胆怯，步子下意识地放慢了。

"你妈是真正的大破鞋！勾引男人！"女孩提高了嗓音说。乡场上的空气好像变得浊重了。

“乱说，我妈是好人！都是你们乱说的……”小男孩带着哭音说。

“好个屁！你妈还是个‘白虎星’，克死了两个男人了，又嫁到咱们村来，呸！”大一点的女孩大声咒骂起来，“再过来，我就揍你！”

小男孩真正胆怯了，停下脚，呆若木鸡地站着，有点羡慕地望着那群小把戏嬉戏。

乡场上笑声依旧。小男孩不时拿袖揩着眼睛。

蓦地，一声怪叫响起。不知是谁喊了一句：“狼来了！”小把戏们惊慌地相跟着往村里疾奔。邋遢男孩也惊慌地快跑，不幸摔倒了，放声大哭，但哭了半晌也没有人招呼他，终究还是自己爬起来。不过，他却意外捡到了一个手工绣制的很漂亮的布荷包，他知道这包是刚才骂他妈的那个大女孩云娥的，他来的时候看到她手上拿着这个红荷包，一定是她跑得慌张了丢的！他大声喊她，喊她回头来拿。

她真的回头来拿了，却没有言谢，也没有再骂他。

“我妈是好人……”男孩望着大女孩可怜巴巴地说。

“……”女孩拿着失而复得的红荷包，看了他半晌，没再说什么便转身走了。

男孩垂着头，抽泣着，渐渐消失在夜色之中……

于是，乡场上复又空寂。月光依旧，只是乡夜已不再生动。

1989 年 4 月

忠诚

八青这会儿才真正体会到,带着一条狗出远门是多么的不便。早上在小站乘车时,就遭到了一位女检票员的呵斥;若不是他说了一箩筐好话并及时赔上一个不怎么合格的笑脸,不仅狗乘不上车,恐怕连祖宗也要被嚼上好几遍!眼下,总算进了县城,却又处处遭人冷眼乃至唾骂。虽然这并非一座繁华的大城市,但街面仍很宽,店多人也稠。人们似乎都很害怕他的这条大个头的猎狗。刚才,他带狗进一个店堂时,就招来了一个时髦姑娘的斥责;那姑娘尖着一副鸟嗓子叫道:"这山里佬真是吃快活了,进城来还带着条狗,真是少有!"他当时别提多难受了,后悔不该把狗带进城来。

不过,这也是没法子的事儿。他这次出门纯粹是为了寻他老婆。他老婆前不多时跟着一个进山贩货的男人走了。昨天听人说,他老婆和那男人在隔壁县的县城里做小生意。于是,他便下决心去寻找,并特意带上这条猎狗。因为当年如果没有这条狗,那个女人的命恐怕都没了;没有这条狗,他和那女人也不可能相识,这狗无意间充当了他和那女人的红媒。

事情发生在五年前的一个阴沉沉的日子里。那天上午,他照例带着狗背上枪外出狩猎。绕过一道冈后,猎狗便狂吠起来,且朝一片松林里疾奔。他以为狗寻到了猎物,便谨慎地紧跟着。不多时就听见一个女人的呻吟声。待他赶到时,就看到一个衣衫褴褛的女人倒在地上,一条腿血糊糊的,脸上全无血色。他艰难地把女人背回家中,给她敷了药。女人醒后告诉他,她是出来要饭的,听说这一带山民殷实便慕名而来,早上在山下那个村子里讨吃时被一条恶狗咬了!她准备翻过这道山到镇上去看看,可后来就晕倒在山上了;

她说她家的那个村子被山洪冲走了,她已经找不到亲人了……这女人在八青家里养好了以后就没有离开,与八青虽没有办结婚仪式但实际上成了他老婆,从此她便格外地关照那狗。

他相信,老婆见了这狗定会回心转意的。

是的,这的确是没法儿的事,怨谁都没用。八青只得硬着头皮带着这条和他一样丧尽了威风的狗,贼一般畏畏缩缩地在繁华的街面上穿行,终于来到了县城汽车站。

车站已乱得不能再乱,候车室因狭小更显得嘈杂、沉闷。人们像染上了瘟疫似的拥挤在几排破旧的条椅上或蜷缩在潮湿的地面上抽烟、打盹,将无聊的情绪撒满整间屋子。八青引狗在空网里织布似的穿梭,买到票后,便在这乱糟糟的氛围里择地而坐。他和狗都耷拉着脑袋,以颓丧的神态展示着人和狗共同的枯寂和无奈,仿佛被这沉闷的空气泡乏了神儿。

对面坐着一对邋遢男女。女的肥胖,男的精瘦。他们居然在众人的颓靡情绪里喜滋滋地调情。男的很隐蔽地将手探到女的胸脯上急促地摸索,女的随那摸索的程度有张有弛地吃吃发笑。八青见这情形竟分外地难受起来,因为他忆起,他也曾有过那样的日子。那时老婆好甜,日子也香!八青咬着牙想。他待她一直不薄——比待这条狗还甚呢!不知怎么她竟跟那贩子跑了!他一直想不通透,莫非真是嫌他不及那贩子富有、时髦?……他觉得自己失去了很多的东西,所以他下决心要去寻回来,要不,他往后的日子也过不安生。

似乎是受了感染,他下意识地将狗拥过来亲热地抚着。狗温顺地舔着他的手,如夜间老婆的鼻息喷在他粗糙的脸上……胸胀得难受,烟在肺叶里循环居然也没了以前的滋味。什么都没了,这日子……

一声哨响,唤起了这群慵懒者,他们像冬眠初醒的生灵,一个个精气十足,冲锋陷阵般地涌向检票口。队伍艰难地排起来了,真正是两条长蛇——去省城的车沿途各小站都停,不亚于城里的公共汽车,人自然很多。车站为盈利也乐于卖一些无座位票,好在一些人路途不远。

开始检票了。起先还有规律,后来就乱作一团了。检过票的人,像受到贼兵赶杀似的疯狂涌向客车,鱼贯而入。八青因体壮冲在前头,狗紧跟其后。

终于上了车，很快又被后来者挤到车的最后排。他以为他的那条壮狗肯定不比人差，一定也上了车。于是他开始呼唤，没有任何回应；他想寻找，却动不得身，急得大喊大叫。然而在这种场合，谁还听得见他的喊声？即便听见了，又有谁会理睬？

车门关了，车子开动了，八青的心一下子凉透了。完了！这狗完了！他在心里呼喊道。他透过车后的玻璃向外张望，出乎他意料的是，他居然看见了他的猎狗，看到那狗正不顾一切地跟车猛跑。车子喷出的烟雾以及车轮带起的灰尘呛得它不时扭头咳嗽，但它还是紧追不舍，就像那次冲向松林里的那只野猪、冲向晕倒的那个妇人一样！八青激动得浑身战栗，胸中汹涌着灼人的热浪。猎狗急奔的四蹄敲打着他的思想，使他瞬间似乎明白了许多东西。他并没有丢失什么珍贵的东西，他只失去了一些笃定要失去的东西。那些东西其实并不像他起先想象的那么有价值，他实在用不着花大力气去寻找；即便有幸找到了，将后也还是要失去的。他的珍贵的东西就在眼前，正闪烁熠熠的光彩——那才是他真正要牢握的。

他扯开嗓子冲司机大喊，并奋力向车门边挤过去。他要下车，他要带着狗回到那重重青山中去……

后来，很长时间过去，八青都没有再找女人，但那条狗总不离他左右。他是我山区老家堂姐夫那个打猎队里的一员，常来我堂姐夫家喝酒，而且酒风剽悍，每次酒喝多了的时候，他就会讲他的那次带狗寻婆娘的经历，讲得很详细，这也使我能够将他的那段经历复述得较为全面和生动。

不过，我想，像他这样有血性的男人，肯定是能寻到真正属于他的女人的，老天是睁着眼在看他的……

1998 年 8 月

最后的渔佬儿

你伫立船头,凝眸注视着那轮将沉入暮岚中的瑰丽的残阳,仿佛在追寻一个远逝的梦;褪了色的记忆,在忧郁的夕照中恍恍惚惚,犹如画家难以用彩笔还原的漫漶的画。你游移的目光,不可避免地又触碰了这条河流,就像看到了自己的前程一般,眸子里又一次贮满忧虑与不安。尽管,前方的河水已被晚霞映染,但你还是觉得这河、这水与记忆中相去甚远。

这条河、这片水像自己一样正在慢慢老去！你咬着牙这么想。

你混沌的脑际里又一次飘过这条河、这片水以前的样子。

像你的爷爷和父亲一样,你是在船上出生并成长生活的。你记得那时河流水质清澈、河道宽阔、通江连湖,渔船可达泊湖、洞庭湖等四方水域,一次出船就是一两个月,日捕鱼量一般都有数十斤,能养活一大家子人,渔人的日子尽管辛苦,但也很殷实,靠水吃水,有滋有味。然而,自打二十世纪八九十年代渔业大队将集体制改为个体经营、包产到户后,集体的、公共的水面便越来越多地被承包开发,不断增加的围网和投放的网箱,在将河道、湖面挤得窄曲的同时,也使水质变得越来越富氧化;河道两侧无序零乱的房屋也挤窄了河道、侵污了水质。鱼越来越少了,每日三五斤算是不错的收成;渔人为了生计,不得以将靠船的河滩围一部分起来养鸡养鸭,而这又加剧了河的污染……

于是,先前那种水清草茂、鱼多人欢、河宽湖阔的日子已经逐渐远去了,退化成你头脑中的一个日渐模糊的梦,这个梦时常在你感到落寞时、在你没有收获时、在你独守夜晚的空船时飘到眼前来。可眼下,老伴已离世,儿女也陆续抛开这一行当逃离这片水域外出打工、外嫁岸上，你周围的一些渔户也纷纷上了岸，你一人独守这条三十吨的水泥船，如何抓得住那一直萦绕于心头的梦？

现在，你那颗苍老的心还保留着一定的温度，你很想给自己的日子增添些生力，给萦绕于脑际的那个有点遥远、有点褪色的梦刷上新鲜的颜色。于是这段时日，你越来越乱的头脑里充斥着各种情景和想法，既有回到过往滋润日子里的幻觉，也有关于响应政府“渔民上岸”的倡议、去岸上重启另一种生活的念想。这些有时相互矛盾的念头在你混沌的头脑里不断地打架，到现在也还没理出个头绪。

眼下你伫立船头，就是在等几个人来帮你理一理紊乱的心绪。他们都是先后响应政府倡导已经弃船上岸的渔民，住在政府提供的公租房里。他们原都是与你同一队的渔户，都上了年纪，像你一样也是生在船上、长在船上，没怎么念书，没什么文化，他们该怎样摆脱摇摇晃晃的感觉，迈着老态的步子，在岸上开辟新的生活呢？你不得而知，而这也是你今天宴请他们的用心所在。你为他们准备了一桌酒菜，以在河里捕获的鱼为主食。你相信在酒精的作用下他们一定会说得很充分，尽管——可想而知——你的菜肴并不丰盛。

他们几个陆续来了，还是像先前那样有点摇摇晃晃，不过从那条将船和岸连接起来的窄木跳板上走上船时，他们还是表现出老渔民应有的稳定。矮脚方桌就放在船头的甲板上，几个人坐在矮凳上围桌闲聊。初秋时节天黑得晚，他们就着天光开始了热闹的晚餐。他们好像都没跑题，言语大都围绕各自上岸后的经历和感受展开，只是语气和手势在酒精的作用下都显得有些夸张，似乎他们那苍老的豪迈都缺少了些底气。你很少说话，只是认真地听着，偶尔插进几句问话，因为你指望着他们的言语或多或少对自己有些借鉴意义。

“我也没寻到什么好事做，暂时从这一片收鱼到城里卖——也就是你们常说的二道贩子。收入多少要看腿勤不勤。”水根自嘲道，酒精催红了他那瘦削的脸。

“这大年纪还做贩鱼的事，够苦呵，”你有点怜悯地望着水根，“还能做多久呢？”

你觉得自己的生命就是水做的，水的气味、水的颜色、水的性子已融入你的血脉，参与新陈代谢，在你周身循环。离开了水，自己的血液还能充盈并顺畅地流淌吗？

“没办法，暂时先这么混着，搞了一辈子鱼，还能做点么事呢?”水根摇头道。

“我住城边的公租房，不多时托人介绍，到一个退休了的老干部家做家务，一个月一千来块钱。”菱花说，“没办法，其他事做不来，只能拣些粗活做，挣一个是一个……”

“你、你怎能去做那种服侍人的事呢!”你有点心疼地望着菱花，这婆娘曾是你的相好，你听她这么说，就好像是自己受了委屈似的。

“可我能做么事呢？我没文化，一生都在船上做杂活，”菱花辩解道，“都六十出头了，还能做么事，总不能现在就叫儿女养着吧。”

“你也该想想是不是上岸的问题了，年纪这么大了，一个人孤零零的怎么守得了这片水啊!”水根劝你道。

“是啊是啊，是该考虑了，”菱花也附和道，“不能再住在船上了。”

“上岸住，你也一样打鱼。”水根说，“政府在帮我们上岸，五六个部门都有帮助的政策，叫什么‘六加一’，我也说不太清，这可是个好机会，别错过了…”

“……”

天光在几个人推杯换盏中渐渐转暗了。深蓝的天幕上，缺月如天钩静悬于中天。风悄然吹起，河面荡起了涟漪。这个简单的酒席已接近尾声，但几位老渔民谈兴仍浓。

可是，你从他们的言语中并没有获得可资借鉴的信息，你对他们上岸后的生活并没有真正的上心，你仍然没有找到放弃眼前的活法去重启另一种生活的激情。

你将他们送走后，下意识地又观察起你的设施和领地。你的船眼下还十分牢固，你依然像先前一样用结实的四根绳索从不同方向用力均匀地将船固定，以对付突如其来的罡风。靠船的岸上，也还有你圈起的地盘，养着鸡鸭。你的日子到目前为止还在有序运转。真的要将这一切全部抛弃吗？离开了水，日子还能像这样有序运转吗？你在心里存着一个个大的问号。

你转过身抬起头，又将目光投向了这河、这水，你觉得自己的生命就是水做的，水的气味、水的颜色、水的性子已融入你的血脉，参与新陈代谢，在你周身循环。离开了水，自己的血液还能充盈并顺畅地流淌吗？

可是，在这越来越寂寥、荒老的水域里，自己又怎样孤独地过下去？过去了的好情景毕竟不可能再回头了，那已完全化作了一个褪了色的梦境！而且自己已经不可挽回地老了……

你感到很无奈。怎样选择今后的日子？心里仍是一片混沌！

你干脆不再去想这些。今晚你酒没喝多，你挪着还算稳当的步子，拿着饵料走下船去，沿着河滩去设置几个大的扳罾。涨水有鱼，退水有虾，这是这些日子你每晚都要做的事。

不过现在，你还不知道，这是不是你设置的最后的扳罾。

你很娴熟地忙完这一切后，又走回到你的船边。此时你发现你的船篷里竟然有了灯光！是谁来了？你很久都没有接待过来客了，自从这里很多渔民上了岸后，来你船上走动的人就少了，除非像今晚这样请他们过来做客。每晚，你都是静静地独守船篷，很少启灯，借着月光看水、看河、想事，或者早早地睡觉，让篷外的风陪着你忽有忽无的梦境。可今晚，真的有仙客造访吗？你小心翼翼从木跳板上了船，令你惊诧的是，竟看到菱花在篷里帮你收拾杂物。

“你怎么没回去？”你诧异地问。

“回不了啦，最后一班城乡公交车开走了，他们几个也都没走成，找地方玩去了。”菱花不紧不慢地说，“我就过来帮你做做事，把你请客的碗都洗了，再帮你收拣一下东西，太乱了……”

“哦，谢了谢了！”你不好意思地说，“那么，晚上你上哪歇呢？”

“我上大女儿家歇去。”

“等会我送你过去。”

“不用不用，”菱花连忙说道，“她家离这不远，走个十来分钟就到了。”

“……”

事情很快就做完了，谈话也很快打住了。你们在仓篷里有点发愣地坐着，不知还能重启个什么话头。今晚天气好，风很温柔，空气也不沉闷。你有点腼腆地望着眼前这位年轻时追过的女人，不知说什么好。

“你，别去给人当用人，别去……”终于，你找到了一个话题，尽管是前面已经说过的话题。

“不是当用人,是打点工,帮人家做点家常事……”菱花进一步解释着。

“还是别去的好……”你坚持说。

“不去,我又能做点么事呢?”

“真不行,就到我这儿来做点事,我把钱给你……”你竟然斗胆说出了这话。

菱花红着脸说:“你不也要上岸了吗?”

“我还没想好,”你嗫嚅着说,“看到你们现在这个样子,我真的还没想好……”

“你迟早会上岸的,你一个人睡在这条河里,日子没前途,”菱花不知是在劝告还是在发感慨,“现在政策这么好……”

“我还没想好……”你依旧这么说。

“……”

你把菱花送下了船,送上了堤坝。你回来的时候,眼睛莫名其妙地湿润了。你无所事事,又了无睡意,喂了一遍鸡鸭后,又仔细检查了固定大船的绳索的牢固程度,因为凭经验你预感到过两天将会有大的风雨。

之后,你抄起了那堆丝网,划着舢板趁着月色,到河的深处布了网;当然,你不知道,你布下的这道网,明天会有怎样的收获……

2014 年 7 月

“走耕”的老农

现在，你站在这片平坦开阔的农地的土埂上，望着连片葱绿的庄稼，望着自己这几亩长势良好的大豆，终于又找到了当年躬耕于此的那种踏实的感觉。于是，你挂满汗珠的脸上，透出被霞光照亮了的微笑。

额头上沁出的汗水沿黝黑的面颊悄悄流淌，而你的笑意也随着汗珠均匀地铺开；你吸收并消化了大量从土地蒸腾的气息，并将这浓郁泥土味的气息输入大脑、融入血脉。

你已经很久没有体味到这种散发着泥土味的感觉了。自打十年前，你和老伴为了给在城里开店做生意的儿子带孩子而迁居县城之后，就远离了泥土的味道，去吸食城市无处不在的嘈杂和灰霾。那几年，你匆匆忙忙，甚至没来得及将你曾经赖以生存的三亩多土地做出妥当的安排，就一头扎进县城去体味天伦之乐了，于是这几亩肥沃的土地硬是被抛荒了数年。后来，孙子入了幼儿园，你才在无聊的时候想起乡下的土地和旧居，头脑里开始滋生回乡的冲动。乡土离城直线距离并不遥远，前些年往来不便是因为中间隔着一条长河，需要过渡或从远路绕行，近年造了水泥大桥，驱车往来只需二十来分钟。你买了辆摩托车，有时在热望的怂恿下独自骑车“回村看看”，但是，每次回村都感到自己像是一个游客——尽管你努力在思想上排挤着这种感觉——特别是来到自家的被抛荒的土地边的时候。你看到别人的土地郁郁葱葱，而自家的几亩地杂草乱生，感觉就像是这片美好乡土上的一块疤痕一样，每每沿地埂漫步，恍惚间好像那块伤疤就移到自己心田里了，引得你心头隐隐作痛。这可是长江冲积平原最肥沃的土地呀，这可是孕育过自己生命、养活自己数十年的土地呀！你咬着牙在心里这么想。

可是，那时你也只能将这块疤痕掩藏在心里，因为孙子还小，老伴也是拖着个病身子，都需要你的照料。但你没舍得把地租出去，你怕租出去别人会虐待你的土地——就像把亲生的孩子寄养在陌生人家那样。你隐隐的有种感觉，你今后的剩余时光，或许还会交于这片你曾赖以生存的土地。

果然，现在，你又能直接面对这片土地了。多病的老伴一年多以前突然离世了，孙子也已经入了小学。你整日在城里无所事事。于是，你又反复想到了乡村的土地和旧居，决心将那片撂荒已久的地重新用起来。好在现在农机租用很方便，借着机器的帮忙，自己这把老骨头似乎也还能对付得了这几亩地。当然，毕竟是花甲开外的人了，又多年未做过农事，你选择先种些黄豆、蚕豆等不用经常费大力的经济作物，隔三岔五骑摩托车前来做些锄草、铲趟、施肥、剪枝、灌水等田间管理。尽管有时也感到有些劳累，但内心却获得了某种充实和慰藉。

渐渐地，在村里地里，你心里越来越少了前两年回乡时那种旅游感了，你逐步确信自己正一步步回到了从前。你将村里自家的旧屋整修了一番，劳作之后便回到旧屋休息。同时，你又陆续与村里人家有了走动和联系，特别是左邻右舍，造访的频次比先前还多，你还时常从城里带些物品来，作为礼物送给他们，有时候也接受他们的邀请去他们家做客吃饭喝酒，酒喝多了时间晚了便在这里过夜。去年，隔壁水花奶的男人过世，你还为她帮了七天的忙，让她十分感激……

现在，你又坐在了地埂上，将锄和草帽放在身边的草皮上。你像一堆土疙瘩一样一动不动，任夕晖打在你僵硬的身上。风从南边吹过来摇曳你身旁的野草，拂动你有点零乱的花发。风也带来了浓郁的豆禾和泥草的气味，直扑你的脸面，你将手头的烟扔了，有点陶醉地专注地捕捉这飘荡的清新气息。

太阳正奔向西宫，在天际拉开一片绚烂的殷红。远处，成排的树木被广阔原野推向天幕，与霞色彤云交融，成为天与地过度地带一抹多彩的浓影；眼前，广袤葱郁的田原像一幅画一样吸引着你——这在以前以农为生的那些年月是从未有过的。你有点陶醉，但很平静，脸上尽是安详的神色。

脸庞上的汗已被风吹干，后背上的汗也干了，现出几道银灰色的晕圈。

这时，打不远处走来的一个老妪招呼了你。你扭头望过去，见是隔壁的水花奶，心里一下子热乎了起来。

“你也下地回来吗？”你也热情地招呼她道。

“是哟，给棉花打遍药。”

“你还种得动棉花？”你站起身来，迎着她说。

“地不多，勉强对付吧，”水花奶笑道，“闲也是闲着……”

“儿子们没回来帮帮你？”你说。

“指望不上，他们在外面都忙，打工的打工，做生意的做生意，一年到头的也难见他们回一趟家！别提做农了，他们都反对我做。”

“要我帮忙吗？”你竟然冒出这句话来。

“哪敢当呵！你现在是城里人了，住在城里，”水花奶调侃道，“再说你也比我强不到哪去。”

“哪能这样说，”你被水花奶说得不好意思了，“我不还是来这里种地了吗？”

“你这是‘走读’——那些天天跑路去学校念书的孩子不是叫‘走读生’吗？你天天住在城里，隔三岔五地跑来种地，我看你就是个‘走读农民’，嘿嘿……”水花奶继续调侃你。

“哪来那么多新词！”你红着脸说。

“说笑呢。”水花奶笑嘻嘻地说，“晚上到我那喝两盅再回城去怎么样？‘城里人’在这里干了一天的粗活，累了喝两盅解解乏。”

你没有回绝，只是朝她红着脸傻笑。虽然你感到有点不好意思，但终究还是没说“不”，你不知这是为什么。

“那我就回去准备几个菜去，”水花奶爽快地说，“再叫上村上几个老人来陪你，你可一定要来哟！”

你望着水花奶渐远的身影，内心涌起一股暖流，脸颊也开始热起来。

“走读农民”！你反复嚼着这个词，却有点五味杂陈的味道。

这女人！你想。

你想象着，晚间的餐桌，那些当年的老哥们还将送你怎样的新词。“走读"?"走耕"?……

于是,对于即将到来的晚餐,你有点惴惴,又有点期盼了……

2013 年 9 月

防汛札记

多年参与防汛工作，积下了一沓防汛笔记，现从中撷取几则存录于此，以纪念那些艰难的日子。

——题记

危险的风景

大水在带来险情的同时，有时也制造了奇景。

从这口万亩大圩里的一条土路走上堤坝顶端，要上三四米高的堤坡；而圩外之水已几乎齐了堤顶，有些段面还要靠子埂挡水。所以上坡过程中就常常有一种“水在头顶上”的感觉——似乎头顶着一块“天水”——令人对这一大片不仅总也降不了而且即便在晴天也在缓慢上涨的洪水心生畏惧。

如若乘船航行在河道上，所看到的景象更给人梦幻般的感觉：两条巨大的土龙夹着满满的一河高水蜿蜒而去；坐在摇晃的机帆船上，看到两侧的房屋都散落在水面之下，一个个大小不等的杂色屋顶纷纷向后退去，仿佛觉得船在空中漂渡；而两岸的一些树木，由于看不到树干，也如一个个绿球，陆续迎面而来，又徐徐飘然而退……

这应当说是一道风景，是人和大自然共同创造的风景。人用自己锲而不舍的坚定毅力和持久耐力，垒土为坝、围湖造田，人为地垒出了几十里长的河道；大自然则用它的伟力和不喜约束的性情与人斗法，迅速将数十年来不断受到排挤的河湖填满，并以此为资本与人较量起意志和毅力。于是，在激烈的博弈中形成了这汛期独特的风景。这风景是有美感的，然而却又是极危险的，因而不能激起人们的审美兴趣。

这种暗藏的危险，随时都有可能转到明处，需要人时时处处小心提防。

我在一天晚上乘船夜巡时，着实领略过这风景的危险。那是一个没有月光的夜晚，指挥部接到一处靠近泊湖最西端的险情报告，河口万米大堤某处出现管涌，须派员赴现场指挥抢险。指挥部当即组织两艘机帆船，一行十来人连夜从水路赶往现场。天光很暗，风却不小，河浪因而很高，机帆船逆风破浪在河道上缓行。两侧民居散乱的灯火仿佛在水面之下闪烁，给人一种船漂荡在神秘太空的幻觉，在给人带来神秘感的同时也让人心生恐惧。

这样的潜意识并非无来由，因为船的晃动在加剧，风浪不时将浪花水滴打到我们脸上；而船搅起的水浪与风浪形成叠加，拍打着似乎很脆弱的堤坝。我们在船上均无心欣赏夜晚河的独特美景，全都悄无声息不出一声，心都是收紧的，都隐隐地感到有某种危险在悄悄逼近……

果然不久，前方就传来撞船的声音，伴随着大件落水的声音和让人纠心的惊呼。

水道瞬间堵塞了。前方和我们的船都停了下来，呼喊在增多，在加剧。据前方断断续续传来的消息，似乎是有人落水了，这让人真切地感到风险就在身边。

那一夜，我很晚才返回，回来后几乎一夜都难以入眠，那摇摇晃晃的感觉总出现在我断断续续的梦境里。

第二天依然出行，沿昨晚的水路赶赴抢险点，每个人的脸上都多了几分坚毅。

人的坚强意志，其实是在危险中锤炼而成的！

疲惫与歌声

身处主汛期的圩口，看到水天相连的宏大景象，身心都自然而然产生某种压抑之感，而这种心理感受，又会给人带来莫名的疲惫。

这是一口近十万亩的大圩，坐落在这个县域的最西端，是当年那个“战天斗地”豪迈年代望江人围湖造田的杰作。一条嵬伟的堤坝划出一个长达二十华里的半圆，阻挡着大湖日夜涌动的波涛。圩内地势低矮，水位差高达四五米，因此堤身之内还要加上土衬平台，堤身及平台之上再开出导渗沟，及时滤出压渗过来的余水。

指挥所力量配备很强，由一名县领导带队，从多个部门抽调多名中层干部和技术人员前来驻守，组织抢险、督察和巡查等。对讲机必须二十四小时开通，整个大湖水域防线的各种呼叫信息都在机子上不时地响起，即便是在深夜入睡时也是如此。因而，不可能有安安静静的睡眠环境，每夜都只能是迷迷糊糊地睡去或醒来。这使人身体时时处于疲惫状态。

每日至少徒步巡堤一次，绕圩一周，一寸都不能落下，由指挥长或副指挥长带几名科干和技术员随行。每人拎着一个塑料水罐，头戴草帽脚穿球鞋，天再热也是这身全副武装的行头。县指挥部派来的技术人员是位清瘦的约莫四十岁的中年女士，脸色不很好，看上去有些体虚的样子，行路也如风吹一般，给人一种不很稳的感觉。但她是技术员，每趟巡堤都必须随行。每日行走二十里路，对这位技术员来说，可能是一种考验；烈日炎炎之下，汗水湿透衣背，有时查到险情，还要现场指挥，指导民工操作，的确很不容易。每次回到指挥所驻地，都看到她脸颊绯红，丝发零乱地粘在额头，脸上写满了疲惫。

晚饭之后，夜幕降临。这是人们乘凉歇乏的时候。每晚此时，从女技术员的房间里，都会飘出一阵阵的歌声——那是女技术员的歌声，有黄梅调，也有流行歌曲。这歌声，穿过夜的空间，飘荡在众人久积的疲惫的感觉里，也飘逸在对讲机呼叫声所带来的紧张气氛里，犹如缕缕清凉的夜风，将人们炎热的、疲惫的感觉一点点带走了……

这个时候，我们几个科干通常会走出房屋，端一把木椅拿一把扇子在院子里坐着，听歌，看星；尽管对讲机的呼喊声还在不断拧紧人的情绪，但这一缕歌声，还是让人身心有所放松。

于是，夜裹挟着大水的威胁，在一个弱女子的歌声里，悄悄逝去。

残疾与坚强

他是这口近十万亩大圩第四堤段的段长。不过,大家喊他“一把手”却并非因为他是段长,而是因为他只有一只胳膊。

生活中有很多人是很忌讳别人提自己缺陷的,更不要说把身体缺陷当作称呼任由人喊了。但“一把手”并不忌讳,不管是谁喊他都答应,且不见恼,以至于后来,圩上的人因喊惯了他的别号而不知他的名字,将“一把手”作为他的姓名及职务的统称了。

“一把手”虽只有一条胳膊,但其生活工作并未受到很大影响。他仅有的那只胳膊已练得非常灵活,基本可以发挥出两只胳膊的作用。譬如打扑克牌,他抓牌、理牌、出牌的速度和准确度一点都不落后于其他人:他将抓来的牌先按大小花色分类扑在桌上,抓完牌则一手抄起,然后发挥一只手不同手指的功能理牌、出牌,居然丝毫不差一点不慢,着实令人叹服。至于吃饭、写字什么的,则更不在话下。他平常喜欢将衣披在肩上,热天穿衬衫时也这样,不仅让人看不大出他的缺失,还给人以某种基层干部的威严感。

很多不了解他的人(也一度包括我)对于将一名缺胳膊的残疾人任命为段长有点不理解。四段是这个大圩防汛任务最重的堤段,是水位差最大、堤防最脆弱的险工险段,让一位残疾人来负责似乎有点轻视这段堤防的味道。殊不知,一个人的能量,并不完全在于他四肢是否发达健全,而在于他的人格力量。“一把手”其实有着很强的组织能力和魄力,他的人缘很好,也很有号召力,那地界一班农民工都是他从承包户中挑选出来的,而且都很听他的话,做事也卖力;段上的几个职工也成天跟在他后面,任务落实效果不错,从未见落后过。

有一天,我亲眼看到了“一把手”处理危难事务的魄力和能力。那是个台风过境的日子,大风吹起巨浪拍打着圩堤,四段大堤某段的浪草浪桩因塌方而被水浪卷走了,如不及时加固补齐,会造成更大范围的塌方。“一把手”组织了十多人来到塌方堤段。风浪越来越大,浪涛拍堤溅起的水花都打到了人的脸上,堤的塌崩还在继续,亟须尽快加固浪桩、充填浪草。但此时人在堤顶站稳都难，更何况打浪桩了。“一把手”说：“要有人下水挡浪扶桩，这样才能打下桩！”但众人都愣在那里，没人动作。“一把手”急了，因为形势危急，再不采取措施的话，风浪将会带走更多泥土，堤坝将面临大的危险。“一把手”旋即指定了三个力大的民工打桩，然后大吼一声：“其余的人，跟我下水！”他率先跳下水去，其他人看身有残疾的段长都下水了，也没再说话，跟着就跳下水去了。

“手挽着手！搭成人墙挡浪！”“一把手”大声道，“你们在中间，让我到最左边。”众人按他的话都相互挽起了胳膊。而他只能靠右边的一只胳膊在最左边挽住别人，在风浪中稳定身体，他比别人要多用很多的体力。

当这队人从水中爬起时，人们看到“一把手”已面如土色，不知是不是因为少了一条手臂在水中体力透支所致。但不管怎样，四段险情已被排除。人们七手八脚把“一把手”背下了堤。

此时，我终于能够理解，上面为什么要让“一把手”当四段段长了。

望水的遐思

看水，是防汛人的一项工作，但有时也是防汛人的一种休闲。

堤坝很长，巡堤的时候如果感到疲劳了，通常会找个工棚进去小憩；汛期的圩堤上，每隔一段就有一个这样的工棚，用于值守者日夜守堤。工棚搭建简易，勉强起到遮阳挡雨的作用。因为挡去了风，坐在棚里仍感到很热，此时排解热感的办法便是安静地望着河水。

如果是在晴天，又有微风吹起，此时的河水便是一道风景。阳光之下，宽阔的河面荡着涟漪，波光粼粼，河水收起了它暴戾的脾性，显得温柔而平和，以某种雍容的姿态，泰然自若地于静谧中缓流。水经过沉淀已显得很清澈了，大不似先前发脾气时那样浑黄了，两只水鸭从水里冒出来嬉戏一番又钻进水中，几只白鸥在水面上空自在盘旋。河边被淹的野草，不愿屈服地戳出水面，在微风中瑟瑟战栗……

作为防汛人，真的希望天天能这样看水，能把水当成风景来看。

风吹过来的水的气息是清新的，这让人的思维也变得清新了。我沿着河水流淌的方向久久凝望，思维常飘得很远、很远。我联想到，面前的这条河连着县城的宝塔河，父亲居住的房子就濒临宝塔河，且地势低矮，照目前这样的高水位，不仅父亲房屋的周边已被淹没，便是房屋院内恐已进水。年迈的父亲在大水进院之后，该怎样地涉水进出，艰难维系着他老年的生活呢？惭愧之情常于此时涌上心头。

自古忠孝难两全。我只能在防汛一线默念父亲保重了。

望水，在驱走燥热的感觉并让心情变得平静的同时，也让人的境界得到了净化和升华。

初秋的河堤

转眼就入秋了，但汛情依然严峻。因江水退得慢，到现在仍高于内河水位；江闸不开，河水不退，汛情便无法解除。而且，因河堤受高水位长时间浸泡，险情还有所加重了。

不过，秋已来临，早晚开始有了凉意，心也开始有了爽意。

我受指挥部指派来这个千亩圩口负责组织防汛工作已两月有余。汛期拉得长，从身体到精神都有些疲惫了。

选择傍晚巡堤，是为了避开白日仍很炎烈的日头。此刻，只有我一人行在河堤上——另一名防汛干部家中有事请假回城了——斜阳悠悠，夕照中的秋堤沿我的视线向旷阔的空间逶迤延伸。微风轻拂，高朗的天空下，一河阔水波光粼粼，泰然自若地流淌。野鸟间或掠过头顶，丢下几声匆忙的喟叹，犹如老树为秋风所拂，丢下几片飘摇的枯叶。

前面的堤脚下，似乎有一小片铺开的南瓜藤，我下到堤脚，开始找寻新结的嫩南瓜。近期因圩内持续干旱，提供给驻村防汛干部的蔬菜也断了，每日以杂鱼为菜，身体上火，嘴唇起泡，痛苦不堪。于是，我常到田埂地头去摘农人随意种下的青南瓜和葫芦等，带回住地交给伙夫做菜食用——当然，这是经村干部们同意的。

我仔细地寻找着，终于摘到两个嫩瓜。正想进一步寻找时，身边突然响起一个孩子的声音："好哇，你在偷瓜！"我转身一看，见是一个衣着不整、扎着羊角辫的小女孩,手拿枝条赶着几只消瘦的小羊。小女孩虽这么说,脸上却泛着调皮的笑意。

“小朋友,可不能这么说呵!”我慌忙解释道,“是你们村干部同意的。”

“要人家同意才行。”小女孩笑着说。

“是呵是呵,”我有点慌了,手捧两个嫩南瓜不知如何是好,“那么,你看这南瓜藤是谁家的,替我还了吧。”

小女孩突然忍不住哈哈笑起来:“跟你说笑呢! ——没事呵,这是旧年被人丢掉的废瓜今年自己长出来的野藤。”

“哦、哦,”我也跟着笑起来,“你这孩子!”

“我晓得你是县里派来的防汛干部,”小孩眨眼道,“我想吓吓你们这些城里人!”

“你还怪调皮的!”我摸摸孩子的头,亲昵地说,“几岁了? 上学了吗?”

“七岁了,还没上学。”小女孩说,“我妈说,把羊放好,卖了钱就让我上学。”

“不放羊就不给你上学?”我好奇地问。

“家里穷,”孩子说,“我爸说,女伢念许多书没用,念迟点书,认得几个字就行了。”

“这是老思想,不对的!”我有点愤然,“哪天我上你家做做你爸妈的工作。”

“家里穷,没钱……”孩子脸上的笑容没有了。

“再穷也得让孩子念书啊!”我说,“你自己想念书吗?”

“想啊,做梦都想!”女孩又笑起来,“我还想进城里念书。”

“只要你心里想,就一定能进城念书的。”

“叔叔,你能帮我去城里念书吗?”

“能呵,你上完小学,进了中学,就能进城念书了。”我鼓励她道,“到时我帮你。”

“一言为定!”小女孩与我拉了手指头。

之后,她赶着几只山羊,一摇一摆地走了,走进了那绚烂的霞色里。

我沿着秋堤,迎着霞光继续巡堤。然而满脑子都是那个小女孩稚嫩的笑容,耳边也总萦绕着那孩子稚嫩的声音。

后来,这个小女孩竟然时常给我防汛住地送一些嫩南瓜和葫芦等蔬菜过来。我不知她从哪弄来的那些菜,我问她她也不说,她只是说,村里人应该让来防汛的人有菜吃。

“你是为我们村的人来防汛的!”她说,走的时候总不忘补一句,“莫忘记我们拉过钩的哦!”

每次,我看到她摇摆着离去,心里总不免有些发酸。

1996—1999年

乡间文艺人

王良结

初识王良结，是在他的长江黄梅戏剧团荣获安徽省民营艺术院团“十大名团”称号的时候。那天，县文广新局主管民营院团工作的文管办负责人老邵来跟我说：“高士镇的长江黄梅戏剧团团长王良结从省城捧回了一个含金量很高的牌子，为县里争得了荣誉，你作为县委宣传部分管领导，应该前往祝贺一下！”我欣然应允，特地带文广新局分管负责人和主管科室相关人员赶往高士镇王良结的家中，表达祝贺和慰问之意。

我已经很多次听到关于王良结及其创建的长江黄梅戏剧团的介绍了。这回在路上，又听到文化局的同志饶有兴味地介绍他。我知道他过去曾在县黄梅戏剧团当过演员，后觉得单纯做演员难以实现心中的志愿，便辞职回乡，组建了自己的剧团。近些年，他的两个有表演天赋的儿子成长了起来，而且先后与两个毕业于安庆黄梅戏学校的同样有艺术表演基础和天赋的女子结了婚，一齐成为长江黄梅戏剧团的主要成员，使这个带有家族色彩的民营院团的实力突飞猛进，演职人员有四十多人。同时，其演出市场也在不断扩大，近几年在浙江、江苏、江西等周边地区年演出四五百场次，剧团影响也快速扩大，经济收入自然也不菲了。最近几年，长江剧团连续获得“第五届全国服务农民、服务基层建设先进集体”、安徽省“百佳剧团”等多种称号。与此同时，王良结这个名字也日益为文化界所熟知了。

舞台上的王良结和日常生活中的王良结似乎判若两人。在来此之前,我曾看过他演的几个角色。一次是他出演包拯,那厚重的唱腔和刚劲的肢体动作表达的确传递出一种威严和正气。还有一次是他出演反派人物,却又将该角色的机灵和刁钻演得恰到好处。而来到他家第一次与他见面交流,给我的印象是,他似乎是个憨厚的人——无论言辞还是表情——完全不见了舞台上的八面玲珑和威风凛凛。于是我感慨地想,他的确是一个为演戏而生的人,他的舞台人生和现实人生相映成趣。我想,也许正是这一点,才使他能够将一个四五十人的民营院团揉捏成一个牢固整体并创造出佳绩,而且能够获得那么多人的关心和支持。

我在他的引导下看了那块金光闪闪的"十大名团"的荣誉牌,与其他几块荣誉牌高兴地挤在一起。而后,他急切地请我坐下来,谈他今后的一些打算。他很谦逊,言语也低调,没有那种地方民营院团龙头老大的味道。他说:虽然他的团现在有了一定的规模和影响,也得到了从国家到地方各级的鼓励,但他知道他的团在软实力上还不够,还需要提高,否则这个团还是走不高、走不远。我问:"具体表现在哪些方面呢?"他说:"主要是缺乏属于自己的品牌剧目、原创剧目,所演大都是从别处移植、改编过来的剧目,这样下去,演一辈子戏,没留下自己的东西,也就上不到一定的高度。虽然现在演出市场打开了,收入不错,但就事业而言,还是远远不够的,必须改变啊!"我问他:"近期有什么打算?"他说:"不惜投入资金,上一部有自己知识产权的原创大戏,古典题材和现代题材都可以。先带这部戏参加市黄梅戏艺术节,然后参加各级调演,力争打造成精品。"听了他这番话,我立马对他刮目相看了,看来他的确是位有事业心而且有眼光的人。但很快我又回归了理性,我告诉他:"新上原创大戏,投入是很大的,最起码也要数十万乃至上百万,这对于一家民营团而言是难以承受的;国家对民营院团发展虽说是有支持的,但力度有限,所以在行动前一定要把困难考虑足。"他说:"已经想好了,马上就行动,眼前的困难是寻不到好剧本。"他一再恳请我帮忙为他联系本子。我被他这种执着精神所感动,忽然想起几年前我主抓过的一个本子。于是我说:"眼下还真是有个不错的本子,是几年前由我县著名剧作家谢樵森以我县抗洪英雄吴勇祥事迹为素材创作的,因种种原因未能排演,一直搁置在那里。在抗洪中牺牲的吴勇祥曾是你们高士镇的村书记，这个本子接地气又是你家门口的事，适合你这个团演，如果有兴趣，我可以帮你联系。”王良结听言非常高兴，看来我的建议他已装到心里了。

出乎我意料的是，仅数日之后，王良结就直接去找谢樵森谈了剧本使用的事，而且很快就谈妥了。这也令我非常欣慰，如此不仅可以推出一部原创大戏，也了却了我的一个心愿，因为这个本子从体验生活到实地采访都是我组织安排的，并为此开过几次座谈会。我一直希望它能呈现于舞台之上。

跟预想的一样，上这样一台大戏的确不是件容易的事。首先剧本按老谢的意见进行了再度改编，主题由宣传抗洪英雄事迹改为一位刚卸任村书记对过往的反思，彰显一位基层干部的责任意识和担当精神，剧名也改为《胡久根卸任》。为了打造精品，王良结除加大投入改编剧本外，还不惜巨资，请国内演艺界名导演和国家一级作曲家、舞美专家前来进行设计创作和排演。此外，在服装道具、排练排演等方面也都有不菲的投入。

从这一系列举动上看，我感到王良结是位干事创业之人，难怪他的剧团近年有如此成长。他对待事业对待艺术是认真的，而且也敢作敢为，有思想有担当，看准的事就不怕风险和困难。为了这个剧目，他不仅拿出了多年积攒的资金，而且还放弃了在江浙等地很多场演出。为了节省开支，他利用暑期学生放假之机，租用当地中学礼堂作为排练场，我代表主管部门去看望他们的时候，看到所有演职人员在没有空调的大厅里一个个汗流浃背，仍坚持着排演，令我十分感动。

在他的艰苦努力下，《胡久根卸任》排演进展顺利，首演获得成功。之后参加全省民营剧团展演获巨大成功，省委宣传部和省文化厅专门为该剧召开座谈讨论会并给予很高评价，十月份作为重点剧目参加安庆黄梅戏艺术节获“优秀剧目奖”。在之后的两年，该剧目又先后参加了全国多场调演，并获“田汉戏剧奖”等大奖。

王良结获得了成功。他的成功源于他对事业追求的执着和对艺术的专注、专心。他上演这个戏虽牺牲了一些经济利益，但获得了属于自己的原创品牌剧目，同时使整个团无论是创作水平还是演艺水平都跃上了一个新的层次，这是用金钱买不来的！

一个乡间艺人,却有一颗不甘平庸、追求品位之心,确实难能可贵,这使人们更有理由对他的这个团寄予更大的希望。

徐改元

徐改元作为一名普通农民,能够拥有一个在县文化部门登记注册的黄梅戏剧团,是我没有料到的。

我认识徐改元还是二十世纪九十年代的事。那一年我被县防汛指挥部抽调,安排到泊湖水域负责南港圩的防汛组织工作。徐改元就是南港村的一位普通村民。他那时除了忙农务还帮助他老婆兼营长河口边的一个小饭店。那个时候,我和另一位防汛干部时常在巡堤之后在他店里歇脚。防汛期间农事不多、饭店无客,徐改元也闲得没事,便陪我们闲聊。我在那个村防汛待了三个月,照直说还没发现他身上的"文艺细胞",也没发现他对黄梅戏有兴趣有研究。防汛结束以后的很多年都没再联系过。后来听说他将村里的小饭店移到县城里来了,但仅是听说而已,并没有在他饭店里吃过饭。

这次,为迎接"第七届中国安庆黄梅戏艺术节",县里组织小戏展演活动,由我具体负责组织领导工作。在活动征集剧目阶段,徐改元突然来到了我办公室。我以为他只是因为多年未见特意来看我,没承想他是为参加小戏展演活动报名应征而来。

我诧异地问:"你也有自己的剧团?"

徐改元笑道:"建起来好几年了,是以我女儿名字在县文管办注册的,全称是'安宜传宏黄梅戏剧团',是全县二十个在册民营团之一啊!"

我对他有些刮目相看了:"以前没听说你有这爱好啊。团规模多大?经常出演吗?都演过哪些剧目?"

改元说:"我一直就喜欢黄梅戏,哪天去我家看看,我有一整套黄梅戏经典剧本集。不过条件还是很有限,我这个团没有固定场地,人员班子也只是相对固定的,采取召集制,有好本子就集中排、出去演,每年也要演不少场呐,不过演的剧目多是翻排的,原创的不多。这回县里搞小戏展演,我以为是个好机会,这么多团聚在一起演戏,是难得的学习交流的时机。我打算搞一个原创剧目,提升一下团的水平。”

我问:“你这次应征的是什么本子?”

改元说:“是根据我县的‘安徽好人’魏雪娥的事迹改编的本子,名叫《舅娘》。这个题材很感人,我请了市里的名编剧写了本子。听说你是创作方面的行家,今天我来就是想请你帮忙看看这个本子,提提意见。另外,我还从市里请了名家来为这个本子作曲,为这个戏导演,我是想搞一个精品出来!”

我答应帮他看看稿子,同时对他这种认真态度和执着精神很是赞赏。我说:“打造精品,请名家导演作曲,那可是要花大钱的呀!”

徐改元说:“想要出彩就要投钱啊!不然搞出来的东西没质量,那还不如不搞。不瞒你说,这回我在本子、作曲、导演这三项上就拿出了两万五千元,下一步还要支付排演费、服装道具费和人员工资报酬等,估计搞成这个小戏,至少要花五万元呐!”

我惊诧道:“投入这么多,你这次肯定收不回本呐!县里给这次小戏展演活动的钱并不多,只有十来万,除了组织演出、评审等费用,摊到十个参展剧目头上每个只有五六千元。收不回本,可别影响了你其他方面的生活。”

徐改元倒显得若无其事:“先把事做好再说吧。谁叫我对这事很上心呢。只要能弄出个好剧目来,获得大家肯定,对剧团今后发展有利,亏了也认了!”

我被他的言语打动了。我想,这才真正是热爱艺术、钟情于事业的态度。我真的没想到,这么一个乡间艺人,竟然有这样的眼光和胸襟!

我又关心地问:“你家庭经济条件怎么样?”

徐改元说:“条件原先还好,这两年我动了个手术,饭店不开了,外面人欠饭店的钱因为我住院没及时收起来,现在也难收了。现在的心思都在经营剧团上,有一些收入,但也只是保个本,这回,可能本都保不了啦……”

由此,我能看出,他是打心眼里对黄梅戏艺术的热爱,追求剧团影响力的提升才这么做的,他已做好了亏本的准备。有了这种精神,我想他是能成功的。

徐改元回去后即开始了紧张的排演工作。为了节省开支,他将排练场放在自家的堂轩里。其间,他几次邀请我和文化局相关负责同志去观看剧目排演,一再要求我们多给予指导,非常认真和投入。

小戏展演评比结果肯定了他的努力，安宜传宏黄梅戏剧团的参展剧目《舅娘》获第二名！一个并不怎么知名的小团的剧目却胜过了很多大团的参演剧目，这的确很不容易！

后来，这个剧目又参与了省里的调演，并被省电视台看中。他为此又投入了不少。

尽管获得了成功，但仍有人对他如此投入，却收不回经济成本大惑不解。不过徐改元心里一直很坦然。

他的确是位有个性、不简单的乡间艺人，或许哪一天，他还能给我们带来某种惊喜。

张华犬

不是为名，也不为利；多年坚守，倾力投入。

一位普通农民，在辛勤耕耘农地的同时，还精心耕耘着那块既属于自己也属于乡邻的精神文化园地。

他以难能可贵的执着和一己之力，推高乡亲们的幸福指数；他以对生活对家乡对乡亲质朴的爱，点燃了农民们追求美好生活的激情！

张华犬：一个普通的农民，一个不普通的农民！

这段话是在县里举办的"'我的故事'百姓宣讲活动"中，我作为评委为参讲人张华犬写的推荐辞。

我很早就听说了张华犬及其创办的"华丰农家文化大院"，也零星地看到一些关于他的报道。但真正对他有较全面的了解，还是在他参加县委宣传部举办的"'我的故事'百姓宣讲活动"，作为推荐人，我认真而全面地看了他的资料，并多次与他接触。

张华犬其实是位地地道道的普通农民。他文化程度虽然不高，但自幼酷爱曲艺，而且是个民间艺术的多面手，对传统民间艺术表演有很高的天赋，尤其擅长打鼓书、花腔锣和黄梅戏的表演。张华犬一开始也只是以自娱自乐方式来满足自己的个人爱好，但随着改革开放的推进和农村经济快速发展，农民物质生活得到极大改善,殷实起来的农民需要更为丰富的精神生活。于是一些人开始向张华犬靠近,学习吹拉弹唱丰富自己的生活,而更多的人则向打牌赌博靠拢,追求精神刺激。这个时候,张华犬觉得自己可以尝试为村人做点事情,让腰包鼓起来的村人精神上也能富起来。于是便萌生了创办农民文化大院的想法。

想想容易,做起来却有难度。要使文化大院建得像个样子,就要有场地、有设备、有经常性参与服务的人员。这一切都需要设计建设和大的投入。而对于普通农家来说,拿出几万元乃至十几万元来建一个文化“场子”,即便有那个经济能力,也未必有那个思想基础,尤其是家人是否都有这个“共识”?

从张华犬所讲的他的故事中,我们大体能知道他创办文化大院所遭遇的困难。一开始有来自家庭的阻力,妻子的思想开始是不通的,认为投那么多钱去做那种既“吃不得、喝不得”,又吵吵闹闹的花架子事,不值得;而且成天儿去搞“吹拉弹唱”,将家中抓生产的“正事”还耽搁了!倒不如将这份心思和精力用于农业开发或外出务工上,或能得到更多收益。但是,张华犬始终抱着“死脑筋”,坚持要办他的“华丰农家文化大院”。他通过各种明的暗的“手段”为文化大院投资投劳,并设法说服家人支持自己。他将家中院子和堂屋都开发出来,以窗帘为幕,院地作台;每次演出,人员满满,村人既当观众,又当演员,院内鼓乐喧天,歌声飞扬,掌声笑声不断,真是其乐融融。为改善大院演唱条件,他还不惜拿出大钱。有一年,他未与老婆商量,就将农业收入的几万元钱拿出去购买了音响、锣鼓等器件,东西拿回家时不敢跟老婆说,便胆怯地将东西藏在一间柴屋里。当然,这些器件最终还是得拿出来使用,为此他与老婆发生了口角。不过最终,老婆还是支持了他。

有热心有付出,自然就会有收获。在张华犬持之以恒的努力经营下,他的“华丰农家文化大院”越办越有影响和声望,到现在已经非常红火了,成了美好乡村建设的一道亮丽风景,不仅名闻乡里,而且受到全县广泛的关注和积极评价。目前,参加华丰农家文化大院的骨干演职人员已有八十多人,他们“来自农村、服务农民”;每逢节庆日或村民家中各类喜事,文化大院都会免费为之组织专场演出,本村及周边村民都积极踊跃参与活动,演出场面火爆,甚是热闹。有媒体记者采访这个农家文化大院时,一位农民如是说:自村里有了华丰文化大院，男人闲时不再喝酒赌钱，夫妻不再经常吵架，妇女不再乱议长短；大家闲时就去农家大院，想唱便唱，想跳就跳，其乐无穷，连打工回家的人也都乐于来大院求乐。

无疑，张华犬创办农家文化大院获得了成功。他之所以获得成功，是因为他找到了当代农民精神生活的欲求与自己个人爱好的结合点，同时得益于他二十多年持之以恒的坚持，得益于他数十年来对弘扬民间文化艺术痴心不改的热情，得益于他乐于服务和奉献乡邻的那种善心善举。

陈富根

已经有很多年未见到陈富根了，未知他现在是赴外打工赚钱去了还是仍然“傻乎乎”地在家埋头搞小说创作。

其实，陈富根与我交集并不多，总共也就那么四五回，还是十多年前我在县里出任文联主席的时候。那时，他是一名在乡村里务农的文学青年，高中毕业回乡后，就一直痴迷地在务农之余从事小说创作。那个时候，“打工热”已然兴起，像他这样的回乡青年大抵都选择赴经济发达的沿海地区务工，以此来改善家庭的经济状况。因为农村土地少，务农不赚钱，单守着田地过日子只会越过越穷，没有多大出息。而陈富根却并未像村里其他年轻人一样外出，而是迷上了文学创作，一头扎进写作里不能自拔。不仅寻不到什么大钱，而且还将家中紧巴巴的过日子的钱拿去买书订刊，日子越过越紧巴。父母为此劝他多次，要他别做“书呆子”，要为家里的日子和自家的前程多想想。可他就是听不进。结婚成家后，他和父母分家过，劝他别做“书呆子”的人，由父母变成了老婆。老婆的劝告比父母更严厉，但依然不起作用，于是两口子经常为此争吵。

那段日子，他进城来找过我几次。头两次是到文联机关办公室找我，两个目的，一是给我们办的《雷池》文学季刊送稿子，二是与我们交流以获取创作方面的信息和可能的帮助。他很健谈，主动介绍自己的情况，也谈自己的困惑和苦恼。我常常被他对文学的痴情所打动。但同时也给他一些忠告，希望他能“创作和生活两不误”——尽管作为县文联主席，我应当将鼓励和扶持作者创作视为已任，但从现实民情出发，我还是更注重实际了。

“这很难呵，”陈富根每次都是这语气，“出去赚钱，就没精力和时间写作了，可我对文学总还是放不下。”

“那也未必吧，”我劝他道，“一边务工一边创作，这样获得的生活体验和信息更丰富，对生活的感受也更深些，更能写出好作品。”

“在外头整个身心都是漂泊的，哪还静得下心来写东西啊！”他继续辩解道。

“那就先积累生活，先学习读书，以后再写。”我说，“不是有句话叫‘厚积薄发’吗？”

“呵呵，我没那耐性。”富根说，“你作为文联主席，应鼓励人写作才对呀。”

他反倒来劝告我了。几次，大抵都是这一类的言辞。

后来的两次，他不知从哪摸到了我家的地址，进城晚了的时候或休假日，就直接到我家里来，还带上一些乡下的土产。记得有一个星期天，他拎着两只大公鸡来我家，说是感谢我给他的帮助，同时兴高采烈地送给我一本收录了他作品的书。我有点哭笑不得，不知该怎么处理那两只大公鸡。当然，我留他在家吃了饭，席间，他借着酒兴又谈了不少“心声”。

“你老婆还跟你吵吗？”我问。

“比以前好些了，”富根说，“可能是习惯了我这样了。”

“其实，你也该考虑考虑她的感受，”我又劝他道，“别人都出去挣了很多钱，盖了新楼房，你们仍在住平房，如果一直这样下去，她脸上无光，你也抬不起头呵。”

“说来也是。”这回富根好像是听进去了，“可我还是喜欢在农村、写农村。这里的一切我都熟悉……”

“只要是写熟悉的生活，有思想和艺术提炼，都能写出好作品。”我进一步劝他道，“再说，现在的农民，已经不是传统意义的农民了，农民工已经是一个很大的群体，写农村写农民，如果不熟悉农民工的生活，也是写不深写不好的。”

这话他又听进去了。他没再就此多说话了。那天他喝了不少酒，出门时脸面潮红,但思维还清楚。

后来,他又来过我家一次,情形与前次大抵相同。再以后,便没了他的音讯。直到现在,十多年过去了,没见过他人,也没见过他发表的作品。

但是,我还是对他印象深刻。他是真心热爱文学的人,我坚信他不会丢掉文学的,或许在今后某个时候,他作为一名知名作家,出现在文坛之上也未可知。

这或许并非无根据的臆想。

帅根元

帅根元干了一辈子乡镇文化工作,同时,还将毕生精力,用在了“望江挑花”研究和传承的事业上。

他是国家级“非遗”——“望江挑花”的主要传承人,他积累的资料以及各个年代的挑花样品有好几箱子。当然,最让人看重和珍惜的,是他的关于挑花和基层文化工作的知识和经验。

现在,他已年逾八旬,但精神依然矍铄。他并没有因为年事已高而停止活动,而是以不知疲倦的积极姿态参与到若干个挑花工艺传承项目中去。他成了惠龙挑花公司、皖江挑花园区、望江挑花数据库项目的顾问和指导,经常奔波于他家所在地鸦滩镇和县城之间。

用一辈子时间做一桩事,这不仅需要韧性和耐力,更需要一种发自心灵的热爱、热情,这一点,在帅老身上体现得淋漓尽致。他虽然已经为此投入了数十年的人生精力,但他似乎觉得还不够,还在继续努力着。他不仅将自己的女儿培养成了挑花传承人,而且自己无论是接待记者采访、接待来人考察、参加座谈讨论或以“挑花传承人”身份参与各种项目工作,都表现得那样投入,那样孜孜不倦,那样富有激情,仿佛觉得自己还年轻,还能为他钟爱的“挑花研究和传承”再干上若干年。

是的,他没有感觉到疲惫。用他的话说,现在赶上好时光、好机遇,各级都在为此加大投入,他不能枉了自己“挑花传承人”的名头。

的确,这些年,随着“望江挑花”被收入国家非物质文化遗产保护名录,对这一优秀传统工艺的宣传和开发力度也在不断增加。作为县委宣传部门分管负责人，我经常接待前来采访、考察挑花艺术的各级媒体记者和文化单位负责人等，几乎每次，我都要安排采访帅根元。而帅老每次也都积极热情地予以配合，不仅详尽介绍“望江挑花”的历史渊源和工艺特点，还时常将他珍藏的两箱历代挑花样品搬出来，一件件介绍给来访者；有时，还在镇宣传委员的安排下，通过现场指导一群挑花女走针引线来介绍挑花艺术特点，其所表现出的精气神和传承人的专业水平，真的令人钦佩。

现在，他依然居住在鸦滩镇文化站的那间年代久远的青砖平房里，对物质生活似乎没什么追求——尽管他珍藏的那些从清代至今的挑花样品件件都很值钱。平常，在不谈民间艺术的时候，他看上去是沉静的，几乎不怎么言语；然而，当他站在镜头前，或是面对文化人的咨询时，他却完全是另一种精神状态，他可以面对镜头说上半个乃至一个小时。

有时候，在一些文化座谈会上，还能看到他瘦削的身影。他知道自己年事已高，在尽量利用各种机会，尽可能将自己所知的一切都传给后人。人们对他的敬意，也随着挑花影响的扩大而增加。

我真希望，这位在乡镇做了一辈子基层文化工作的老人，这位一辈子钟爱挑花艺术的老人，这位物质上清贫精神上富裕的老人，能够一直这么精神矍铄。

2016 年 6 月

真诚地表达

当我将这本集子奉于读者时，感觉已然完全袒露了自己的心胸，较为充分地展示了自己情感的储藏，我以为我是在与读者真诚地说话、真诚地交流的。于是，在欣然坦然之余，又不免有点惴惴，担心自己孤独的叙述能否与读者达成思想默契，取得情感共鸣。

散文似乎是一种自主性较强的文体，抒发的是作为社会个体的情感和觉悟，由此引来共鸣、带来启迪；唯其所具有的真诚情怀，并基于这种情怀将个体情感溪流融入社会思潮，方能显出其意义和价值。这里所收的七十多篇文章，无一不是我心泉的涌溢和心声的流露；而书封上的三句话，也恰是对该集内容的一个基本概括。我不敢指望能给读者带来多大启迪，唯求与读者形成通畅的交流，引发一些触动和思考。

我的散文创作，始于二十世纪八十年代后期。那时，我刚从异乡调回家乡工作，心理疲惫的我，将写作重点从写中篇小说转到写短小说、短散文上来，意在锻炼简洁灵逸的文笔，改变喜好叙事铺陈的文风，而报纸副刊则是我投稿的重点方向。记得那时，安庆地区报和安庆市报尚未合并，地区《安庆报》几乎每月都会发表我一至两篇百字散文，大都是写生类的题材；当然也有稍长的文字刊发于其他报刊，但大都不过二千字。这些文字的一部分结集为《远逝的歌》出版了，但碍于书的版面容量，尚有一部分未被收入。本集收录了几篇那一时期的作品，尽管用现在眼光看稍显稚嫩，但它们毕竟记录了我创作起始的足迹。之后，因公务繁忙，写小说渐少，散文写作却一直未断；只要有真情实感，都会提笔写下一些心路历程和心灵感悟。又承蒙一些媒体熟人和文友的鼓励邀约，逐渐将其整理成可供刊发的文章而见诸报刊，其中既有《新华月刊》《安徽日报》《青年月刊》《中国交通报》等知名报刊，也有《振风》《雷池》等地方刊物，逐渐积成一定的规模。

不过，将时间跨度达几十年的不同时期的文章集合成册却也存在一定的挑战，我只能搭好框架，努力将它们揉捏成一个整体，所用的经线便是个人对生活、对文艺的诚挚情怀和由此派生的情感思绪，尽可能让读者触及一颗真诚之心几十年来的持续跳动。我不知道是否做到了这一点，但我确实是努力去做的。感谢何峰教授的鼓励，他的肯定让我对这个集子增添了些许信心。

我是践行“文以载道”理念的，我不想玩形式，也不想把语言弄得很艰深晦涩，我是根据题材和情感的需要来选择表达方式的。这里也许没有什么“文体意识”——其实我骨子里就从不认为散文应该写成什么样子——我以为好的散文从来都是不拘形式的，但所有好的散文都毫无例外地有思想、有真情，真诚地表达是必须的条件。诚如评论家王剑冰所言：“散文应是自由的、真情的、人性的、精神的。散文应是充满温软的、灵性的、朦胧的、质感的，它带给人的力量应是内部发生的，而不是表面的。”

未来，生活仍将给我以馈赠和启示，我还会继续以真诚表达的态度将散文写作进行下去，这或将成为我的一种生活方式。

何立杰

2018 年 3 月 18 日